# 博爱道

——阮厝的故事

蓝惠娟◎著

中国华侨出版社
·北京·

图书在版编目（CIP）数据

博爱道：阮厝的故事 / 蓝惠娟著. — 北京：中国华侨出版社，2023. 1
ISBN 978-7-5113-8799-8

Ⅰ. ①博… Ⅱ. ①蓝… Ⅲ. ①散文集—中国—当代
Ⅳ. ①I267

中国版本图书馆 CIP 数据核字（2022）第 098383 号

●博爱道——阮厝的故事

著　　者 / 蓝惠娟
责任编辑 / 桑梦娟
封面设计 / 胡椒书衣
开　　本 / 710毫米×1000 毫米　1/16　印张：15.5　字数：159 千字
印　　刷 / 北京天正元印务有限公司
版　　次 / 2023 年 1 月第 1 版　2023 年 1 月第 1 次印刷
书　　号 / ISBN 978-7-5113-8799-8
定　　价 / 49. 80 元

中国华侨出版社　北京市朝阳区西坝河东里77号楼底商5号　邮编：100028
发 行 部：（010）64443051　传　真：（010）64439708
网　址：www.oveaschin.com　E-mail：oveaschin@sina.com

# 心怀博爱 大道至简

## ——赏蓝惠娟《博爱道——阮厝的故事》之感受（代序）

憨 仲

知道海滨邹鲁、水仙之乡的漳州，完全得益于岭南才女、畲族作家蓝惠娟。漳州亦称芗城，古属“七闽”之地，依山傍海，山清水秀，地灵人杰，文化积淀丰厚。唐代诗人周匡物、大道真人吴夲、一代大师林语堂等历史名流，无一不是这片土地养育出的佼佼者。“数风流人物，还看今朝。”窃以为，历数当今漳州文坛，蓝君惠娟当属个中翘楚者之一。

与惠娟女兄相识之缘，说来纯属巧合。五年前，因了首届国际东方散文奖颁奖仪式在齐国故都、蒲松龄故里举行。百余人的大型活动高手云集，宾朋满座，恰巧让彼此于活动中接触频频。由是，便有了我们接下来的：高青慢城漫步，青州古城寻古；终南山下相伴，楼观高台问道；苍山洱海览胜，大理古城游历；畲族古村感知，霞浦街头行走。诚然，时常现代化的通讯交流，当在情理之中。

辛丑岁末，冰天雪地之寒冬，又遭新冠肺炎肆虐。憨某蜗居寒舍之际，恰好接到蓝惠娟女兄邮寄的厚重书稿《博爱道——阮厝的故事》，实为送来的一份精神美味。如饥似渴，当是余之空虚心境的写照。昔日，曾经欣赏到其不少的诗歌、散文，深知秉承民族特征的她，其天性果敢、冰雪聪颖、朴实厚道、心地善良，以及崇高思想境界和修养，无一不在其字里行间体现出来。纵观其诗、文集《种春风》《阮的梦》《为你而来》莫不如此。

当我将案头厚厚的《博爱道——阮厝的故事》吞咽腹中之际，禁不住感慨万千。且不言，荟萃其中的散文，各具特色，异彩纷呈。仅仅《博爱道——阮厝的故事》之书名，便令我咀嚼不已，回味无尽。博爱，语出曹植“长者能博爱，天下寄其身”、欧阳修“大仁博爱而无私，未尝违物”、孙中山“博爱云者，为公爱而非私爱”；道者，天道、大道也，说白了就是规范人们的行为标准。综合看来，惠娟匠心独运的书名之含义，一目了然。

掩卷之余，憨某一直浸沉于其巧布的情节里，总感到有种无形的情愫涌动身心，余苦苦思索着：她的这部散文作品集，给我的最大感受是什么呢？如果说，在此之前她的文章，多是给我以诗意、哲思、生命力感知的话，那么本书在蕴藉着先前具有的特点外，给我的体味就是一个大写的“情”字。弥漫其中的乡情、亲情、友情，无处不感染着我。父老乡亲有之，人物春秋有之，家乡山水有之，人生感悟有之，家长里短、评论跋序亦有之。

常言道：试问岭南应不好，此心安处是吾乡。乡情、乡音、乡亲是拧在同道惠娟心中的结。回味着《石仔村的规矩》《阿姆，姑母》《悼念一个长着翅膀的男孩》《草心园及主人》等篇舍，这种情怀无不彰显出来：“还是那块青石板，还是那口四孔井，还是那棵老榕树，还是那条狭长逼仄的里弄……这就是龙眼营，我怎么能不熟悉？”“阿姆，不是我的母亲，也不是我的保姆，她是我的姑母。对我而言，她就是阿姆，阿姆就是母亲。”“我以为我们见面的时间还很多，总忘记您是米寿高龄的人，早知如此，最后一次您叫我去拿书的时候，我就会守着您多坐一会。”……读着这般情深意长的文字，能不被她那颗热爱家乡的赤诚之心所感动吗？犹如艾青《我爱这片土地》的诗意再现：“为什么我的眼里常含泪水？因为我对这片土地爱得深沉……”

“我不敢相信！更不愿意相信！不是真的！是我老花眼，还是王老师写错了！我摘下眼镜，擦了擦，戴上定睛细看，白纸黑字！‘吴荣杰老师因病去世！’这不会是真的！不可能！窗外烈日炎炎，我却痛彻心扉的冷！”“这篇悼文我着实不愿意写，不愿意，不相信这是真的！心里真堵得慌，近些年写悼文之类的文章开始染指，怀念、哀悼的思绪总会让我这颗脆弱的心颤抖。可是又有什么办法呢？”“我颤抖地打下上面断断续续的几个文字，似乎触摸到这泛黄的字迹背后穿越时空而来的一个纯净、滚烫的灵魂。”……如此融乡情、友情为一体的文章，比比皆是，让我无不感受到了她内心的饱满情感。

由是，于其情感充盈的字里行间，她让我不仅仅认识了虎胆英雄林少克、优秀教师吴龙杰、一代大师林语堂等，亦了解了她家乡热土的锦宅古村落、风光无限的西山、平凡神奇的江东桥、独树一帜的石码古镇、千年古刹龙池岩寺等名胜古迹，还知道了妙趣横生的“满煎粿”的传说，以及那别有意味的“‘天一’的灯火”、童年的古城等人文风情。

然而，在惠娟的心目中，无论友情、乡情、爱情如何，最最难以割舍的还是亲情，任何“情”都不能凌驾其之上。她在《我陪你到老》中说，“有谁还记得我们哭闹到人间，怎样被父母揣在怀里三年？学走路时，父母害怕被磕了、摔了。长大了，父母还担心：到饭点了，有吃的没，吃饱了没；天冷了，有衣穿没，穿得暖没；一听头疼脑热的，恨不得病在自己身上。”父亲生病时，她感觉：“看着病床上白发苍苍的老父亲，我突然间惶恐起来，如果不是老天眷顾，恐怕此刻我就陷入‘子欲养而亲不待’的悔恨里啊！”她在《爹，我吃到你种的杨梅了》时说，

“有爹的时光，我和女儿就像公主。每年荔枝红的时候，爹不管交通多不方便必定要让老公带上一大麻袋的荔枝送给城里的媳妇和孙女。有爹的时光，冬有火炉，秋有柿饼，春有梅子。”由此可见，亲情在蓝惠娟的灵魂深处，是如何浓酽的、难以割舍的。她所体现出的血浓于水，是多么可贵啊！

蓝惠娟以乡情、友情、亲情为主料，巧手烹调出香甜、可口的精神美味，这大概就是《博爱道——阮厝的故事》的内涵之所在吧！

辛丑腊月

于鲁中寒舍

# 目　录

## 父老乡亲



## 人物春秋

## 博爱道
——阮玿的故事



## 家乡山水

## 人生感悟



## 家长里短

## 博爱道
### ——阮厝的故事



## 评论跋序

# 父老乡亲

# 壮哉，龙眼营的女儿

还是那块青石板，还是那口四孔井，还是那棵老榕树，还是那条狭长逼仄的里弄……这就是龙眼营，我怎么能不熟悉？龙眼营就与我家老宅子一街之隔，一条其貌不扬的古街。它太老了，据说有800多年的历史；它是那么慈祥，就如楼下的阿姆一般和蔼。在青石板下挖水晶萝卜、在四孔井边打水战，在大榕树下躲猫猫……哪一处没留下儿时撒欢的快乐，我怎么会不熟悉呢？即便陈老师第一次把你和它联系起来："龙眼营，你熟悉吗？女英雄李林曾经生活过的地方！"我一点也不感到意外，是啊，只要翻翻龙眼营的历史，这似乎就理当如此，这里就理当是你的故园！

龙眼营自宋有之，古称龙骇瀛。相传，很久很久以前，这里有一条河，河上有一座桥，有一天桥下河水突然汹涌，如龙在水下奋跃，时人说"龙奋其下"，故名曰"龙骇瀛"，此名由宋延续到清，才因"龙骇瀛"的闽南语与"龙眼营"谐音而改称"龙眼营"沿用至今。龙眼营与人文荟萃的香港路，商贾云集的台湾路，庙宇、故居、桥亭荟萃的修文西路相比，妥妥的一个下里巴人，这里打铁的、做香的、做炮仗的、唱锦歌的……三教九流云集于此，是当时人流、物流的集散中心。正因为这样，这里藏龙卧虎，事实上这里也曾经藏龙卧虎。

这条古街曾养育出一位人中凤，一位威震晋绥、令日寇闻风丧胆的抗日女英雄——李林！

"兵者，死地也。"是什么样的勇力让风华正茂，年仅24岁的母亲怀着腹中的胎儿慷慨赴死？！

在英雄就义80年后2020年的初夏，我走在龙眼营深深的陋巷中，叩问那紧闭的斑驳的木门。历史的跫音回响：是民族大义，是救国救民的信念！

是啊！出生四十多天就被送养到龙眼营，喝着龙眼营四孔井水长大的你，定然传承了龙的不屈、刚毅的精神！

那年小小的你稚气未脱就能带领同学们哭喊："我们不是东亚病夫！""我们是伟大的民族！"这稚嫩充满力量的爱国之声，硬是压倒那嚣张跋扈的荷兰殖民者官员。此后，你的一生为振兴中华而活！为了这个初心，你发愤读书，你热爱体育。当其他女孩窗下做女红、对镜弄胭脂的时候，你运篮球、打排球，叱咤风云于运动场上；当别的女子俯首三从四德、无才是德的桎梏时，你关心国家大事，针砭时弊："中国人为什么不会团结？为什么情愿受人家的压迫？为什么受人家的统治不会反抗？"集美中学的上空至今回荡着你铿锵有力的誓言："余誓以至诚加入集美抗日救国义勇队，服从命令，遵守纪律，准备对日作战，为国牺牲，如有二心，天人共戴，此誓！"那年你才 16 岁！自此，家国、民族兴亡的使命感植入你的生命里。整整五年，从集美到杭州，从上海到北平，有爱国爱乡陈嘉庚先生的激励；有秋瑾等古往今来仁人志士的垂范，他们为了救国救民，不惜奉献青春，甚至慷慨就义的壮举已然成了你矢志践行的理想；整整五年，从集美到杭州，从上海到北平，无数仁人志士在你心里撒下的振兴中华的火种，已然在你的心里耸立成灯塔！你花光从家里带来的 1200 元银洋，参与组建平民夜校，甚至将母亲生前留给你的金银首饰变卖，资助夜校困难的学员……你已成为一盏光明的灯塔！

在战火纷飞，朝不保夕的烽火岁月，忍辱偷生是为常态，卖国求荣的大有人在，而小小的弱女子却喊出气壮山河"甘愿征战血染衣，不平倭寇誓不休！"的誓言并以此确定了你人生的方向——"献身民族的解放事业！"

是的，在龙眼营生活过、喝过龙奋之水的你，在民族生死存亡的时刻定然不会做低眉顺眼的小媳妇，更不会当俯首帖耳的东亚病夫！从李翠英到李秀若，从李秀若到李林，不知什么时候起，你已经把自己的一切交付给这个多灾多难的祖国。北平的街巷不会忘记，那个围巾上染红鲜血、护旗不倒的女孩；晋绥的每一寸土地不会忘记，那个短发飞扬、横枪跃马的李营长。敌寇们更没想到，他们打赏5000大洋捉拿的那个神出鬼没、智勇双全的“双枪老太婆”会是个饱学诗书、义胆雄心、矮小的江南女子。

其实，自古侠骨皆柔情，更何况你来自这氤氲千年文明的邹鲁之滨的古街。平鲁大地的每一座屋宇怎会忘记，那个连一棵路边的野菜都不让战士与老百姓争食的最亲热的保姆？晋绥边区的道道山梁怎会忘记，那个穿着光板皮裤、箍羊肚子手巾、戴羊皮帽子，拿主意理难事最亲热的保姆？不仅如此，年方23还未谈婚论嫁的你还是一群孩子的“干妈”。这来自龙眼营的女子，把心里最纯最柔的地方腾给了这里的百姓！这是怎样的一种大爱啊！

只是，苍天何其有极！竟然舍得让风华正茂的你殒国于铁蹄之下！

1940年4月26日，林龙大娘家窑洞的红烛还在摇曳，那剪着“囍”字的窗花还未褪色，为了掩护700名党政军民转移，你怀着三个月的身孕大喊：“牵马！”领着政卫连，像一道利剑冲向东边的日寇，你在一万二千余日寇的围剿下，左右冲突。你以骁勇而机智的战术两度冲出重围，担心军民没有安全撤离，又冲入敌阵，把敌人引向自己！为了吸引敌人，你竟然立在马上，双手打枪，大部队脱险了，你的腿部、胸部都中了枪。当你再次带领战士突围的时候，不幸被手榴弹掀翻落马，面临绝境，你把生的机会留给战友，独自匍匐在地上给他们打掩护。战士们脱险了，你却献出了宝贵的生命！

一直以为“谁说女子不如男”是戏文里唱的，一直不忍把铁骨铮铮、热血悲壮的“英雄”这两个字与女子联系在一起，更别说是和孕妇联系在一起！而你临危不惧，怀着几个月的身孕，一次次冲锋陷阵，直至弹尽力绝，都说为母则刚，身为母亲，你爱未出世的孩子；身为人民最亲热的保姆，你更爱这片热土上的人民！所以，你义无反顾付出自己的所有，乃至生命和还未出世的孩子！这是何等的壮烈！

1940 年 5 月 26 日，中共中央晋绥分局机关报《新西北报》发表《悼李林同志》的社论，社论中说："在晋绥边区群众认她为自己真正的领袖。有不少民族女英雄……但能指挥武装部队，领导工农群众与敌人冲锋陷阵、血肉相拼，一直坚持三年之久，创造了辉煌永远不可磨灭战绩的，恐怕只有李林同志了。这种伟大壮举，真可动天地而泣鬼神，是中华民族英雄的最光荣典型！"

"身既死兮神以灵，魂魄毅兮为鬼雄！"痛哉！苍天何其有极，失我晋绥人民最亲热的保姆！

"出不入兮往不反，平原忽兮路超远！"壮哉！龙眼营的女儿——李林。

此刻，我似乎明白老天为什么会让那年三岁的你经历一场天花的劫难，留下终生的印记！那是侍王庙的神明有灵啊，他们知道你这一走，就是一生，龙眼营的地母有知啊！她知道你这短暂光辉的一生必将为民族而生！

归来吧，龙眼营的女儿。侍王庙前的榕树还在，四孔井还在，那颓圮的古城墙、那幽幽的里弄巷陌还在，那锦歌依然婉转……归来吧！你看，你为之奋斗的就如你希冀的一样，人民幸福着你未经历的幸福！车如流水马如龙，高楼通天，一切花月正春风！

归来吧！龙眼营的女儿！

# 写于烈士纪念日

## 我一定要来的

当黄老师在群里公布9月30日到烈士陵园缅怀先烈的通知时，我的耳边似乎再次响起那首昂扬的歌曲：“我们是共产主义接班人！继承革命先辈的光荣传统，爱祖国爱人民，鲜艳的红领巾飘扬在前胸……”

三十多年了，这首歌一直流淌在我的血液里。我依然记得老师第一次教我们怎么折纸花；依然记得1983年第一次作为学生代表在纪念碑前宣誓、献花；依然记得当年老师的谆谆教诲：一定要记住你们是在红旗下成长的一代。是啊，我们是红旗下成长的一代，幸福着先辈们从未幸福过的，过着先辈为之奋斗却从未过的理想生活。

三十多年了，当年稚嫩的少年已经人到中年，我怎能不来？今天，我一定要来，再次代表我的同学们向先烈汇报，我们继承你们的事业，奋斗着你们为之奋斗的，我们国家繁荣昌盛！我们的人民幸福安康！

“呀，你怎么上来了，你的腿……”耳边一声惊呼，我转头一看，可不，大姐什么时候爬了上来。她膝盖刚做过手术，走路都费劲，更不要说爬楼梯。队友要陪她走，她一个劲地摆手说：“赶紧跟上，本来人就不多，不要管我！”我想陪她一起，她也不要，“不要管我，我走得慢。”眼看队伍已经走远，真担心赶不上缅怀仪式，我只好让她一个人落在后面，慢慢地走。不知怎的，那句“不要管我！”让我想起了七根火柴的故事，想起了张思德的故事。当我的伤腿在爬台阶突然不听使唤的时候，我想起了身后不知名的大姐，她一定也在艰难地挪着。果不其然，她爬上来了。“我一定要来的！”我不知道这位大姐从哪里来，但是我知道，她艰难地登上几十级台阶是为了来向革命烈士鞠躬。哪怕赶不上仪式，哪怕这趟登高会给还在恢复中的伤腿造成什么影响，她也一定要上来的。这是什么？这就是老一辈革命者代代传承的不怕困难、勇敢向前的精神！

国歌响起的时候，我似乎听见秦南革命烈士——还宝奎中枪后为了不让战友作出无谓的牺牲来营救，大喊“快走，不要管我！”；我似乎听见长征路上张思德为部队尝百草中毒后喊道“这草有毒，不要管我，快去告诉其他同志”……

“不要管我！”掷地有声的四个字，体现了革命战士为了革命将生死置之度外的勇于牺牲的忘我精神！今天，这句话从这位大姐嘴里喊出来，依然那么的响亮。

## 伟大的革命爱情

“向左转！向烈士三鞠躬！”当面向烈士墓的时候，我红了眼眶。我看到了最特殊的一座墓茔：“考符义山同志、妣许爱国同志革命烈士墓”。这是一对革命伴侣！仪式结束后，我独自一人再次走进陵园。我的心告诉我，去见证这世间最伟大、最纯洁的革命爱情吧！

“符义山同志，1900年—1940年，海南省文昌县人，黄埔军校学员。符义山同志1925年投身革命并加入中国共产党。1932年受党组织委派来闽南一带开展工农革命武装。1933年任红三团教导队队长。1934年任闽粤边区特委经济委员会副主任。1937年‘漳浦事变’后，组建一支短枪班在闽南的南乡、梅溪、田中央等地坚持斗争，打击反动派，为重建闽南工农革命武装奠定基础。抗日战争时，任新四军二支队四团一营团部参谋。1938年任三支队五团参谋长。1940年任‘江抗’二团二营营长，同年5月26日，在江苏太滆地区高田村与日寇浴血奋战，为国捐躯。”

“许爱国，1911 年—1937 年，女，福建漳州人。孤儿出身，对养育她的贫苦乡亲怀着深厚的感情。1932 年红军进漳后参加革命，1934 年参加红军并加入中国共产党，任漳州南乡娘子军队长，她胆大心细，无数次冒着生命危险采购红军急需物资，深受百姓爱戴。在长期艰苦斗争中，与符义山同志并肩战斗结下深厚情谊，成为一对革命伴侣，并育一女。1937 年她背着满六个月的女儿到白云村向游击队汇报工作，途经田中央村时，被伪乡长发现，为保护乡亲，她挺身而出，被捕后受严刑拷打，横眉冷对，受尽折磨，她坚贞不屈，不变节，不叛党，于六月初七日被反动派残忍杀害，壮烈牺牲，献出宝贵英年。”

据碑文记载，1932 年符义山就在闽南，许爱国参加革命加入中国共产党有没有在符义山的指引下，不可考。但是有一点是肯定的，那就是这朵生在南乡、长在白色恐怖、烈风与暴雨中的铿锵玫瑰深深吸引了来自海南耿直的汉子。而黄埔军校出身，有勇有谋的革命首长也深深打动了这位九龙江畔侠骨柔情的娘子军队长。也不知道经历了多少硝烟战火的洗礼，共同的革命理想让他们走到了一起。这对新人并没有在个人的安乐窝享受爱情的甜蜜，革命依然是他们的全部，爱情的力量已然成为革命的信念和动力。许爱国更是迸发出前所未有的勇气，否则她不会背着未满六个月的女儿赶往白云村向游击队汇报工作。这位勇敢而伟大的女人、妻子、母亲！危急关头宁愿自己身陷囹圄，也要保护乡亲周全，经受各种酷刑宁死也不叛党，因为她知道她身后的战友、爱人会继续他们共同的事业！ 1937 年农历六月初七，反动派残忍地杀害了许爱国，时年 26 岁！我不知道同样刚强而伟大的战士、丈夫、父亲——符义山同志是怎样忍受失去爱人的痛苦，怎样不舍襁褓中的孩子，继续战斗的。碑文记载，抗战爆发，他北上抗日，1938 年 5 月 26 日牺牲在江苏抗日战场上。那时他们的女儿还不到两岁。符义山必然是深爱着许爱国的，他的英灵选择留在漳州的这片热土，陪伴他的爱国。他们终于可以天长地久地厮守在一起。

这就是革命家庭，这就是英雄的家庭！人民的幸福，天下人的幸福，就是他们的幸福。林觉民在《与妻书》里，如是说，“亦以天下人为念，当亦乐牺牲吾身与汝身之福利，为天下人谋永福也。”

千百年来，为了争取民族独立和人民自由幸福，多少革命伴侣共赴国难，多少革命家庭舍弃小家的安逸才换得我们今天的幸福！我在他们的墓前深深三鞠躬，为天下所有幸福的伴侣，为天下所有幸福的家庭！

离开的时候，天空飘起了蒙蒙的细雨。天地有灵，这庸常半生疲倦的灵魂得到了洗礼。我不禁加快了脚步，我要告诉那些还在戚戚于得失、汲汲于名利的人，还在抱怨生活不公，还在不明白为什么而活的人，一定要来烈士陵园走走，瞻仰先烈，你颓废的心灵就会得到丰厚的滋养，这里有光有热，它会照亮你前行的方向。

# 石仔村的规矩

每年的清明，石仔村的学生们就要到后山上红军亭旁边“一门四英烈”的红军墓扫墓。这是石仔村小学的规矩。

从石仔村的后山有一条通往山顶的小路，两边植满了松柏，一直蜿蜒到红军墓。远看，它立在群山之上，来到它的跟前，你只会看到两座紧紧相依的墓茔，墓茔的东首长着一棵高大的松树，如伞亦如盖。

1910 年黄河水患，阿春婶从山东逃荒到石仔村，饿晕在村口，被石匠陈根一碗热粥救活。陈根孤身一人，以给人打墓碑为生，饥一顿饱一顿的，在兵荒马乱的年岁，能活下来有间茅草屋住已是很不容易了，哪敢想娶媳妇。阿春婶家在山东，佃农出生，一家五口上有爹娘和一个哥哥，下有个小弟，过着半年糠、半年野菜的日子。那年黄河决口，家里亲人都被冲走了，只剩下阿春婶一人，流落至此幸被陈根所救，也是命运安排吧，两个苦命人就这样搭伴过日子了。一年后，阿春婶生了一个男娃，苦日子有了盼头。没承想，一次土匪下山打劫，陈根为了抢回留给阿春婶坐月子的唯一一只下蛋的母鸡，被土匪打死了。阿春婶一下就成了寡妇，可怜一个外乡人带个孩子，那苦日子难捱啊。阿春婶带着树生，接过她丈夫的活计，艰难把树生拉扯大。

……

阿春婶最幸福的日子，就是 1932 年的年关，她当婆婆了！已经二十出头的树生，血气方刚，和邻村的细妹成家了。可是，天不遂人意，世道越过越黑暗，军阀余孽未消。不顾民族危亡，蒋介石以“攘外必先安内”悍然发动围剿中国工农红军，国民党勾结乡绅，到处抓壮丁。树生无法忍受东躲西藏的日子，执意投奔到山里的游击队。每当听到山里响起的枪声，阿春婶总是胆战心惊。

过了大半年，一个寒风呼啸的冬夜，阿春婶的屋外响起了时断时续的敲门声。阿春婶摇醒细妹，心想是又来兵匪了，两个女人赶紧抹了把锅灰，胆战心惊地问："谁？""是我，树生！"一声压低的急切应答。阿春婶赶忙打开门，一个魁梧的后生闪进来，细妹一把抱住树生说道："到哪里去了？才回来！"阿春婶在一旁撩起衣服直擦眼泪。树生一把捂住细妹的嘴巴："嘘！"便走过去扶自己的娘坐下。阿春婶擦干眼泪，定睛看了看眼前的后生，这是树生，又不是树生，可是真正确切是自己的儿子，不过黑了，壮实了。"呀，你这是？！"阿春婶差点失声叫出来，树生的腰间别着一把驳壳枪。"娘，我参加了革命，当了游击队长。"阿春婶忧心忡忡说："儿啊，子弹不长眼，我们回来安安生生地过自己的日子，再说你看，你媳妇都有身子了。"细妹娇羞低下头，树生这时才发现自己的媳妇那微微隆起的身子，激动地抱住她说："你受苦了，媳妇。"树生转头对阿春婶说："娘，我更应该参加革命，我不能让我的孩子也生活在这样的世道，我们穷人做牛做马，一年到头吃糠咽菜，还得当炮灰！"阿春婶知道劝不住，擦了把眼泪，就走往灶间，想给树生做点吃的。树生一把拉住她，说："三更半夜的，别生火，我这次回来不能告诉别人，我外头还有兄弟，这就走！"细妹和阿春婶异口同声道："你又要走，上哪里去？""我们就在山上，你放心！"这时门外几声猫头鹰的叫声，这是同志们的暗号，树生该走了。他从怀里拿出五块大洋，交代阿春婶想办法置办点粮食，下次他来取，这是队上同志们的口粮，然后转身搂了搂细妹说："照顾好娘和肚里的孩子。"话音刚落，就消失在夜色中。

从此，阿春婶经常可以看到儿子的身影。由于敌人的多次"围剿"，石仔村村民家里的耕牛早被杀光了，很多田地都荒芜了。树生和他的队员们，经常趁着夜色帮百姓们犁田，兴修水利。不知不觉阿春婶和细妹也加入了他们的队伍。她深深感到儿子的队伍跟那些白狗子不一样，是为像自己这样的穷困百姓们找活路的。每当看到村民们对他们的赞许，阿春婶感到从未有过的骄傲。

后来，阿春婶家里就成为游击队开会的地方。那样的夜晚，细妹负责烧水，阿春婶负责在屋外拣豆子、站岗；有时阿春婶还和细妹到镇上以抓药为名，为山上的队伍刺探情报、补充给养。

1933 年一天的傍晚，阿春婶和细妹在田里摘菜，远远看到田埂上走来一行一身农民打扮模样的人正围着一个放牛娃问话，然后一直往山上的方向去。阿春婶纳罕，不会是来新队员吧？不对，怎么那么眼熟？这时细妹眼尖，说道："那不是魏苟？"

魏苟有又称"魏大"，真名苟耀祖，是土豪魏富仁的远房表哥，也是管家。魏富仁是他娘难产遗下的，捡了条小命，可惜是个半拉子，有点弱智，整天流着哈喇子。有个兄弟叫魏天在城里当团长，入赘城里一个有钱人家当姑爷，在城里安了家，罕的回这山沟沟。魏富仁的爹看着半拉子，总是心有忡忡，总想身边有个儿子。于是，从窑子里把翠琴买回来，名义上是半拉子的媳妇，实际是他的自留地。每天天一抹黑，就在翠琴的房里努力耕种，不知是年老体衰，还是翠琴的地太薄，翠琴的肚子总不见动静。苟耀祖看透地主老财的心思，趁着地主老财七十大寿之际，跪拜当他的义子，为取老财的开心，把自己的苟姓改为魏。后来地主老财死了，乡下的大小就由翠琴看着，虽然守着半拉子男人难耐寂寞，可是偌大的家财，她又着实舍不得给别人，于是一来二去就和魏大管家有了一腿。所以虽说他在魏家当差，其实他最大。他让家里的下人只要城里那个大少爷不在都叫他"魏大"。魏苟有个兄弟叫苟参，因为脸上长满麻子，人称苟大麻子。苟大麻子仗着他哥的势力平日里为非作歹，干尽坏事，邻村的喜儿就是被他折磨死的。树生他们早就想为民除害。有次他们打听到，苟麻子要进城喝花酒，树生就乔装成村姑，假意在村道相逢，引他到山后，在战友的配合下，处决了鱼肉百姓、奸淫掳掠的苟麻子。魏苟早就视山里的游击队为心腹大患，这下更把树生他们视如眼中钉，他在兄弟的坟前发誓要灭了游击队。他也曾经带民团进山，可是山高树多，且这里处于闽粤边境，游击队神出鬼没，很难发现。这不，他想出了“真假李逵”这出戏。

细妹的一句话，阿春婶立马心里“咯噔”一下，糟糕！树生他们有危险！得赶快给树生报个信。情况紧急，她和细妹商量兵分两路，一个引开魏大管家，一个往山上报信。阿春婶心疼媳妇身怀六甲，让她往树生那里去报信，细妹坚决反对：“娘，情况紧急，我跑不快，我去引开他们，再说我一个大肚子的，他们不敢拿我怎样。”

“这些催命阎王，怎么会放过你，不行！”阿春婶左右为难，细妹一跺脚说道：“再不走就来不及了！”话音刚落，她一把推开婆婆，往魏苟那边跑，边跑边喊：“树生，快跑！狗腿子来了！”只见远处那行人直往细妹方向追，阿春婶含着眼泪，从小道往山上跑。“抓住她”的喊声，伴随着枪声，渐渐远去，游击队得到消息后安全转移了。阿春婶着急忙慌地往村里赶，她担心她的娃，细妹眼看要临盆了啊！一进村口，阿春婶就看到村边上那颗大榕树下黑压压围满了人，边上架着民团狗腿子黑洞洞的枪。她冲过去，分开人群，细妹被五花大绑在树上！一旁的魏苟正拿着皮鞭抽打，阿春婶悲痛大喊：“细妹啊！”魏苟走过来，推了一把阿春婶，龇牙咧嘴道：“死老婆子，告诉我，你儿子在哪里？游击队在哪里？”阿春婶朝那罪恶的脸上吐了一口痰道：“挨千刀的！不得好死！有种抓了我，快放了我的细妹！对一个孕妇动手算什么！”魏苟气急败坏，打了阿春婶一个耳光，怒道：“挨千刀？！不得好死？！我让你看看怎么挨千刀，怎么不得好死！”他转过身，拔出刀，对着细妹威胁道：“最后问你一遍，告诉我你男人在哪里？”细妹啐他一口：“呸，你有本事打老人，不怕遭报应！”魏苟红了眼，一边喊着“我先让你报应！”一边把刀子往细妹的乳房挖去，细妹哀嚎着晕了过去，阿春婶肝肠寸断哭喊着：“细妹啊！我可怜的孩子！”在一旁的村民不敢直视，都低下了头，有的紧紧地握紧了拳头。魏苟狰狞地对村民喊着：“看着，这就是通匪的下场！来人，撒把盐，让她清醒清醒！”细妹从巨大的疼痛中醒来。细妹看到哭倒在一旁的婆婆，拼尽全力对阿春婶说：“娘，别哭！会有人给我们报仇的！”魏苟比画着血淋淋的刀子，扭曲着疯狂的狗脸，说：“他妈的，死到临头还嘴硬！我让你有人，没种！”二话不说，往细妹的肚子捅去，鲜血奔涌而出，阿春婶两眼一黑晕死过去。

……

阿春婶醒来后，就白了头发，那年她才42岁。在村民的帮助下，她把血肉模糊的细妹和她可怜的孙子安葬在后山的山顶上。此后，阿春婶更忙了。人们经常看她手上挎着个篮子，装着香烛之类的东西进山，一去就是大半天。

有一天夜里，魏家大院响起了枪声，村里胆大的偷偷出来瞧，只见魏家大院火光冲天。天亮时，大伙被锣声集合到村里的场院，就在那棵树下，曾经残害细妹的地方，此时绑着魏苟，人们发现阿春婶也背着驳壳枪，原来她在细妹牺牲后，也正式成为了一名真正的游击战士。树生主持召开群众大会，受苦的百姓历数魏苟的罪行，现场枪毙了魏苟。当天，石仔村成立了苏维埃政府，魏家大院成了石仔村苏维埃临时政府。树生兼任主席，阿春婶被选为妇女主任。她发动群众进行土地革命，烧地契、分田地，穷人们第一次过上扬眉吐气的日子，石仔村的天终于迎来晴朗的日子。

1934年的冬天来得特别早，也特别冷，不到十一月，地上就结了一层薄薄的冰。这天阿春婶正组织村里的姐妹们赶做棉鞋，树生神情严肃地走过来，通知开会。原来红军第五次反围剿失利。上级要求他们转移，一切工作都要重新转入地下。正在开会的当儿前哨来报，魏家大少爷，也就是那个在城里当团长的带兵正往村里赶来。树生带上队伍往前拦截，阿春婶带领群众安全转移。原来魏苟和树生他们交火的时候，翠琴带上半拉子从后门逃往城里找她的大伯——魏天。魏天一听，整整带了两个团的兵力，树生他们寡不敌众，在撤退的时候，为了掩护战友，不幸落入魏天的手里。树生受尽酷刑，宁死不屈，第二天被带到山坳里杀害，同时牺牲的还有十几个后生。

魏天把翠琴和半拉子兄弟在魏家大院安顿好，留下几十号人护宅，就带着队伍回城复命了。村民们惦记着山坳里那些被残害的亲人，他们悄悄组织了十个汉子，负责收敛掩埋他们的英雄。可是等他们到那里的时候，却见多了十几个坟墓。是谁？那么大胆子在魏天的眼皮底下做了好事。莫非是阿春婶？带头的刘大爷一拍手，肯定是的，阿春婶啊！苦命的阿春婶不会让她的孩子们抛尸荒野的。站在一旁的憨娃喊道：“这里有血！”那血迹斑斑驳驳，蜿蜒直往山顶。大伙寻着血迹，来到的山顶，他们看到阿春婶！阿春婶太累了，她一手抱着一个坟，睡着了。她的膝盖、她的手指都血肉模糊了，可是她却睡得那么安详。刘大爷他们十个汉子齐刷刷跪下，悲痛不已。

原来，树生他们遇难的那天夜里，阿春婶就带上针线，来到山坳里，不知道缝了多久，不知道缝断了几根针，她把这些孩子们的身首一个个接好。

山风呜咽，万物悲鸣，阿春婶没有眼泪，她也不再流泪，她知道她的孩子不希望她掉眼泪。她心疼她的儿，这些后生都是她的儿，她以她的孩子们为骄傲，他们是为像她这样的穷人活着的，也是为像她这样的穷人死去的。不，还有她那未出世的孙子，他们都是英雄，她感到她的娃们没有死，正看着她呢。阿春婶把十几个后生拾掇干净，完完整整干干净净地把这些孩子们安葬好。然后背上树生，往山顶爬，她要让树生他们一家团圆！爬不动了，就跪下用膝盖，用手爬，膝盖磨破了，手磨破了，不知过了多久，天亮的时候，阿春婶终于来到山顶，她已经没有任何疼痛的感觉。她拿起别在腰间的柴刀，紧临细妹的旁边把树生安顿好。人们就在阿春婶睡着的地方起了个坟。那天是 1934 年 11 月 12 日，从那天起，不管世道多艰难，石仔村的百姓们每年都会轮流给阿春婶一家扫墓。

1949 年 11 月 12 日，刘大爷早早到山上看阿春婶，不知什么原因阿春婶的墓塌了，在墓边上长出了一棵松柏！刘大爷老泪纵横，这是阿春婶显灵了，阿春婶你知道新中国成立了！我们老百姓当家做主了！你这是高兴啊！如今这棵松柏已经亭亭如盖，护住两座紧紧相依的陵墓。

后来石仔村在山上修了座“红军亭”并立了碑文。石仔村的孩子入学前都会听“一门四英烈”的故事。除了每年的清明，每年的 11 月 12 日，石仔村小学的孩子都要上山扫墓。这是石仔村的规矩。

# 寻访虎胆英雄林少克

山，除了山还是山，平和五寨乡联盟村，一个窝在群山间普通再普通不过的小山村。就是这个小山村，在革命战争年代走出一位虎胆英雄——林少克。

林少克原名乞食，又名林乌石，福建省平和县五寨乡联盟村人。1917 年 4 月 26 日，林少克出生于这个偏僻贫穷的小山村。贫苦的家庭多了一张嘴，日子越发艰难。两岁时母亲林何氏病故，六岁前父亲林花眉迫于生计到漳浦让人家招赘为婿。八岁父亲去世，孤苦伶仃的林少克由大婶二婶抚养长大。据说林少克小时候长得比较矮小，黝黑，调皮机灵。在婶婶们照料下成长的林少克虽自小孤苦倒也没病没灾，如山间的乌石顽强成长，所以大家都叫他“乌石降”（闽南语）。

1932 年 5 月 28 日，中央主力军由漳州回师中央苏区。漳州革命以红三团为主力在小山城、龙岭、车本、欧寮为中心靖和浦边界地区开展斗争，平和五寨乡是当时的基点村。15 岁的林少克便在这时参加了红三团，投入了为劳苦大众谋福祉的革命斗争中。林少克参加革命那年正是红三团最艰难的时候，以张贞为首的反动派对红三团疯狂反扑。在苦难中长大的山里娃林少克，在艰苦卓绝的斗争中迅速成长，他敢打敢拼，有勇有谋，第二年就光荣地加入了中国共产党。在三年的游击战争中，他取得赫赫战功，先后任职班长、排长、副连长。

抗日战争开始后，1938 年 1 月底，闽抗三支队 300 多人奉命前往平和坂仔集中整编。2 月 14 日从小溪乘坐汽车前往龙岩集中。临行前，林少克托他的战友林水塘带两块银圆回家，转告养育他长大的大婶：此去北上抗日，生死未卜，请兄弟林红猫过继一子为后。未曾想此次留信，此行离乡竟成永别！

1938年2月27日新四军第二支队四团一营在龙岩白土整编完毕。林少克任三连连长。3月1日这支部队从白土出发，浩浩荡荡开赴苏皖抗日前线。在大江南北打击日军与国民党顽固派的战斗中，林少克总是带头冲锋，身先士卒。部队改编为新四军一师三旅七团后，林少克先后任二营副营长、营长、团长。

1944年春，日军为打通中国大陆交通线，陆续从华中地区抽调部队南下参加作战。驻苏中、苏北地区的日军为弥补兵力不足，遂收缩防区，强化伪军，并加强对沿海地区的控制。新四军第一师兼苏中军区，遵照中共中央关于集中力量打击日伪军、巩固与扩大抗日根据地的指示，为改善苏中地区的斗争局面，沟通苏中与苏北、淮南、淮北地区的战略联系，决定于3月上旬在淮安、宝应以东发起以夺取车桥为主要目标的攻势作战。

车桥镇是联结苏中和苏北的枢纽，位于淮安县城、泾口、泾河与曹甸镇之间，是日军第64师团和第65师团的结合部，是敌人的心脏，工事坚固，由日军1个小队40余人和伪军1个大队600余人驻守。

1944年3月凌晨车桥战役打响。林少克带领第七团采取远程奔袭手段，利用夜暗从日伪军外围据点之间直插车桥，以隐蔽迅猛的动作，从南北两面同时发起突然攻击，仅25分钟就突破外围，攻入镇内。林少克亲自在前沿指挥突击队架梯登城，率二营从南面突入，连克碉堡十余座，配合兄弟营攻克了日伪军严密设防的重镇车桥。

经一天两夜的战斗，林少克他们除了解决驻地之敌军，还狠狠重创支援之日寇，此役共歼日军大佐以下465人（生俘24人）、伪军483人（生俘168人）；是1944年以前我军在一次战役中俘日军最多的一次。日本东京大本营也承认，车桥战役标志着新四军反攻的开始，日军从此向下坡滑行。

抗日战争结束后，林少克所在的队伍改编为华中野战军，迅速投入解放战争中。苏中战役是华中野战军在江苏中部地区反击国民党军进攻而连续进行的七次作战的总称，因而又称其为苏中“七战七捷”。

1946年5月，在闻名遐迩的苏中战役中，他英勇善战，屡立战功，为苏中“七战七捷”作出了贡献。战前，七团在如皋城整训，新婚不久的林少克一心扑在战备训练中。在全团干部会上，他提出“铁是打出来的，兵士练出来的，战场上要当战斗英雄，操场上要当练兵模范。”

苏中战役的第一仗宣（家堡）泰（兴）战斗，也是华中解放区的初战。林少克率领各营干部直插敌军前沿，冒着敌人的炮火详细勘察地形，部署战斗。发起攻击后，指挥各分队穿插迂回，突破层层鹿寨铁丝网，摧毁了敌人所谓的“原子工事”子母地堡，和兄弟部队密切配合，全歼了国民党嫡系部队83师的主力56团和一个山炮营，攻克了宣家堡。如（皋）南战斗第二仗，为配合兄弟部队消灭敌人有生力量，七团指挥所紧跟前沿部队之后，指挥所的屋顶被敌人的炮弹打穿了两个大洞，他全然不顾，仍然沉着果断地指挥二、三营向敌军核心阵地出击，直捣49师师部，加快了战斗的全胜，49师师长化装潜逃，七团生俘了49师26旅少将胡琨，受到华中野战军司令部表扬。

在丁堰战斗中，七团配合兄弟部队发起攻击，据守丁堰的国民党交警第七总队以纱厂为核心，庙宇作为支撑点负隅顽抗，在屋顶和大树上架设机枪与地面火力组成火力网，疯狂地进行射击，林少克把团指挥部移到前沿。调整攻击部署，亲自指挥各分队，利用新缴获的火箭筒、六〇炮，打掉敌人高层火力，掩护部队向前展开，并以突然勇猛的动作，突破敌人防御阵地，一举攻占街东头大庙。敌人顿时乱作一团，仓皇逃窜，在田野里被我军全歼。

“七战七捷”中战果最大的一仗是如皋黄桥路战斗。七团担许主攻，八、九团各一部配合，敌判断我军将攻击如皋，急调黄桥99旅向东增防如皋，并令如皋守敌189、79、99旅各一部西出接应。我军根据战斗发展情况，调整部署，七团遵照上级命令，组织部队佯攻后撤，林少克亲自带领两挺机枪阻击敌人先头部队。战斗到白热化程度，林少克提起机枪爬上屋顶，一边骂娘一边扫射。压住敌人的火力之后，积极整顿战斗组织，补充弹药，部署了多路攻击，分割歼敌的战术。果然不出所料，从黄桥开往如皋增防的99旅，被我迂回敌后的部队，在分界全部就歼。如皋西援之敌随即向如城突围，被我七团与兄弟部队乘胜追击，全歼于运动之中。在七战七捷中林少克率领的七团英勇奋战敢打敢拼屡建战功，被称为“老虎团”。

1946年8月30日我军回师海安，向盘踞海安的国民党整编65师发起猛烈进攻。9月10日，战斗十分激烈，敌人的炮弹在七团指挥所四周爆炸，他却镇定自若、全神贯注地打电话指挥战斗，不幸中弹英勇牺牲。当年10月，由海安迁往东台安葬于三仓烈士亭畔。他牺牲时年仅29岁，结婚才两年。

终其短暂的一生，14年的戎马生涯，真正践行了“为党为人民牺牲一切”的誓言。

56年后的今天，我们一行人来到他的家乡，寻访他的足迹。刚到村子里不久，天空竟飘起了细雨。南方初冬第一场雨，来得那么应景！蔡书记深情地说：“老天也感动了！”

是啊，为了今天人民的幸福安康，多少英雄志士埋骨他乡，多少先辈前仆后继？山河怎能不动容，天地怎么不催泪？

站在联盟村104号的老屋面前，我心潮起伏。它是那么的不起眼，与四周林立的楼房相比甚至有些寒酸，可正是这低矮的平房让我感受到一种静默的伟大！我想起了许爱国、符义山、王占春……还有更多无名无姓的英雄们！他们都有一个共同的名字——“红军”！他们都有一个共同的出身“人民子弟兵”！

今天，我们——漳州新四军研究会来了！也许迟了点，但我们想对先辈们说，我们都是你们的后来人！

# 为了不应忘却的纪念

静静的，在那被遗忘的山坡上，
还下着密雨，还吹着细风，
没有人知道历史曾在此走过，
留下了英灵化入树干而滋生。
——穆旦《森林之魅——祭胡康河上的白骨》

从江苏东台回来，这支曾经写过李林、符义山、许爱国、林少克、苏履谦等抗日英雄的笔停了三个多月。因为我不知道该怎么下笔，太多的感情充塞我的心脏，更不知从何写起，那么多厚重的生命穿越时空矗立在我面前，不知道他们的名字，不知道他们的事迹，该怎么书写？但我不能不写，我害怕享受太多习以为常的幸福麻木了良知——一个写者该有的良知。

是的，我该写点东西，为了长眠在东台的“六十五人墓”“五人墓”“六人墓”的忠骨，为了民族战争、解放战争中牺牲的埋骨青山、长眠大地的无数先烈，哪怕写得不好，也要表达一个生活在新时代的中国人该有的感激和良知。

“新四军一营三支队的大部分就分配在我们这边，可是能查到的漳州籍目前只有林少克，你放心，我们还会继续努力，相信对史料进一步整理一定会有新的发现。”东台市新四军仇会长郑重地说道。

站在这些合葬墓前，我特别笃定这当中应当有漳州的子弟！

漳州——福建闽南的小城，在革命风起云涌的二三十年代被誉为“闽南的俄罗斯”，极具革命思想民族精神的漳州人民骨子里代代汹涌着民族大义的热血。

早在淞沪会战时，漳州民间武术家张日章就带领闽南抗日大刀队与日军进行贴身肉搏，血染黄浦江。

从 1931 年开始，小小的漳州城相继成立了“漳州抗敌后援会”“芗江民众歌咏会”“漳州青年战时服务团”“龙溪民众抗日救国服务团”等，各式各样的抗日团体遍及社会各阶层。

1938 年 2 月 10 日，有一支名叫“闽南抗日义勇军第三支队”的队伍，从漳州平和板仔出发到龙岩白土，正式编为新四军第二支队第四团第一营，营长池义彪，副营长兼教导员廖成美。整编结束后，即赴苏皖北上抗日。这些闽南籍子弟兵（包括参加闽南红三团的外省籍人士）约有 400 多人，他们都是 18—20 岁出头的青葱朝气的年轻人。这支在白色恐怖奋战三年的红军战士，血泪还没擦干，在民族生死存亡的关头，又义无反顾直奔前线。

“我叔公临行前，托人带了两块大洋连夜送到村里给我的祖奶奶，留下两句话：此次离家抗日，不知能否生还，如若不测请哥哥过继一子为后。我叔公当年才二十出头，就抱着必死的决心啊！”岂止是林少克，每个北上抗日的子弟人人如是啊！

“甘愿征战血染衣，不平倭寇誓不休”的李林如是。

“我要和你们离别了，或者是永远离别了……救国才能顾家，国亡家安在？！”高捷成如是。

“……作为一个炎黄子孙，一寸土地也不能被外国人给侵占了去。”苏履谦如是。

……

“苟利国家生死以，岂因祸福避趋之”。抗战是一场民族存亡的生死博弈。不分民族，不分阶级，不分党派，不分地域，何止江苏东台，何止是漳州小城。天下兴亡，匹夫有责，守土卫国是每一个炎黄子孙天经地义的使命，中华大地哪一寸土地不浸渍志士的热血！

王建堂投笔从戎，临行前老父亲赠予“死”字旗，旗上写道：“我不愿你在我面前尽孝，只愿你为国家尽忠！”白发苍苍的老父赠旗一面，让他随身携带，伤时拭血，死后裹身，为民族勇往直前！我华夏普天之下，这样白发苍苍的老父、老母挥泪送儿上战场的何其多啊！为四万万同胞浴血杀敌，尸骨无存，姓名随滔滔江流逝去不为人知的何其多啊！

怎能忘记“八百壮士血战四行仓库”的孤勇，白山黑水的枪声，台儿庄的炮声，平型关战役的壮烈……怎能忘记那气冲云天的“我们要保护我们的国家”的誓言！

14年抗战，中国军民伤亡3500多万人！中国军队牺牲380万人，牺牲的英烈大部分姓名不为人知，功绩不为人知！但人民英雄是他们共同的名字！

我们有必要重温首都北京天安门广场上“人民英雄纪念碑”碑文：

三年以来，在人民解放战争和人民革命中牺牲的人民英雄们永垂不朽！

三十年以来，在人民解放战争和人民革命中牺牲的人民英雄们永垂不朽！

由此上溯到一千八百四十年，从那时起，为了反对内外敌人，争取民族独立和人民自由幸福，在历次斗争中牺牲的人民英雄们永垂不朽！

人民英雄永垂不朽！英雄的人民永远铭记！

# 阿姆，姑母

阿姆，不是我的母亲，也不是我的保姆，她是我的姑母。对我而言，她就是阿姆，阿姆就是母亲。

记忆中的阿姆，是个慈祥漂亮的女人，一头乌亮的短发，永远干净的一身蓝布衣，略带苍白洋溢着温情的笑脸上有一双充满温情的大眼睛。

据说阿姆的婆家遭遇变故，连栖身之所也卖了，阿姆是在这样的境遇下拖家带口投奔娘家的。其时，兄弟们都已分家，三进三层的祖屋，愣是没有阿姆的落脚地，他们就挤在祖厝厅堂前九平方米用竹篾隔成的小屋。

阿姆育有五个儿女，靠姑丈一人踩三轮车养家糊口。一家七八口人挤在这样的小屋是没有私人空间的。进出门嘈杂的脚步声，聒噪的说话声，沉闷的开关木门的声音，每时每刻充斥耳边，只有在各家各户入眠后，才能有一点安宁。即便这样，小屋着实也无法安置所有人，大哥、大姐时常到外面借住，有一宿没一宿的，今天这家、明天那家地挨。现在想来我不知道那些寄人篱下的日子，对哥哥姐姐们，尤其对阿姆来说，是怎样的一种心酸。可阿姆的脸上始终是含着笑的。这也许就是幼小的我在所有亲戚中最喜欢她、亲近她的原因吧。

不过，我也见过她掉泪，那是为我流的。

我父母是双职工，在很远的郊区上班，一般是日出而作，日落而归。按照现在讲我五岁就成了半留守儿童。阿姆主动担负起照看我的任务，并不要家里的任何报酬。用她的话说，我一个小丫头片子能吃多少，再说拿报酬是生分了我和她的感情。白天阿姆干活的时候，我就一个人在厅堂玩。想必我家那时也是艰难的吧，我五岁了还没见过橘子。有一次，我因看别的孩子吃橘子，脸上被抓了五道痕，在那个年代，一颗奶糖在孩子们眼里都是奢侈品，更别说一个大红橘子。那吃橘子的肯定觉得受到威胁，故而发起突然袭击。我又疼又怕，坐在厅堂的门口大哭起来。阿姆抱起我走进厨房，心疼的和我一起掉眼泪。

阿姆的厨房是在楼梯下，那种上下楼都可以有细密似胡椒面飘洒的地方。可是阿姆的灶台永远干净得发亮。她有一口大锅，锅口有一米二的宽度。自从那次我被打之后，阿姆家的那口锅就成了百宝箱，时不时变出热气腾腾的地瓜、香香脆脆的锅巴来。只有那时，阿姆才会让我扬扬得意地跑到厅堂门口耍。我发现这个秘密之后，想吃东西就跟阿姆说：“阿姆，我想到外面玩。”后来我才知道，那地瓜是我姑父踩三轮车时的干粮，就是我哥哥姐姐们平常也是难以吃到的。生活如此艰辛，可阿姆的脸上总是含着笑的，我从来没有看过她发火或抱怨什么。

那时她在我眼里就如田螺姑娘。她不仅可以从那口大锅里变出各种零嘴，而且可以把那简陋的竹篾小屋齐整为我温暖的港湾。我享受着阿姆亲生孩子们享受不到的优待，可以随时在屋里唯一一张大床上打滚，躺在厚厚的被垛上唱歌。

后来，老房子再次分家，三进三层的祖屋还是没有阿姆的份。在我去省城上高中那年，阿姆一家搬离了我们的祖厝。放假回来，看到重新分了家的祖厝没有了阿姆，听到依然是喋喋不休抱怨分家不公婶婶们的指桑骂槐。那段日子，我心里总像塞满了棉花般烦闷。我想阿姆了，当我敲开那破落低矮的房门，见到温暖如昔的阿姆的笑脸。阿姆很开心：“托这次分家的福，更托我们居委会林主任的照顾啊。你看，五六十平米的平房，砖木结构，再也不用担心大半夜会被沉重的哐当的开门关门声惊醒，再也不用烦恼纷沓而来的脚步声、叽叽喳喳的说话声从头顶碾过了，你大哥、二哥、大姐、二姐都成家了，够住。”我看着没有了大锅的小厨房，没有了大床的小房间，面对乐呵呵的阿姆，我心里百味杂陈。善良的阿姆，即便遇到多少不公的待遇，也总是满心的感恩和知足。对于别人总是要求得甚少，只是世态炎凉，沧桑了多少亲情。

时光荏苒，长大后的我长期在外奔波，眨眼过了许多年。

那年的冬天特别的冷，郊区竟然罕见地下起了冰，家乡很多香蕉树都被冻死了。回家过年的我，听父亲谈起阿姆，老景惨淡：儿女们年幼没读什么书，都是老实本分的人，打工的打工，下岗的下岗，远嫁农村的远嫁，还有一个残疾未能出阁的小女儿，姑丈前年过去了，失去依靠的阿姆生活日愈窘迫。由于旧城改造，阿姆的廉租房也在拆迁之列。她被安置在一间公厕后面的低矮平房里，潮湿阴暗。再见阿姆，白发苍苍，骨瘦如柴。她和未出阁的残疾的女儿一人一张竹床当屋摆着，周围挤满斑驳的破旧家什。当谈起她残疾的女儿，还有那些自己无法照顾的孙儿们，她拉起衣角抹起了眼泪，那是我第二次见她流泪。老境如此颓唐，让我心里说不出的酸涩。我拉着她的手，心里百感交集，恨自己没能力给她一个安身的地。想给她一些体己，她坚决不肯接受，用她的话说："我有儿有女，怎么可以拿你的钱呢，传出去让人笑话不成？"阿姆有阿姆的理由，她怕伤了孩子们的脸面，这就是我可敬的阿姆，一生艰辛但一世干净利索。

那次，我带着满心的担忧离开阿姆。一晃就是一年，不知阿姆怎样了？我唯一能做的只是时时祈求上苍给她一个遮风挡雨的地方。

一天的午后，我接到家里的电话，电话的那头很是热闹，分明还有阿姆的声音。父亲很开心地对我说："你阿姆有房子了！""是嘛！"我开心极了，简直不敢相信，一年前，我还在那异味刺鼻的公厕后探望她。那边，阿姆抢过电话感慨地说："感谢政府啊！赶着惠民工程的风，特别分一套安居房给我们娘俩住。你阿姆——我，终于住上楼房了！"我分明看到善良的阿姆，如晚秋的菊花盛开她的笑颜。我让父亲多包些红包让她添置些家什，可是她一分都不要。她说，把喜讯告诉大伙，图个乐就够了。不能给大伙添麻烦。也许怕大伙包红包，她就是执拗地不让大家知道具体的楼房号。她就这样一家一家地报喜呢。这可能是她这辈子最幸福、骄傲的事。

## 博爱道
——阮厝的故事

我可敬的阿姆啊！活到老，穷到老，辛苦一辈子，但丝毫不抱怨。但凡自己有了活路，就不给别人添麻烦，那种看似逆来顺受的软弱骨子里却透着耿直的硬气。

推开窗，我看到无数金黄色的秋菊在夕阳中绽放。

# 做一个精致的女人

这是一个优雅、知性、精致的女人！一头与年龄不符的乌黑头发，和善慈祥的脸上有一双顾盼有神的明眸，也许是画家出身，哪怕是普通的一袭飘逸的长裙，随意搭一条围巾，从骨子里透露出的优雅、知性的风骨也让人忍不住多看几眼。其时，她已是年逾古稀。我很是纳罕：一个70多岁的老妇，怎么会有如此花信年华般的美丽。

角美共和街是一条百年老街，这街上的房子都是有年纪的了，那间其貌不扬、历经光阴的淘洗已经龙钟的33号老屋有些逼仄，走上狭小的木梯来到三楼（其实应该是临时搭建的小阳台），“斯是陋室，惟吾德馨”的诗句立刻在时光里绽放美丽的光彩。你看，不足十平方米的小阳台有假山，有流水，四周错落着高高低低的盆景，偶或冒出几只小黄鸭，或是点缀几块透亮的海石；左边一排白色的小栅栏，就如一圈小巧的摇篮看护着花花草草，右边一处潺潺流水，万绿丛中安放一块顽石，顽石上有几个泥塑的顽童在嬉戏，不远处蹲坐着弥勒，越过花丛还有一位鹤发童颜的老翁怡然垂钓……这藤蔓、这石头、这假亭等各种景致，小到花盆里的一个贝壳，大到一片绿地，都是出自王老师的手，紧邻阳台的画屋窗下，摆放一对藤椅和茶桌，每个晨昏晦明，约三五好友品茗或自斟自饮，纷扰的红尘也可如此的超然和干净。细看这些都不是什么古朴精美的物件，有的是河边捡的，有的是朋友送的，那些花花草草也不见得是如何奇珍，如若不是主人有一颗积极的热爱生活的心灵，有一种干净清洁的灵魂赐予这方天地于灵气，如何在这尘世美得如此纤尘不染。

生活得雅致，大多数人都可以做到，甚至生活得比这更飘逸的也很多。但是把生命过得灿烂精致的人不多，因为这种灿烂是发于心、溢于外的积极、知性、才情的精致，历经岁月的打磨更精致得隽永，这种美哪怕你用多少胭脂水粉也企及不了的。因为她在生命的每个阶段都能绽放得如鲜花般美丽。

也许很多人不知，王老师当画家也是退休后的事。

王老师在幼儿园是教画儿童卡通的，退休后她发扬所长向美术出身的儿子学国画，从此一发不可收，成了闻名家乡的牡丹画手。退休后完成儿时的梦想学唱歌、跳舞的，学写字、画画的我见多了，但还没见哪个老人能把这种追求升华成专家的，王老师是我见到的第一位。王老师擅长画牡丹，她的牡丹图灿烂蓬勃，花艳而不娇，叶饱满舒展。牡丹开在百花齐放的春天，却以自己独特的雍容、自信赢得花之皇后的美誉，我似乎明白王老师喜画牡丹的原因：梅、兰、竹、菊清高有余，亲民不足。这不符合王老师身上那种积极进取、自信人生的信条。

从王老师人生的一些片段，我们可以读到这种精神给予她灿烂的缘由。

在以前那个年代，由于出身问题，王老师为了读书，不得不远走他乡，毕业后没有正式单位要她，她扛过锄头，下过地，搬过砖，也教过夜校。正是她身上那股无论做什么事情必须赢，不能输的高贵品质，机会终于垂青于这个牡丹般美丽的孩子。一个偶然的机会，生产队要解放妇女劳力准备办幼儿班。大队的文书——善良的杨亚姨推荐了王怡伦老师。当老师一直是这个年轻人的梦想。王老师全身心投入幼儿班的工作。短短几年时间，幼儿班从一个只有十几个孩子的班级，发展到有大、中、小三个年龄段的幼儿园。这个爱做梦的女子还有更大的梦想：让家乡所有村落的孩子都有自己的乐园。为了这个梦想，这个弱女子踩着一辆自行车从江东到白礁一村一村地做工作。为了让村里孩子有一处属于自己的园所，她求爷爷告奶奶四处寻求支持。晴天一身土，雨天一身泥。如果遇到离镇区边远的村落无法当天返回，她还得打上背包住上十天半个月。为了修缮幼儿园，在缺乏人力的情况下，她还得亲自搬砖。对她来说，这些都是小事，最难过的是还得忍受外人的嘲讽，家人的不解。这对于已是为人妻为人母的王怡伦来说，个中的艰辛与甘苦只有自己知道。但这些都无法阻挡她实现村村办园的脚步。功夫不负有心人，王老师用一年多的时间，走遍全镇 32 个村，终于实现村村都有幼儿园的梦想。

一生奉献于幼教事业的王老师退休后并不囿于个人的小天地，她不满足于当一个自娱自乐的老者，70 多岁的她继续将自己的光和热奉献给社会：负责老人协会的工作、参加各种活动的慰问献画、参加区志编写……每一项工作她都不辞辛苦，尽心尽力。近一年区志编写的合作，我亲见她精致的秘密就是：生命不息、奉献不止。

编志前期的工作都是王怡伦老师着手整理的。收集整理资料是一件烦琐的活，41 个村落的资料，王老师亲自敦促村里负责人一一落实，再把交来的资料一份份地收集录入。为了方便收集，70 多岁的她，学会使用微信，学会收发邮件，学会怎么把图片上的文字转换成文档。有一次为了把资料输入电脑，她在简陋办公室的小桌上硬是趴了几个小时，腰都直不起来。每次不管我们工作多晚，她作为当地的编写人员都要陪着我们。最苦的是顶着酷暑到田野采风，连续十几天，早上 7 点出发，一直到晚上 7 点，渴了喝口水，饿了到路边小店胡乱塞些填填肚子，累了在车里打个盹儿，一个 70 多岁的老人对工作如此热忱和执着，着实让人心疼。想想这般年纪安享晚年的人有的是：有的含饴弄孙，有的周游世界，有的莳花弄草……退休发挥余热的我也见过，但如此辛苦的野外采风，一般是不会涉及的。而王老师做了，且做得那么到位、认真。她是怀着对家乡感恩之情在工作的。每一次新发现，每一次对历史的补遗都让她幸福满满，我总听她说道：“太好了，能参加这份工作太有意义了！”每每听到这样的话，我心里总是很感动，作为当地协助我们编辑的人员，她是不领任何一分补贴的，这种公益性般无利可图的工作换了别人早就撂挑子了，而在她看来却是一种荣誉。

看着那从发丝、从明眸里流露出的自信、知性和才情的王怡伦老师，终于相信那句“人是要有一点精神的”真理。有了这点精神哪怕岁月如何雕琢，都能让流年惊艳。

人到中年，常常在想做一个怎样的女人，才不会被岁月侵蚀。林徽因是我的偶像，但她是人间的四月天，可望不可即。遇到王怡伦老师之后，我终于有了答案：做一个像她那样精致的女人。

# 爹，我吃到你种的杨梅了

当我骄傲地显摆：“这是我家 diongran（丈人——闽南语）种的杨梅！”隔壁阿姨和素一起笑话我：“你傻了啊，那哪叫“diongran（丈人——闽南语）？！”我第一次在邻居面前红了脸。嫁人 20 年，连“duagua（公公——闽南语）”与“diongran（丈人——闽南语）”都分不清。因为，那个该叫“公公”的人，我一直叫他爹。他是我老公的爹，也是我爹。也许，没人能体会，公公——我叫他爹的亲人，在他逝世十多年后，我吃到他生前种下的杨梅，心里是怎样的一种疼。

其实，对我来说爹是陌生而熟悉的。说陌生，是由于语言不通，我们之间很少交流。可他又是我婆家最熟悉最可亲的长辈。

我对他最初的了解，是偶尔和老公拉家常知道的。爹是村里最能干的人：他很有头脑，是村里最早开发水果的领头羊；他会乐器；他会治一些常见的外伤；他懂得很多草药……这我相信，我亲见爹在的时候，家里的角落总堆满了鼓啊、锣啊、唢呐等，老公那手推拿的功夫也是跟爹学的。爹一年到头总是忙着给许多果树，除草、施肥、修剪……

进了婆家门后，印象中爹话语不多，一张雏菊似的笑脸跟高大的身材不大相称。这有什么关系，他有一张让我暖心的笑脸。

爹是个和善的人，饭前饭后总要坐下泡上一壶粗茶，不一会儿陆陆续续就会有人过来喝茶唠嗑。那时家境不是很好，如果说电器的话，就是几盏微黄的灯，一台嘎嘎作响的风扇。可是即便这样，家里每晚都很热闹。左邻右舍都喜欢来家里找爹泡茶，我听不懂他们的俚语，但那不时爆发出的笑声，让我这个外来媳妇很放松。

爹没有别的嗜好，就是烟、酒、茶一样不落。烟是最便宜的手卷烟，家里总有一卷焦黄的烟叶，一叠厚厚的白色烟纸，一袋廉价粗茶。第一次看见爹拿着一大塑料袋的粗茶，我鼻子有点酸。城里的父亲也是喜欢喝茶，但是每次都买一斤 20 块钱的茶叶，姐姐还总心疼父亲一直叮嘱买好点，20 块的茶叶太苦涩。我能想象这一大塑料袋的粗茶是怎样的味道。可是，每每从田里回家的爹，坐下喝几口粗茶时那满足的神情，如同品尝了什么香茗般的惬意。

爹的晚餐必要有碗酒。酒也是自家酿的米酒，有时看那酒还是刚酿的泛着红曲的颜色。几粒花生就是最好的下酒菜。讲究的时候，会从村边路过的小贩那里买来盐卤豆腐清炒韭菜，有时更简单，开水过一下，伴上酱油就是上好的美味，幸运的话还会买到盐炒花生。我和他最近距离、最亲密的接触，就是回乡的那几晚，有机会陪他喝点薄酒。一点黄晕的灯光下，一台嘎嘎作响的台扇旁，就着野蔬，他喝他的米酒，我喝我的梅子酒。没有多少话交流，倒是爹时不时用筷子指着盘里的豆腐，嘴里说着我能猜得出的客家话，示意我："吃，这个好。"如今想来，那张桌子就我和他两人对饮，门外孩子们的嬉闹是那么的美妙，那时的酒是那么的香甜。任何人、任何语言都是多余的。在我眼里，由于语言不通，不会和我交流的爹，用心疼着他外地的媳妇：有爹的时光，我和女儿就像公主。每年荔枝红的时候，爹不管交通多不方便必定要让老公带上一大麻袋的荔枝送给城里的媳妇和孙女。有爹的时光，冬有火炉，秋有柿饼，春有梅子。爹就是这样一个朴实和善的人。

爹为了一家人劳碌了一生，做得最多，要得最少，话不多，心最暖，也许上苍不忍他太劳碌，一个意外让他还没来得及享受小辈们的孝顺就匆匆地走了。

如今，小瓦房翻盖了四层半的楼房，电视、空调、冰箱，该有的电器都有了，要吃有得吃，要穿有得穿，要花有得花。可是，我总觉得缺了什么。再怎么舒适的小洋楼也没有那盏昏黄的灯温暖。爹走后，我也渐渐少回去了。如今想来，我在婆家最幸福的时光就是有爹的时光。

爹，那天我吃到你种的杨梅了，我想你了——爹！

# 豆 豆

豆豆是我家楼下的小女孩，四岁光景。豆豆爱笑。每次听到她的笑声，我总想起蒲松龄手下的那个婴宁，她的笑容最甜美，那笑弯了眉眼的样子，总让人想起夜空中的那弯细细的月牙，纤尘不染。

那是一个初夏的早上，我坐在朝南的门口看书。耳边响起一个银铃般的声音："你好。"我抬眼，一个清清爽爽的小女孩，站在我面前，这不是楼下阿姨家的外孙女吗？见过，但没接触。这是城里居民楼的弊端，住在同一栋楼，老死不相往来，即使抬头不见低头见，但都不会去搭话。

"你好，小妹妹。"

"我想和你成为朋友，老师说喜欢看书的孩子都是好孩子，阿姨，你看书，也是好孩子。"

这么一个乖巧、可爱的女孩，谁不喜欢？头一次见面就被夸了的我心里很是得劲，连忙进屋拿了个小蛋糕给她。这时她妈妈上来了，一边上楼梯，一边喊："你这孩子，怎么随便乱跑！"看我拿着蛋糕，立刻又说："哎呀，不要啦！"豆豆看看我，又看看她妈妈，一直推着不要，我从她扭捏的眼神里读出了妈妈的教诲。我笑着对她妈妈说："这孩子教育得真好，多懂事，以后常来坐，这孩子跟我有缘，你让她拿着吧，就一个，好吗？"她扭捏不接，我编了个理由："拿着吧，阿姨的篮子里会生蛋糕，你拿了一个，会生两个。""哇！"她发出一声惊叹，也许是得了妈妈的首肯，也许是想让那神奇的篮子多生个蛋糕，她终于拿着蛋糕开心地下楼了。不一会儿，她一个人上来，来到我身边，很郑重地伸出小手，里面有一个小小的红色塑料瓶。"阿姨，这是我的礼物，送给你的。”看我有些犹豫，她晃动了一下身子说：“你是我最好的朋友，这是我最好的宝贝，你收着。”我怎么能拒绝这样的一份厚意呢？

我们就这么成了朋友。她一有空就会上来找我，我本孤僻，从不喜欢人家到家里来，哪怕是朋友亲戚，尤其是在看书写字的时候。唯独豆豆来，我都会放下手里的活儿，和她聊天。豆豆的世界是温情的：布娃娃会做梦，花儿会跳舞……

有一次，我看到她手臂上被蚊子咬了一个大包，问她：“昨晚是不是让蚊子给咬了？”她开心地说：“阿姨，昨天有好多蚊子坐飞机来看我，‘嗡嗡嗡’地叫着。”豆豆的世界充满善意，哪怕是对叮人的蚊子！

反思我们这些所谓理性、稳重、有阅历的成年人，活的是不是太累了？不知什么时候起，我不敢随意表达自己的心意。不再慷慨为需要帮助的人解囊，甚至曾经拒绝帮助丢了钱包的路人，哪怕她说就给一顿饭钱就好。因为当我有点恻隐之心的时候，耳畔总会想起“小心上当”的忠告。是的，当善良和真诚标上价格，当信任和爱心成了商品，于是人与人之间的距离不再是只隔张肚皮而已，而是披上刺猬式样的铠甲。需要温暖，又披着满身的刺；害怕伤害，又不肯付出温暖。据说这倒是现实社会人与人之间最完美的距离。殊不知，这种人人防备、人人自保的意识让我们失去了多少纯真的天性和纯洁的内心。

其实，这个世界没有那么多别有用心，尽管这世界有些污浊，但大体是干净、光明的。我们不能因为被伤害过一次，就对所有人冷漠。我们更不要为了所谓的成熟和阅历，就丢掉最可宝贵的率真。

写到此，我似乎看见豆豆张开双手，从远处跑来喊着：“阿姨！我好想你！”很久没见到豆豆了。豆豆，阿姨也好想你！

# 追念李学武老师

9月9日，对我来说是一个值得缅怀的日子，因为一个长者：我的同事——李学武老师，用“同事”来称呼，未免太轻慢了，对我而言，他是我的老师！

他大概是跟我同一年进学校的。只不过，我是到私立学校历练，他是退休后下海赶赶趟，按他的话说：“尚有余热，不能熄火。”

记得刚到学校不久，私立学校工作压力大，使我这在公立学校工作多年的老教师有点喘不过气，更要命的是当了班主任，碰到一个极具个性的学生，工作上又得不到年段长有力的支持，每天和学生都处于敌我斗争的状态，搞得整个人很焦虑，脸上看不到任何笑容。

那是个阴霾的冬天，天阴沉沉，好像一直没晴过。年段开完例会，李老师叫住了我。一看是教我们班的化学老师，我心里的弦立刻绷紧了。该不会是学生又闯祸了吧？李老师慈爱地让我坐下，端了一杯水给我，说：“蓝老师，来来，品品我的茶，味道怎样？”我为人木讷，不善于和人交际，平日里也很少跟男同事闲聊，加上所有神经都因为学生绷得紧紧的，我有点窘迫且紧张，一开口：“李老师，是哪个学生不乖？等一下开班会，我说他去。”李老师哈哈一笑：“哪有那么多调皮的学生！没事，看你整天绷着脸，叫你喝杯茶放松一下！”那一天，李老师和我谈天说地，具体说些什么我都忘了，只记得他说道：“人生就是那么一回事，快快乐乐是一天，忧忧愁愁也是一天。只要心里阳光了，看到的人和事也阳光了。”从他的办公室出来之后，我觉得清冷的冬天也有一份高邈的深远，走路都轻快了。我轻快地走进班级，那天的班会开得很轻松。此后，每次遇见，那句“开心！”成了我们之间的问候语。我一遇到解不开的烦恼只要往他那里一跑，三言两语，举重若轻，眨眼间就成了一杯茶的事。在他的点化下，我改变了心境，工作也顺当了许多。

可惜不久因为工作关系，我就离开了双语。

多年后的一个午后，一个电话打来，电话里第一声就是："开开心心过一天，蓝老师好！""是李老师！李学武老师！您好！"真不知他从哪里打听到的电话号码。他热情地询问我的近况，七十几岁的他，居然会微信，有了微信，偶或总会发一些养生之类的信息给我，逢年过节总是他抢先问候我。平日里还积极转发我那酸不拉叽的文字，后来在微信里看到他晒过大寿的照片，看他幸福满满，真心为他高兴。"等有空了请你喝茶！"瞎忙的我每次总这么和他约定，天知道！这句话成了匹诺曹的鼻子永远长在我心里，成了永远的痛！

李老师，我总想找个时候拜访您，可是从您告老彻底退出讲坛，一直到您离开人世也没去成，我是多么的愚蠢！去年的今天，2017 年 9 月 9 日第 33 个教师节前夕，我意外收到您仙逝的噩耗，心里的惊痛和遗憾无法言说！您没打招呼就这么悄悄走了。我实在不知道用什么言语来表达我的哀悼。今天想来，这也许是您离开的特有方式吧，没有病榻缠绵，没有让亲朋好友经历身心俱疲的折磨，真正做到了"生如夏花般灿烂，死如秋叶般静美"，只是您这样活活疼死了人！

明天就是 9 月 10 日，不知怎的，我想起了您——李学武老师！您走了有一年了。在这样的时节里，叫我如何不怀念您这位德高望重的长者，在人生路上给予我的温暖和鼓励！

今天，我唯有用如此笨拙的文字奉上对您的谢意：感恩您在那段艰难的日子，作为前辈给我无私的鼓励和支持。不管多大的风浪，我永远铭记您那句"开开心心是一天"的话语，也会告诉我的学生们积极、快乐地活着！

# 缅怀吴龙杰老师

我不敢相信！“吴荣杰老师因病去世！”这不会是真的！

我呆坐良久，在我眼里，人高马大有棱有角的吴荣杰老师，一如二十几年前我进浦南中学时那般神采奕奕的模样。

老天怎么可以这么突然把你活生生带走！你对生活是那么热爱！一个数学专业出身的，业余学习电脑技术，几乎成了能手，同事们的电脑有些小毛小病都是你解决的。记得有一次活动，背后有人喊我的名字，回头一看，竟然是你。你下乡经办个案件恰巧也经过那里，那时才知道你还有律师从业的资格。同行的友人不住地夸赞：“你们浦南的老师，真能干！”那次，我沾你的光，第一次感到身为浦南中学老师的骄傲。

一年暑假，我带孩子到云水谣景区度假，冷不丁接到你的电话，原来，你也在那里。只不过你不是休闲度假，你为了革命老区的发展，整个暑假蹲守在科岭开发农场。我至今还记得你深情地说：“老区人民太不易了，他们的生活不应该过得那么艰苦！”

不了解你的人，总对你身为教师，做这么多不务正业的事颇有微词，我也曾那样误解你。直到 2017 年，我们配班，短短不到两年的时光，我亲见你如何尽心尽责的工作。即便执教的地理学科非你本专业，也是上课严谨，课堂精彩，学生们既害怕也喜欢上你的课。那些调皮的孩子对地理的热情都是在你的感化下激发的。初二会考，面对基础知识极其匮乏的学生，我们不得不利用午休时间给学生们补课。当我艰难地向你提出加班要求的时候，你不顾身负繁重的家庭压力，没二话就答应了。答应那么爽快使我很是意外，因为我早知道你的不易，已做好你推脱的准备。整整一年的午休补习，你从没缺勤，累了趴在办公室休息片刻，饿了吃碗泡面。这样无怨无悔，你对学生的热爱可见一斑，哪怕进步五分，哪怕进步一名，你都会在家长群发祝贺！曾经偷拍到你生前的一张照片，课间你在教室辅导学生的瞬间，孩子们围在你身边，听你详细的讲解。要知道那时，我已经多次劝急剧消瘦的你请假看医生。但你继续坚持工作，甚至还经常为农村孩子家庭教育的缺失而忧虑，也经常鼓励支持我的年段工作，用手机在家长群帮助科任老师、班主任和家长们沟通，经常向家长们普及教育心得。

我的好同事！允许我此刻叫你一声：兄弟！如果当时我力劝你赶紧就医，也许还来得及保命；如果当时你推脱一下午休补习，也不会那么累。我现在特别遗憾没有及时去看望你，由于各种原因，没来得及去看望你。与你通话时，你也说，好很多了，没什么大碍。

兄弟！离开得如此急促！让人心痛！兄弟！天堂不再有病痛！一路走好！

# 悼念一个长着翅膀的男孩

这篇悼文我着实不愿意写，不相信这是真的！

8 月 11 日晚上接到噩耗，一夜未眠，这几天心里塞满棉花，我想找人诉说，怕一开口就控制不住。

小胡瘦高个，娃娃脸，一笑就露出一排洁白的牙齿，阳光如你，灿烂得像春天里的一棵白杨。这样的你，老天怎么这样狠心让“死亡”这个残忍的词与你联系在一起?

12 日惠玲问我:“蓝副，你那边还有没有小胡的照片，他家里人想收集下留个念想。”我心里了狠狠疼了一下，我翻遍手机，只找到两张。一张是我们局下洋边党建时几个同志一起行走乡间的合照，挥舞党旗的你是那么神气！另一张是有一次我们去寨下，司机误入涌山，我被村里的篱笆吸引了，硬拉着你拍了张照片，仅仅这两张！小胡作为领导的随从人员，大多时候你都是给人家拍照的。自着手建立“一企一档”的工作伊始，你跟着我跑了近百家企业，走遍霞浦六个乡镇十几个行政村，仅仅在我手机里留下的这两张照片，还是跟别人的合照。

对待工作，你从不挑肥拣瘦。给规上企业建立“一企一档”是吃力不讨好的活。俗话说生意场上风云变化，今天规上，也许明天就规下，我们在整理档案过程中经常可以碰到有些企业已经规下或者不存在了。很多人说，不要做了，做了没意义。你却帮我仔细地梳理每个乡镇的企业，排查是费事费力的事情，而你却毫无怨言。我是外地人，打电话落实企业信息的时候，有时会被误认为骗子。你知道之后，就专门建了一个规上企业工作群，方便了我的工作。最辛苦的是下企业，记得第一次到柏洋做规上企业调查，车在号称有 64 道弯的山路迂回盘旋，当我忍不住呻吟着说，不敢再来第二次的时候，旁边传来，“蓝副，我也快受不了。”我转头才发现，你也是脸色铁青。可是即便这样，之后到柏洋落地智能图书馆、建档、惠企宣传、安全排查等工作，你还是毫无怨言地随行。下乡不吃请是我们局的规定。所以远的地方，早上出去经常是过了中午饭点才能回到单位，如果是下午出去，回到县里常是灯火通明。跟着我这么一个不懂人情世故的挂职干部真苦了你。下盐田工业区，皮革制业特有的气味待久了让人反胃，可你还是跟着我一家一家地走访。这不要紧，眼看到饭点了，我们也是赶回单位，我怎么就没察觉到年轻人体能消耗大、饿得快，怎么就不知道在路边吃点便饭，垫垫肚子呢？有一次，走访的片区企业较少，我们估摸着可以早点回去，还在路上的时候，局里来电话要你回去赶个材料，听说那天你在办公室一直加班到下午上班！

对待同事，你是那么的善解人意，体贴周到。我们都怕狗，有一次到一家企业，一进门两三只彪悍的大狗挡在门口狂吠。一样怕狗的你却挡在我面前，安慰我：没事没事。

你还记得那次去寨下推动茶业开发的情景吗？其实，你完全可以不跟我去的，那不是局里分内的工作。而我却执拗地往那边钻，人手不够时总是拉上你同行。

有一阵那边在修路，又恰逢雨季，坡陡路滑，被土石堆占据大半的山路，一边就是险崖，车子以几乎倾斜 30 度的姿势艰难行驶。有一次，车子几乎要翻转了，我心提到嗓子眼，特别害怕，如果我光荣了，至少经历了人生该有的阶段：恋爱、结婚、生子。而你才二十出头，人生刚刚开始。

知道噩耗以后，我不敢细问，因为实在不愿意相信那个灿烂的男孩没了。

小胡，我的《为你而来》霞浦诗文集已经出版，且刚刚获得第三届国际东方散文奖一等奖，里面还选了一张你拍的工作照，本来想回霞浦的时候，亲自送一本给你，现在却没机会了。

这短短两千出头的文字，我断断续续写了几天。今天我走出医院，置身川流不息的人潮。突然间，我似乎看见一位长着翅膀的天使在上空飞翔。那就是你吗？善良、阳光长着翅膀的天使！小胡，这人间你来过，以胡俊勇的方式来过！

# 痛惜冯水国先生

2021 年 10 月 8 日上午十点，我在许主任的朋友圈遇着一个霹雳："冯水国老师，斯人已去，风范永存。"我简直不能相信自己的眼睛，连忙跟许主任确认，冯老师确实已经走了，永远地走了！不管我信不信。

我与冯水国老师相识很晚。

初识冯老，是 2016 年在区政协文史委办公室。有一天，为撰写古城小吃的事情，我到政协文史委找王老师，一进门就看见一位白发苍苍器宇不凡的老者，坐在靠门的茶几边上。王老师介绍说："这是冯水国老师，是你们芗城教育局的老领导。"冯老师微笑地向我点点头，亲切问道："你哪个学校的？"我自报家门后随口问了一句："冯老师，刚从局里退休吧？"没想到大伙都笑了，"冯老师都快八十了"。我忙不迭地道歉："不好意思，我应该称您为冯老才是。"冯老笑着摆摆手："哈哈，叫老师就好。"他得知我负责整理漳州粿类制作的内容，就和王老师一起帮我回忆各种民间的粿品。我记性向来很差，与人交往，见过两三次还记不得人，因为这般忘性，所以除非外出公干，大部分时候都宅家，以此省去很多麻烦。这次与冯老在人海里匆匆一瞥，虽然没记住他的名字，可是这位平易近人、热心帮扶后辈的老者给我留下了深刻的印象。

再见冯老已是五年后了。

2020 年 12 月 2 日，热心有爱的美玲姐得知我喜欢读读书、码码文字，特意带我去拜访一位学识丰富、藏书满屋的老前辈——冯水国老师。清脆的门铃消失之后，一位老者开了门，并热情地招呼："欢迎，欢迎！进来坐，进来坐！"啊，这不就是那次在政协见过的老者吗？美玲姐替我们互做了介绍："这就是冯水国老师，这是蓝老师，我们的委员。”“小蓝啊，我们见过见过，在政协文史委。”是了，是了，就是他，冯老师，原来美玲姐说的冯水国老师，就是他啊！有过之前的一面之缘，大家很快就熟稔起来。冯老带我们参观了他的书房和卧室，环堵皆书，冯老得知我在整理红色文化，当即送了我几本书，其时我正收集新四军抗日将领林少克的故事，听说一本《闽南红三团》的史料里有他的资料，可惜我一直没找到，当我向冯老问可否有这本书时，冯老很肯定地说：“有，但书太多，我得花时间找找。”过了四天，冯老就叫我去拿书。我去拿书的时候，冯老慷慨地对我说：“你需要什么，跟我说，我帮你找。”我当时心里一暖，一个以藏书为乐、嗜书如命的人，居然可以如此慷慨地把自己的收藏赠予素昧平生的后辈。告别时，冯老还送了我一套他历经十几年收集整理的《上下五虎》。

有一天，友人来拜访，看到这套书，问我从哪里来，一听冯水国老师，这友人很是惊诧：“你怎么会认识他，他可是我们漳州文史界大名鼎鼎的翘首啊。”

冯水国老师，教师出身，先后就职于漳州三中、漳州市进修学校，后任芗城区教育局高招办主任、西桥小学、芗城实验小学的书记，退休于漳州芗城实验。冯老耕耘教坛几十载，躬身垂范，立德树人，为社会培育桃李无数。退休后又致力于本土文化的收藏、整理。十几年他收集了两万多册的图书，五万多张老照片，相当一部分是明清以来难得的史料，为漳州文史作出很大的贡献。

作为文史界的收藏翘首，冯老并不为物所累，他没有那种坐拥奇珍、秘不示人的偏执，更没有奇货可居、待价而沽的贪婪。冯老可以把珍贵的史料慷慨地借给甚至送给需要的人，而不是以此换取高额的回报。还有一次他给我来了电话：“小蓝，下午来我家一趟，我给你找了几本书。”一进冯老家门，他把早就准备好的一包书拿给我，我打开一看，里面竟然有一本《芗潮剧社的剧本》，泛黄的书页已经有些破损，这是非常珍贵的史料，刚好可以作为我们馆展的陈品！我激动不已：“冯老，这太珍贵了！我怎么敢拿？”“小蓝，尽管拿，我书多得是，这些史料是属于大众的、社会的，我只不过是个保管员而已。”就这样，我校建馆需要的史料有一半是冯老捐献的。当时建馆工作刚刚启动，各种事物千头万绪，藏书证还来不及做，我向他说明日后补送，他连声说：“不用，不用。”

如今冯老已经仙逝，据悉他生前就向家人表示，百年后这些收藏的资料无偿赠予政府档案、图书馆部门收藏。这就是冯老，他倾其所有痴迷于地方古籍史料的收藏，对文史爱好者又能做到倾囊相送，其胸怀之广阔，不仅彰显了真正收藏家的高贵品质，更体现了一个文人用自己的方式继圣往的绝学。

有时我常常想，老天真是眷顾，让我人到中年遇见冯老。我在冯老身上看到了一个真正文人的社会使命：保存历史的根脉，延续民族的文化。只是老天太过吝啬，太过残忍！竟然没有任何预告就猝然把可敬的冯老带走！

冯老！早知道这样，我应早去拜访您，起码还能见上一面。冯老！我刚出的诗文集如今没有机会呈给您了！六月诗文集发行的时候，我忙着去江苏做报道。回来后伺候生病的老父，总想等过一阵再登门拜访亲自送到您面前，聆听您的指正教诲。没想到遇上了疫情防控，又不敢贸然上门。9 月 30 日，到文史委送书的时候，看您不在，心想等国庆假日再到家里找你。可是不争气，老毛病犯了，行动不便，只能又推后。没想到这一推竟然天人永隔！再也没机会听您的教诲了！老天！我与冯老的缘分竟然如此浅吗？只有 324 天！说 324 天，其实真正面谈聆听冯老教诲的才仅仅六次！

冯老！您是那么的博闻强识，矍铄睿智，以至于刚近知命的我竟然在已是耄耋的您面前喟叹：“我老了。”那次把您给逗笑了：“小蓝，你才几岁，在我面前说老！还很年轻哪！”错了，错了，错了！我以为我们见面的时间还很多，总忘记您是米寿高龄的人，早知如此，最后一次您叫我去拿书的时候，我就会守着您多坐一会。

冯老，您如此一去，是要让我抱憾终身啊！那次我临走时，您叫住了我，关切地询问学校地方史的展馆建了吗？太惭愧！您期待的展馆一拖再拖，因各种原因至今还在走流程，竟然来不及让您看一眼！您这就走了，让我情何以堪！如今，您的教诲犹在耳旁："这个馆要建好，更要用心管理，好好发挥馆的作用，让下一代记住我们的历史，否则就是劳民伤财的摆设。"冯老，您放心！上周我们学校的馆已经进入申报流程，他日建成，我定把喜讯上告于您！我一定谨记您的教诲把学校的文史做好。

不管我愿不愿意，不管我如何追悔，冯老是驾鹤西去了。漳州教育界、文史界失去了一盏明灯；后学们失去了一位可敬、质朴、热忱、无私的前辈。

痛哉！痛哉！痛哉！

# 感恩有你

没想到大中午的还失眠，在这个温暖的感恩节的中午。也许是被卢主任说“洗衣机？没问题”所感动吧，也许是被许主任、李记者说一定去村里看看所感动吧，也许是被杨主席向大家努力推介我们村的茶所感动吧！肯定是这样的，被太多爱的温暖充盈，满满的感恩急需宣泄！所以，我有必要在这样明丽的午后向窗外的蓝天、绿水、远山……向来来往往的人们分享我的幸福和快乐！

2020年11月26日感恩节，我在区政协幸福地度过。

正如沈主席说的，政协是娘家。那么，对我而言，郭姐就是娘家里的最贴心最知心的长姊。

我为人木讷，不善交际，属于那种见了领导绕路走的人。郭姐走入我的世界是缘于她的宽厚和仁爱。

2018年也是这么明媚的一个冬日，郭姐打电话通知我开会的时候，我正躺在医院里做个小手术，她得知之后，一定要来看我。我想就几面之缘，不好意思烦劳人家，再者更不想让人看到病中憔悴的模样，不肯把具体的地址给她。郭姐懂得我的心思，倒也不勉强，但是隔三岔五就打打电话，发发微信问候我。年底政协开会，那时我刚出院不久，身体还是很虚弱，她在会场看到我脸色不好，赶紧帮我请假，交代我回家休息要紧。我心里很是感激，想想政协委员百来人，她没有一个叫不出名字的，已经不易了，平凡如我的一点小事她还记得那么清楚而且关照这么周到，这是一个多么温暖的人啊。

入政协五年来，在深入基层工作的日子里，书生意气的我一路磕磕绊绊整了很多事。每每这个时候，她总是鼓励我：“惠娟，你别把自己累了，我们都是普通人，尽心尽力就可以了。你已经做得很好了，我们很感谢你们这些委员，工作都很认真。”

最让我感动的是，也是在这样一个晴朗的日子，我从霞浦回来，拿着村里的茶如无头苍蝇般冲到她办公室，莽撞地推介。她着急说道：“你这怎么行，对茶一点都不懂，就背着包到处走，没用的。你得找个合适的商家或者平台来帮你推介。”平日里只会拿粉笔、爬格子的我，哪认识什么商家，更不要说媒体平台了。热心的她当即打电话联系了漳州一枝春的电商，当天下午就带我跟商家对接。郭姐也许不知道，那次的对接对我、对村里是怎样的一种意义！其实，那天跑到政协找她是我的最后一根稻草。这一路上各种碰壁、各种不解足以瓦解一个茶盲的热情。当时我想，如果再找不到销售渠道，我就放弃。是郭姐的一通电话，给村里的茶农找到了方向；是郭姐帮忙搭建的一枝春电商这个桥梁让我看到了希望，重燃继续前行的勇气。

2020 年 7 月村里的茶出来了，我非常高兴，除了在微信推广，还采购了很多茶到处分发。结果事情来了，有人说我明着送茶，实则搞销售赚钱，有人质疑我助推村里茶的目的，反正各种说法都有，我非常郁闷和愤怒，跑去找她。郭姐就是郭姐，她一如既往的不温不火，泡上清茶，平息我不满，然后四两拨千斤地点化我：“做事总有人说话，也很正常，问题是你做得是否快乐，你觉得你所做的事有意义很快乐，就去做，不要听太多闲话。”很奇怪，在我眼里天大的事到她那里往往就是一盏清茶、一句话的事。这也许就是圣人说的：“不患人之不己知，患不知人也。”郭姐就是那样的人啊！

这不，这个月她就要退休了，知道我爱书，专门整理了一些书送我。当听说李记者来了，赶紧把我叫过去：“我介绍你们认识，李记者人很好也是我们的委员，你村的茶需要推介可以找他！”多好的郭姐，她总是这样想你所想，急你所急。

看着眼前的和善慈爱的郭姐，如果不是周围人太多，我真想拥抱她一下，在她耳边轻声说：谢谢有你！

## 博爱道

——阮厝的故事

行笔于此，窗外玫瑰色的晚霞暖暖地洒在窗前，“……感谢有你，伴我一生，让我有勇气做我自己……”蓦地，从心底飞出了这深情的歌谣！

感恩有你！我的郭姐，我生命里走过的郭姐们！

# 人物春秋

# 科岭杜鹃分外红

科岭杜鹃分外红，血雨腥风不改容。

革命烽火铸峥嵘，牺牲只为九州同。

那年夏天，从南靖游玩回来后，激荡我内心的不是云水谣的碧水蓝天，不是“四菜一汤”的神奇，不是树海瀑布的壮美，而是离云水谣十几公里外的科岭！

科岭，地图上都未必找得到的名不见经传的小村子，地处南靖、永定、龙岩、漳平边区中心，森林茂密，地势险要。1934 年老一辈无产阶级革命家张鼎丞、谭震林、邓子恢在这里创建了（龙）岩永（定）（南）靖革命根据地，成为红军反围剿的前哨之一。

汽车在蜿蜒的山路上盘旋，从车窗往外望去，林壑幽美，尽管仲夏的阳光还是毒辣的，这里却山风习习。或许是偏远，或许没有风景，这里人迹车流罕至，过了约二三十分钟的光景，我们来到一个村口，那里矗立着一座纪念碑。同行的吴老师介绍说，这就是科岭村下科岭自然村。我不禁一震：我到过不少村落，村里大多是建有祠堂的，也去过一些革命老区的村落，但是还没见过在村里树立英雄纪念碑、建立革命烈士陵园的。

科岭革命纪念碑用花岗岩砌筑，正面镶嵌石碑一方，碑铭为：“一九三一年在闽西南为革命光荣牺牲的烈士”，记载了以岩永靖军政委员会主席李明康为首的 41 名革命烈士名录。

走在村道上，蓊郁的树上传来阵阵的蝉鸣，一切显得那么安详平和，很难想象当年这里的枪林弹雨、战火纷飞。走了不短的一段路，见不到一座土楼，见到的大多是砖瓦房，这让我很是疑惑：既然科岭地势复杂险要，兵匪成患，这里的民居应该以具有安全防卫功能的土楼为主才是。素称拥有土楼900多座，被喻为“土楼王国”的梅林镇为何单单吝啬了科岭？在吴老师的带领下，我终于见到一幢修葺一新的土楼，门楣上赫然写着三个红色的大字“翻身楼”，上有个牌匾“岩永靖军政委员会旧址纪念馆”。走进展览馆，那段硝烟弥漫、气壮山河的历史扑面而来。

在那暗无天日、漫漫长夜的年代，科岭贫苦百姓饱受兵匪的欺凌，也许那些兵匪们没想到，这个9天18次被土匪洗劫的村落，竟然涌现出那么多赤胆英雄，更没想到科岭的女人有着铮铮铁骨，她们把改变腐朽黑暗的世界作为自己的使命，用生命燃烧成燎原的星火。

郭治妈（1894—1936年），又名田治妈，原籍永定县龙潭田治，早年丧偶。1927年改嫁科岭村贫苦农民邓朝煌。从永定到科岭，郭治妈过着同样的“半年糠菜半年粮，腊月寒冬提火笼”的生活。生活的磨难使她对这个兵匪横行的社会产生了深深的疑问：穷人的出路到底在哪里？

1930年至1932年，红二十军和红十二军先后在科岭建立苏维埃政权，这如一道阳光照亮郭治妈的胸膛。她积极当上接头户，在艰难的环境下，她机智地刺探敌情，买药送粮，不到一年迅速成长为一名共产党员，并先后被选为下科岭村苏维埃政府和靖北区苏维埃政府的妇女主席。

科岭的夜晚不会忘记，在那盏昏黄的油灯下，她组织姐妹们为红军缝米袋、织草鞋；科岭的山路不会忘记，那曲曲折折的小路有她冒着生命危险送粮送信的奔忙的身影；科岭的群众更不会忘记，她带领姐妹们护理伤病员的温情。那醇厚的炼乳、甜蜜的红糖、喷香的鸡蛋……

1936年的秋天来得特别的早，山上的游击队断粮了，郭治妈像往日那样把筹来的粮食往山里送，还是那条蜿蜒小路，可是路边茂密的树丛却埋伏着豺狼，她不幸被民团抓住，受尽严刑拷打，凶残的敌人剥光她的衣服，割下她的乳房，并惨无人道地在她的伤口上撒盐！我们的母亲，我们的战士，宁死不屈，咬碎了牙也不吐一个字。

像郭治妈这样本该抱着孩子、围着灶台的女人们，为了劳苦大众，和她们的兄弟、和她们的男人一样的并肩战斗！白色恐怖没有使她们恐惧畏缩，在生死考验面前，她们从容自若，视死如归。下科岭村苏维埃政府和靖北区苏维埃政府的妇女主席郭治妈，妇女代表：林三妹、江阿柑、黄细妹、游击队队长陈木树的爱人五更寮村的妇女主席黄亚瑞……太多了！这就是科岭女人！这就是我们的巾帼英烈！科岭的男人也绝非鼠辈。村口那铭记 41 名烈士的纪念碑中，就有 35 位科岭村的青壮年长眠在这片红色的土地上。父送子，妻送夫，夫妻、兄弟双双参加红军。有史记载 1930 年 1201 人的科岭，到 1951 年只剩下 496 人！

我终于明白为什么不建立祠堂建纪念碑；终于明白为什么这里土楼不多，1934 至 1936 年间，国民党反动派对小小科岭发动了 13 次围剿。国民党的疯狂围剿，可以摧毁田地、土楼，可以掠夺财产，摧残生命，可是追寻光明的灵魂是不可屈服的……

走出纪念馆，我回望这座用生土夯筑，连灰都不抹的土楼，它是那么庄重而肃穆、质朴而高大！

回程途中，我们特意跟吴老师重走山后的"红军路"，那是当年郭治妈她们给红军、给游击队送粮、送情报的生命线，那里沟壑纵横，山高林深，以前是没有路的，后来走出了一条路。路上一个手挎提篮的村妇匆匆走过，我似乎看到郭治妈、黄亚瑞等依然笑着走在这片红土地上。

2021 年 7 月 1 日，光辉的日子来临。回首过去的一百年，成千上万"不愿做奴隶的人们"在中国共产党的领导下站了起来，冒着敌人的炮火高唱着《义勇军进行曲》奋勇前进，为我们创造了今天国家富强、社会安定、人民安居乐业的美好景象。在这样值得铭记的时刻，高举先辈的旗帜继往开来，是我们给伟大的祖国、伟大的中国共产党最好的献礼。

# 黄埔之子——苏履谦

“……以后来信，要多写：身体方面，滢儿方面，家中方面，石码方面，家乡情况，此次战事，民族如何，总之多写写。以后，我写信给你，若有什么要事，当然要写在……后面……这不过是假使国家有事时，或其他交代，先告诉你。”

“你近来做什么事？有空要多看看书。这几天我们国军处处胜利，敌舰沉亡，飞机廿五被击落，铁军车被缴十多架，武器也有，还有死了许多日本狗，报纸有看？总之，最后胜利，必属于我们勇敢的国军呀！”

我颤抖地打下上面断断续续的几个文字，似乎触摸到这泛黄的字迹背后穿越时空而来的一个纯净、滚烫的灵魂。

写信的是我舅妈的父亲——苏履谦。

苏履谦，祖籍福建龙溪县人，父亲苏考云是南洋华商，后至越南经商。苏履谦十岁那年，苏家在越南的生意难以维系，苏考云携眷从越南回国。回乡后，苏考云将一家老小在漳州市东门外步文公社田丰村安了个家。

苏履谦自小聪颖，喜好读书，无奈他父亲是封建遗老，认为学新学会坏思想。他眼里所及社会的所有不堪和动乱都是新思想带来的祸害。所以他不让孩子们读书，认为只要学会做生意就可以。经过苏履谦的苦苦哀求并许诺不用家里负担学费的前提下，勉强获得父亲的同意才得以就学。13 岁的苏履谦就读于漳州某中学，他一边给人家当学徒一边读书。两年毕业后，考上由开明人士郑在常筹资创办的杭州中等商业学堂，也就是今浙江工商大学。学业将成时，日本大举进攻济南并制造了

1925年5月25日“五卅惨案”，同年6月又制造“皇姑屯炸车案”。国家危难，民族正值用人之际，苏履谦便弃商从戎，报考了黄埔军校，成了黄埔军校第七期（1929年3月8日）工兵科的一名学员。那一年他才19岁，半年后1929年12月28日，学满毕业。

毕业后，苏履谦在驻漳四十九师张贞部队里当了一名小军官。张贞辖下的军队已经腐烂到底，苏履谦满眼看到的是那些吃喝嫖赌抽、五毒俱全的官僚、军棍。满怀报国御敌的苏履谦陷入了痛苦之中。

张贞是漳州诏安人，之前臭名昭著的张毅被国民革命军独立四师的张贞打跑后，一般民众以为他会照应一下自己的乡亲。没想到，为了扩充地盘，他利用与闽南新编军陈国辉、叶定国的老关系，进一步激发军阀内部的矛盾，在漳州平原制造了一场场军阀混战。老百姓被强拉挑夫，强抓壮丁，耕地成为战场。更可恶的是疯狂巧立各种苛捐杂税：米捐、麻袋捐、冥纸捐、活猪捐、铺屋捐……甚至群众吃一斤糖都要捐20%以上的捐税，漳州民众流传着：“张毅换战贞，捐税加两升。”

可叹，漳州人民罹患人祸未消，天灾又到。

1932年5月，闷热的闽南漳州暴发了鼠疫。此次鼠疫不比往日，来势凶猛，不到几天，从浦头、马公庙到马坪街，一个街区一个街区地扩散；蔓延时间很长，头尾长达六年，有史记载：“此疫发病4600多例，死亡3900多人。”城区每天都有死人，兵荒马乱的年代，老百姓叫天天不应，叫地地不灵，很多人背井离乡四处逃难。

至1935年，当苦难成为日常，命如草芥的时候，一切灾难都稀松平常。这是一个料峭的早春，几乎麻木的苏履谦被悲凉的人间激怒了。

“王婆，你还没交冥纸税！赶紧交了！”

“老总，给，给你钱……”王妈妈目光呆滞，颤颤巍巍伸出手，把缗钱送给为首的。“妈的！晦气！”随着一声喊骂，王妈妈被推到地上。苏履谦正好经过，怒不可遏地呵斥他们：“你们干吗欺负一个可怜的女人！”那一群捐棍看着穿着军装，怒目金刚的苏履谦，悻悻地走了。

王妈妈，苏履谦在古城暂寓的邻居。这五口之家，善良和乐，在战乱年代相依为命。没承想在这次鼠疫中老伴和儿子一家三口都染上鼠疫。早上刚刚硬朗朗地出门，中午回家就相继倒下。不到一天，都撒手人寰。王妈妈哀嚎无助，突然遭遇灭顶之灾，本来贫寒之家一下子要给四口人办丧事，连棺材皮都买不起，哪来的钱交冥纸税。傍晚苏履谦回家的时候，远远看到几个仵作从王妈妈家里出来，只见他们在王妈妈家门口撒上石灰，封上门，把露着人腿的一卷草席扔上旁边的一辆板车上拉走了，后面跟着几个捐棍骂骂咧咧："死绝户，害我们连冥纸税都没收到！"

自从鼠疫暴发，漳州军阀发明了又一劫掠百姓的苛税，冥纸税就是当中的一种。由于苏履谦为人刚正，军队每次瓜分收刮的福利，他分文不取，以至于逐渐被视为异类，被排挤。苏履谦再也无法在这悲凉的人间多待一分钟。

第二天苏履谦给师部留了一份辞职信，带上新婚不久的妻子林丽英离开了漳州。

林丽英，龙溪石码人，也是热血青年。为了摆脱封建家庭的包办婚姻，在朋友的帮助下报考了漳州仁恕护士学校（1931 年），学成后在一家小医院当了护士。也许都是反抗封建家长制的先锋，这对冲破封建牢笼的青年被朋友撮合走到了一起。苏履谦离开军队时，她已经身怀六甲。为了生活，苏履谦带着妻子到南安县马头刘林乡的尚真小学当了校长。第二年冬他们的第一个孩子漪菱出生了。日子虽然清苦，但每天教孩子们识字断文也是很快乐。

有一天苏履谦阅读报纸的时候，一条新闻跃入眼帘"绥远抗战：'民族的生存和荣誉，只有靠自己民族的鲜血才可保持'"。这就是 1936 年 11 月 15 日爆发的"绥远抗战"。苏履谦看得血脉偾张，拍案而起。国家民族正值危难存亡之际，自己怎么可以偏安一隅享受天伦？一连几天苏履谦坐立不安。这天傍晚，苏履谦早早放学回家，特意下厨房做了顿丰盛的晚饭。饭后，他鼓足了勇气拉着妻子的手说了心里话："英，我想到南京去。现在日寇对我中华虎视眈眈，作为一个炎黄子孙，一寸土地也不能被外国人给侵占了去。”话音刚落，林丽英拿出一张报纸，对他说：“不用说，那天你看的报纸，我也看了，行李早帮你准备好了，淩儿有我，你放心。”第二天，苏履谦辞去了校长的职务，告别妻儿直接北上。他进入黄埔军校的教官班受训，毕业后分配到江苏省奉贤县担任社会军事训练总队部军训教官。

1937 年 7 月 7 日卢沟桥事变爆发。同年 8 月 13 日，盘踞在上海虹口一带的日本侵略军继 7 月 7 日卢沟桥事变后向国民党淞沪驻军再度挑衅，“八一三事变”爆发。苏履谦带领部队与日本侵略者进行了殊死搏斗，在一次作战中他负了重伤，子弹穿过肺部，伤还没痊愈，日寇已经突破防线直逼浦东南桥一带，苏履谦又带领部队转战到奉贤，坚持抗战。1937 年 11 月 5 日日本侵略军在杭州湾金山卫登陆，日寇的战机如蝗虫铺天盖地地洒下炸弹，国军伤亡惨重，有生力量很大一部分又被压制在防空洞，无法出战。苏履谦看得心急如焚，眼看敌人就要逼近阵地，他拔出手枪几次要冲出洞口都被战友拦住，苏履谦奋力挣脱，大喊：“不能龟缩在此，敌人要上来了！豁出去杀他几个比躲在这里强！”他奋力一跃，带领士兵冲出防空洞，冒着炮火顽强抵抗直至以身殉国！

烽火年代，家乡的妻子林丽英收到他的最后一封信是 1937 年 2 月 18 日，此后再也没有消息。林丽英带着孩子靠给人洗洗补补艰难度日，她坚信苏履谦一定会回来！

1947 年的一天，她家门口来了两个国军，他们给她送来一张抚恤令：“江苏奉贤县少校军训教官苏履谦于 1937 年 11 月间抗日阵亡 蒋中正”。丽英没有哭，她倚着门站了很久很久，她哭不出来，她的泪早在艰难的岁月里熬干了，她不能哭，她身后还有两个孩子，苏履谦牺牲那个月，大女儿不满两岁。苏履谦北上抗日的时候，还不知道她又有身孕，现在苏履谦从未见过的小女儿漪萍都 9 岁了。她不能哭，她还得代他伺候父母，养育孩子。

林丽英守寡五十几年，一直没有再婚。苏履谦留给她唯一的念想就是两个女儿和一张抚恤证。

## 博爱道
——阮厝的故事

1998年，中央有颁布政策规定：“凡在辛亥革命或是抗日阵亡者，都是烈士。”老人曾四处写信申请恢复爱人苏履谦的抗日烈士身份，可惜由于没有原始材料，一直未果，直至2004年逝世成为她一生的遗恨。

“我父亲留给我妈妈那句话——一寸土地也不能让外国人给侵占了去，从我们懂事起妈妈就叫我们记住。妈妈说，父亲一直都在，记住这句话就是记住父亲。可是，我有愧妈妈爸爸，这么多年了，我也老得走不动了，可是依然没能完成母亲的心愿，恢复父亲烈士的身份。”看着已过耄耋，白发苍苍的舅妈，我心里猛地一疼。烽火四起的年代，民族危亡的时刻，没有国，哪有家啊！中华儿女不分民族，不分党派，不分阶级前赴后继，沃血沙场！

从黄埔军校成立到抗战结束前夕（1944年），黄埔军校一共毕业18期学员。而根据1947年编印的《陆军军官学校第二十一期同学录》中收录有一篇《黄埔文献》，1944年何应钦在其中明确提出：“自第一期至第十八期，以及附属各班队，先后毕业同学达二十五万四千六百零九人，各正战役，先后阵亡，经呈报有案者，一万零四百六十二人，而负伤者，不计其数。国民党在正面战场上组织的四大会战，中国军队更是伤亡惨烈。淞沪会战，伤亡约30万，太原会战，伤亡约12万，徐州会战，伤亡约10万，武汉会战，伤亡约11万。”

经过中国历史学家多年研究考证计算得出，在抗日战争中，中国军民伤亡共3500多万人，中国损失财产及战争消耗达5600余亿美元。

苏履谦只是当中的一个，是那些永远不再回来的几千万当中的一个！一寸山河一寸血！历史不该忘记，历史不会忘记！

我不知道怎么安慰眼前这位思念父亲哀伤的老人，我知道也许此生她无法完成母亲的遗愿，就如我无法完成她的重托一样，只能以菲薄的文字祭奠那些背家逆行的先驱们！

烈士的英灵永远与山河同在，日月同辉！

# 林语堂对爱情的注解

实在的恋爱绝不是游戏，也绝不是堕落的人生所能体验出其价值的，它具有引人向上的鞭策力，它也具有伟大无私的至上情操，它更是美丽的象征。

——庐隐

电话的那头是A絮絮叨叨甚至有些哽咽地诉说，说他对菊的爱念，对她的付出，对她的不舍，抱怨菊的无情和决绝。面对这样一个五大三粗的男孩子——我的外甥，我实在很无语，我从远的人生目标到近的家庭因素进行劝导，甚至运用了所谓的爱情如酿酒原理，都不见效。当他失去理智说到殉情的时候，我忍不住狠狠批评了他的幼稚和不负责，他回我一句:“你年轻过吗？”我一时无语，沉吟了一下，对这个热爱文学的孩子默默地说:“我有没有年轻过不重要，建议你有空看看林语堂的《八十自述》和《赖柏英》吧。”

放下电话，那句“你年轻过吗”的反问还在耳边回荡，其实这不是新鲜的。因为我听过比这更直接的话:“你懂爱情吗？”很多人对我的爱情和婚姻很难理解，因为我当年秉着跟人家谈恋爱不结婚很不好意思的奇葩思想，嫁给第一个恋人现在的丈夫。我的情感很单纯，婚姻也很平静。就如他们无法理解我一样，我无法理解那些失恋之人欲生欲死的失控；无法理解那些游戏感情的自诩为情种的轻浮；更突兀于那些得不到必将毁之同归于尽的疯狂。

那么，什么是爱情？爱情是什么？林语堂如是说:“吾所谓钟情者，是灵魂深处一种爱慕不可得已之情。由爱而慕，慕而达则为美好姻缘；

慕而不达，则衷心藏焉，若远若近，若存若亡，而仍不失其为真情。此所谓爱情。”

一代宗师林语堂对爱情的注解多么精辟！更是一盏指引我们正确对待爱情的尘世里的明灯。

其实，以时下新鲜的名词来说，大师林语堂也是有“前任”的。“哪个少女不怀春，哪个少男不痴情”，凡夫俗子不例外，贤圣大师也不例外。他的“慕而不达”有初恋赖柏英，有至爱陈锦瑞。

赖柏英是林语堂情窦初开，纤尘不染纯真的初恋。对于选择不同人生道路而友好分手的赖柏英，对于人世最纯真的初恋的结束，林语堂在怅惘、落寞中将她永久珍藏在故乡那方净土。那时的天空很蓝，那时的水很绿，那时的山很翠。当年那个笑起来像春天那朵明媚的花；当年那个喜欢蹲在小溪里等着蝴蝶落在她头发上的女孩，晚年的林语堂想起依然那么美丽清纯。有赖柏英的地方就是儿时的故乡，想起故乡就想起赖柏英。68 岁的林语堂写的《赖柏英》笔尖依然流淌着温情和祝福，赖柏英美丽了林语堂的故乡，赖柏英也因林语堂青春永驻在世间。

安放“慕而不达”的初恋如此，擦肩而过的至爱也是如此。

民国时期，随着两千多年封建社会的瓦解，中国迎来了一个全新的、开放的、自由的时代。“恋爱自由、爱情至上”像一股旋风席卷时代知识青年的内心。年方十七八岁接受西方教育多年的林语堂从圣约翰回厦门后，炽热地爱上了同学的妹妹陈锦瑞。才子佳人两情相悦，却被陈锦瑞的父亲棒打鸳鸯，林语堂回家痛哭了三天，受过洋墨水熏陶的林语堂并没有喊着“我可以爱”的口号，打起爱情保卫战，却是按照父辈的意思，接受母亲“娶妻以贤”的提点，到陈家提亲，最终按传统的媒妁之言和不嫌弃他贫寒的廖翠凤结为百年之好。试想，如果举着爱情自由的旗帜，奋力争取，铁了心在一起，结局又会怎样？他们要和陈锦瑞的父亲作战，以林语堂的性子无法想象也不忍让至爱的陈锦瑞陷入爱情与亲情拉锯战的痛苦中。即便以激进的方式一同逃婚到国外留学，他如何忍心让金枝玉叶的陈锦瑞跟他一起过苦日子？难保不会成为现实版的涓生和子君。

爱情是两个人的事，婚姻是两个家庭的事，不被祝福的婚姻大都不幸。林语堂的智慧在于：不和生活较劲，随缘而适。爱，无须计较在不在一起，不能白首偕老又何妨？我知道你在那儿，你知道我一切安好，彼此安好相互守望，此生何悔？陈锦瑞是林语堂的红玫瑰，对有缘无分的爱人，林语堂一直把她珍藏在心里最柔软的一处。每当怀念故人的时候，他的画作永远是用一个宽长的夹子将长发挽起的女子，也从不避讳夫人和孩子。哪怕暮年腿脚不便，一听到陈锦瑞在厦门的消息，他也想去看望。不能白首，却能得一生痴情，这个至爱的女人一直被林语堂珍藏在心里最柔软的地方。这支红玫瑰永远是他心口上的红朱砂。

这两位均是他“慕而不达”的，不管是环境还是门户的原因，反正有缘无分是事实。可是，林语堂没有怨天尤人，也没有反目成仇。而是用一辈子的真情“衷心藏焉”。林语堂乃是最懂爱情的人啊！

这世间的爱情总有太多的变数：才、貌、德、健康、财、势、地位、门户等，都可以左右它、制约它。何况，我们人的一生要经历多少风景？我们不可能把所有的美景握在手中。再者人生的每个阶段都赋予我们每个人特有的责任，很多时候，我们只有欣赏的权利，没有追求的自由。爱了不该爱了，爱了不能爱了，爱了却无法相守的，不妨学学大师林语堂的智慧和胸襟。豁达一些，把他们藏在心里最柔软的一隅，让它琢磨成岁月的珍珠在我们的记忆力璀璨，不也是件美事，何必要寻死觅活？何必要玉石俱焚？那不是真爱，那是以爱情为名自私的占有。

当爱已成往事，林语堂无奈转身步入婚姻的殿堂。人人都说爱情是婚姻的坟墓。更何况眼前婚姻并非自己“慕而达”的美好姻缘，睿智如林语堂又给世人做了一个绝好的样板，他把传统的老式的婚姻雕琢成令人羡慕的爱情。

廖翠凤有幸嫁给林语堂，那个在新婚头一天就把一纸证书撕掉，用惊世骇俗的行为承诺一世对她不离不弃的男人，没让她失望。林语堂也真这样做了，他懂得善待眼前人，随缘自适。在相濡以沫、同甘共苦的岁月里，林语堂以欣赏的眼光，不断发现、挖掘廖翠凤的优点：这个富家小姐能放下身段把艰辛的日子过欢喜；她能勤俭持家；她为了不给求学的丈夫增加压力，坚持四年不育；最难的日子为了一家口粮舍得当掉陪嫁的首饰；她能把丈夫的至爱邀约来家里相聚……

林语堂感恩廖翠凤贤惠的点点滴滴。他在《我的婚姻》一文这样写道："……我们是老式的婚姻，由父母精挑细选而结合。爱情在婚姻中滋长……但是我们永远忘不了年轻时代同甘共苦所建立的基石。一次又一次，她总能为家庭的福利而牺牲，做出了强有力的决定。"

走过千山万水的林语堂，最终明白："我爱的人高处云端，爱我的人才在身边。"于是，他用余生的岁月把爱而不得的人用朱砂烙在心里，把眼前相濡以沫的人捧在手里。生活中廖翠凤生气，他从不还嘴；廖翠凤对穿戴讲究，每次出门他都耐心等待；廖翠凤喜欢买鞋，他陪她逛街遇到鞋店就鼓励她去选购，自己则带着孩子在一旁等待，从没有半句怨言。林语堂就是这样温柔地用情义和忠爱以岁月为刀，精心雕琢自己的婚姻，把它雕琢成了令人羡慕的爱情。他曾得意地说："我把一个老式的婚姻变成了美好的爱情。"这才是真正的男人，拿得起放得下。懂得让红玫瑰成为心口的红朱砂，让白玫瑰永远是窗前明月。这才是爱情：有责任、担当。

# 一个女孩与“校主”的故事

只要在集美学村，说起“校主”无人不知无人不晓。他就是鼎鼎大名被毛泽东同志赞为“华侨旗帜，民族光辉”的华侨领袖——陈嘉庚先生。而对于王怡伦老师来说，“校主”不仅是德高望重的侨领，更是她人生的导师。60多年前与“校主”珍贵的一面之缘灿烂了她的人生，开启了她奉献杏坛的生涯。

陈嘉庚（1874—1961年），著名的爱国华侨领袖、企业家、教育家、慈善家、社会活动家。1913年，先后在集美、厦门创办了集美小学、集美中学、师范、水产、航海、商科、农林等校（统称集美学校）和厦门大学。陈嘉庚一生在海内外共投建了118所学校，深受家乡人民的爱戴，厦门大学、集美学村各校师生都尊称其为“校主”。

王怡伦老师祖籍角美田里，自小离开田里投靠集美姑妈家里，因而有幸在集美生活读书。当时集美是个学养氛围浓厚的圣地，这都源于陈嘉庚先生无私的馈赠和建设。

王怡伦老师永远忘不了1957年的那个冬天。

那是个温情的冬天，南方冬天特有瓦蓝的天幕如天鹅绒般的温暖，蓝天上点缀着几朵白云，犹如碧海上飘摇的白帆。小怡伦一大早就忙着梳洗打扮，今天是个特别的日子，集美侨校陈村牧校长和班主任李嘉兴，要带着她和洪胜利同学去拜望陈嘉庚校主并向校主献花。这是件多么光荣的事！

小怡伦和洪胜利手捧鲜花蹦跳雀跃地跟着师长穿过岑头街，走过大社，直奔那栋庄严肃穆的黑楼（陈嘉庚投资办学毫不吝啬，而对自己很是节俭，为了节约，他的楼房是用稻草烧制的黑砖头建成，故当地人把那座楼称为“黑楼”)。那大门前肃立不动的哨兵、充满神秘庄严肃穆的楼房是多少孩子们向往的圣地啊！里面一定是金碧辉煌的啊！小怡伦一路遐想脸上露出幸福的笑容，不知不觉来到校主的家里。当她跟着老师们走进校主的寝室时，她以为走错了房间，怎么回事？没有精美高档的家具，没有名贵的字画，没有稀世的珍宝；只有一套陈旧的脱了漆的黑家具、一顶泛黄满是补丁的蚊帐、一床洗得发白的蓝布被单。哪有什么西装革履的侨领，或是一身华丽睡袍的校主，站在眼前的不过是一个身着旧粗布汉装，脚着一双倒后跟黑布鞋的老汉。正在发愣的当儿，洪胜利同学轻轻地碰了碰小怡伦说：“我们赶紧把花送给校主啊！”小怡伦如梦初醒般地和洪胜利一起走上前给校主献上鲜花。陈嘉庚先生慈祥地弯下身接过鲜花，还用粗糙的手摸了摸小怡伦的头。小怡伦抬头定睛一看，如遭了一个霹雳一般呆了“原来是他！”校主竟然是他！是那个小怡伦多次相遇而不曾正眼看过的渔村老头；是那个站在教室窗前微笑着若有所思地偷听孩子们上课的老爹；是那个拿着一枝竹竿穿行在南侨十五、南侨十六基建工地的老工人；是那个给太古水电站送白发糕的店小二……小怡伦眨巴着大眼睛仰头望着校主，没错！就是他，他就是德高望重的校主！这位为社会花了1亿5000多万的巨富，全身唯一显眼值钱的是拴在腰间的银腰链！回到家的小怡伦久久不能平静，脑海里画满等号：黑旧布衫与南侨十六座洋教堂、油漆斑脱破旧的家具与厦门大学、集美中学、财经学校、水产学校等座座校舍；布衣小老头与中央委员、全国侨联主席……

那天以后，小怡伦比任何时候更认真读书，1958年以优异成绩考入集美中学。进入中学的王怡伦更进一步见识了这个伟人创造下的理想王国：20世纪二三十年代，大半个中国积贫积弱，但在我国东南隅的小渔村——厦门集美，却出现了一个即使今日看来仍是“高大上”的学村：1920年集美学村就拥有了400米跑道的操场、种植了草坪的大型足球场、图书馆、科学馆、美术室、音乐室、农林试验场、电灯厂、自来水塔、植物馆等，还配有齐全、先进的教学设备。

王怡伦坐在明亮的教室，如饥似渴地学习，中学生活一切那么美好而充实，只不过班里若干空位置让她纳闷。原来他们都是比较穷困的大社陈氏的孩子，他们的家长都想让他们去讨小海每天赚个八九角来补贴家用，老师家访几趟都动员不了。在困难时期，八九角钱能解决一家的伙食了。当校主知道了这事之后，没几天他们就陆续来上学了。其中一个叫惠珍的同学正好坐在王怡伦的前排，她告诉怡伦："叔公要替我们交学费，还每月补齐讨小海的钱给爸妈。"多么好的家族长者，眼光独到、爱心满满。王怡伦感动不已，初一年段共有 13 个班级，其他班也有因贫缺席的同学，校主这要操多少心啊！一次学村在福南堂召开大会，校主除了讲到鹰厦铁路捐款问题，讲到华侨学生必须听毛主席的话，要参加劳动还要开设校农场，还特别提强调入学率问题，他还说如果今后再出现不让孩子上学的行为要重罚。

陈嘉庚先生曾经说过："教育为立国之本，兴学乃国民天职。"这就是他倾其所有兴办教育的初心啊！

陈嘉庚先生一生俭朴，兴办教育的崇高品质感染了很多人。王怡伦终于明白二伯父为什么要把四季园献给双十中学；为什么要把家里的奇石异树送给中山公园；为什么无偿为鹭江大厦等大型工程不眠不休地画设计图稿；为什么父母亲要匀出一个人工资来接济贫苦学生。是校主——是陈嘉庚先生树立了旗帜建立了榜样，在他周围团结了一颗颗拳拳的爱国之心。

校主陈嘉庚先生对学子们的无私奉献，对祖国教育事业热爱的精神就像一颗种子在王怡伦心里生根发芽。

毕业后，即便历经生活的各种磨难，王怡伦始终不忘当老师的理想。她以民办幼儿园老师的身份，走街串巷完成家乡角美镇 32 个村办幼儿园的建设；当上幼儿园园长，继而是角美片区教研主任、公社教改组辅导员，连任四届市政协委员，还光荣地加入了中国共产党，先后受到省市县各级政府的各种表彰，把自己的一生都奉献给了家乡的幼儿教育。

## 博爱道

——阮晋的故事

从第一次见到校主陈嘉庚先生，风风雨雨已经过了六十几个春秋，而今年逾古稀、接近耄耋之年的王怡伦老师一谈起自己的一生，总是满含深情地说：“感恩校主！是他教会我们学会舍小爱，成大爱，是校主成就了我。”

# 汤老师的那年那月

拜访汤英高老师是早就有的想法。那还得从 2017 年民盟漳州市委组织到“龙江颂”考察学习的那次开始。当我在人群中被一幅幅生动炽热如铁流般的历史照片震撼不已的时候，一个响亮自豪的声音在我耳边响起：“那个时期，这里的抗旱救灾我们参加过！”我回头一看：一位满头白发、精神矍铄的老人，自豪地站在宣传栏前。她，就是汤英高老师。

## 一

1959 年 8 月 23 日凌晨 3 时，12 级强台风在漳州海澄县境登陆，漳浦、漳州、龙溪、长泰、华安等县（市）遭遇 8 级至 12 级台风的袭击，造成严重损失，死亡 373 人。

祸不单行，同年 9 月 10 日，漳州平原洪水泛滥，出现光绪三十四年（1908 年）以来最大的洪患，堤岸、水库等多处被冲毁。龙海、海澄、南靖、长泰、云霄、平和等县受灾严重。

那天清晨，年仅 14 岁的汤英高在江边洗衣服，暴雨过后的九龙江依然浊流滚滚。“小英，带上换洗衣服，赶紧的，紧急集合！”汤英高二话不说收拾好正在洗的衣物急冲冲往家里赶，把衣服塞给母亲，从床边抓起一套换洗衣服塞进书包就和前来报信的同学一起往指定地点奔去。

赶到集合地点，江边早已经停靠了许多小舢板，同学们来不及细问就被一船船地载走了。不知道过了多久，只听见“到了，赶紧下船！”

## 博爱道
——阮厝的故事

映入她们眼帘的是满目疮痍、哀鸿遍野的重灾区——被海水倒灌决堤的埔尾村。举目望去白茫茫的海水里，到处是四脚朝天、肚子鼓胀的牛！还有用绳子绑在一起的一串串尸体！那是海啸来临时，用麻绳绑在一起以防被海浪冲走的一家家老小！汤英高他们被眼前的惨景吓傻了！他们含着热泪，踩着没到腿肚的海泥，跋涉到临时的救助棚。班长宣布任务："抢修海堤！"同学们放下行李，来不及喘息便赶到堤岸。那里的堤岸早已被海水冲垮，据说几十米的海浪就是这样冲进渔村的。同学们在工作队长的指挥下一字排开，铲土、装沙袋、传沙袋，浸了水的沙子特别沉，一两个小时下来，手臂肿胀酸痛，可是他们谁也没哼一声。就这样，从下船那刻一直干到天黑，个个浑身上下成了泥人，累得面色发青，一到宿营地，大家倒地就睡。

深秋的夜风很有凉意了，他们来修海堤也有十天半个月了，眼看海堤快修好了。有一天夜里，劳累一天疲倦的人们很快进入梦乡。突然，远处传来一阵紧急的锣声"决堤了！决堤了！"同学们打了一个激灵，都来不及穿鞋子，爬起来就往堤岸跑。原来半夜里海水涨潮把原先垒好的堤坝冲出了一个几米宽大大的缺口。海水汹涌，填下的沙袋都被冲走。情况非常紧急。在危急关头，只听见班长大喊一声："所有三中的同学都跳下去堵住缺口！"话音刚落，汤英高他们如下饺子般扑棱棱往下跳，大家手挽着手，不一会儿，就里外三道人墙立起来。狂奔的海水从这些稚嫩的头上呼啸着劈头盖脸地砸下去。冰冷刺骨具有冲击力的海水就如绞肉机一般。不一会儿，汤英高他们手麻了，脚麻了，身体冻僵了，呼吸也感到窒息。每呼吸一次，嘴里都会塞满咸涩的海水和泥沙。岸上的村支书热泪盈眶，大喊一声："大伙赶紧地填啊！人家的囝囝在给我们挡海水呢！"大家噙着热泪，拼命地抢修。也不知道过了多久，当汤英高他们被村民们拉上堤坝的时候，已经没有了知觉，头脑一片空白。村里的大娘们擦拭着泪水，不停地说："好囝囝，真是好囝囝，没有你们我们村又得淹了！"

那天，朴实的村民们给汤英高他们最好的食物——舍不得吃的蚬子，在那灾荒年月是他们最宝贵的食物了。

汤英高他们就这样在龙海埔尾村一待就是一个月。铺在地上的席子干了又湿，湿了又干；每天一身泥一身水，半个月下来衣服都磨烂了。更要命的是由于长期泡在水里，所有的女同学几乎都不来例假，几乎每个到埔尾修海堤的人，成年后都落下腰疼的毛病。

## 二

1962 年 10 月至 1963 年 6 月，漳州平原遭遇了千年不遇的大旱，整整八个月没有下过一滴雨，地上如下了火似的。到 1963 年春，九龙江流域几乎断流。主干九龙江干涸得像条干瘪的小溪，以前浩浩汤汤的江水，只能用水瓢打水了。

龙海县几十万亩农田、果园急需引水灌溉，九湖那边已经挂果的荔枝眼看就要干掉了。靠天吃饭的农民弟兄们心急如焚。汤英高他们再次走出教室，积极响应“旱天不旱地”的口号，赶赴龙海九湖抗旱。十几岁的城里娃，从山下挑四五十斤的水到山上是一件很吃力的活。可是，他们还跟农民大哥们展开挑水比拼，肩膀磨破了，不算事；汗如雨下，嘴唇干裂了，不算事；人虚脱了，晕了，不算事。不是年轻气盛，不是争强好斗，不为别的，只为了那万亩荔枝，为了农民弟兄！

……

午后的阳光洒在已是白发苍苍的汤英高身上，这位耄耋之年的老人说起那段岁月脸上洋溢着满满的豪情。我由衷地感叹：“你们的觉悟真高啊！”

汤老师深情地说：“不，是人民觉悟高，是榜山人民的无私壮举感动了全社会。”

是的，这是有史记载的：1963 年，闽南遭遇持续 280 多天的大旱，产粮大县的龙海仅西溪灌区就有 11 万亩无水灌田。榜山公社的公社书记、大队干部、乡民群众舍小家，顾大局，以 1300 多亩秧田被淹的代价筑沙坝堵溪引水抗旱，救了下游10万亩良田，创造了大旱丰收年的奇迹！

“我们没有想到经历了的大涝、海啸、洪灾之后，还得抗旱，那时的百姓真的苦啊！我们的人民真的很朴实，没人埋怨，没人抱怨，大家都拧着一股绳，好多困难大家就这么一起扛过来的。”

有这样的英雄的人民，无论国家处于何种困难、民族处于何种困厄都能走出一条光明大道！同样的，一个人因为曾经为他人、为社会付出和奋斗过，精神有了归属，生命就有了意义。

从汤英高老师家里出来，恰逢附近学校放学铃响，学生们从校门口蜂拥而出，我似乎看见当年汤老师他们青春飞扬的身影，他们给予时代的，不正是我们现在需要继承的吗？

# 长大后，我就成了你

晚饭过后，隔壁刚读初中的小云，拿着我送给她的《论语》来问我：“人而无信，不知其可也。”“信”是指什么？是诚信还是信仰？我无法得知，两千多年前，孔夫子那个时代是否有信仰之说，据圣人为人处世的箴言，确乎是指诚信的旨意。可是，我想作为一个人来说似乎也是要某种精神的。这点与孔子同时代的苏格拉底说过，“人类最大的幸福就在于每天能谈谈道德方面的事情。无灵魂的生活就失去了人的生活价值”。每每想起这句格言，我庆幸我算是个幸福的人。我不知道这是不是就是所说的“信仰”。但我知道，给予我幸福、滋养我灵魂的那片沃土叫作——中国民主同盟。

从懵懂少年伊始，一路走来，我的身边一直有着前辈们的教诲和指引。

夸张地说，我生在一个民主之家。我的舅妈是民盟，我的表哥是农工民主党，我父族这边的远房表哥也是民盟。更巧的是，舅妈和远房表哥也是我的老师。

舅妈是我的启蒙老师。自我懂事起，我就特别敬畏我的舅妈。她有一头齐耳的短发，和蔼的面容，会说话的大眼睛。特别是她终年穿着质朴的洗得发白的卡其布列宁装，慈爱中隐隐透着不可摧折的坚韧。十年动乱，二舅含冤入狱，舅妈双肩挑起赡养母亲，抚养两个小儿的重担，年纪轻轻头发就早早花白。可是我从没听过她哭嚎一声，抱怨一句。每次见到她，总是面含淡淡的笑容，轻声细语。每当我听到楼下的婶婶，因老公少交点生活费就哭天喊地寻死觅活，我就想起我的舅妈，她遭到这样的艰难，该有多强大的心灵支持她在苦痛中依然淡然如常？我也不

## 博爱道

——阮厝的故事

知道舅妈这种“动心忍性”什么时候烙在我的灵魂里，从小体弱多病的我，几乎尝尽医院的各种器械，最痛苦的是胃引流，一米多长的管子穿鼻而过尽管泪水直流，我愣是没吭一声，惹得护士直叹到“你可真会忍”，我心里明白，我其实还是不如我舅妈，舅妈从不别人面前掉泪。

王振明，他是我远房表哥。我从不叫他表哥，一直都敬重地称呼他王老师。我第一次和他见面是在我高考落榜，灰心丧气之时，母亲带我见他。我才知道他是我的表哥。中等身材，面带笑容，听说业务非常棒，尤其语文杠杠的。初见他，是在一个低矮的平房，这跟母亲口里那个大人物差好远。从他那里出来，我心里有点失望，长辈们口中传说的家族里最出息的他怎么住在这样的一个地方？看起来就像贫民窟。那次见面之后，我就成了他班里的复读生。和同学们混熟了，听他的事也多了。在同学们眼里，他们的班主任可牛呢！他不仅是民盟盟员而且是政协委员，经常上电视的。据说那条臭气熏天、穿城而过的三湘江，就是他们调研解决的。那天，我第一次在同学面前显摆：他是我表哥。听到同学们惊羡的感叹，我心里别提多骄傲了。从此，每次走到他的小屋，看到他的背影，心里总有说不出的感动。他是那么普通，就是一个小老百姓，可是他又是不普通，一个能为民生说话办事的不是官的大官。他确实是我的老师，他教我认识有这么一种人，身处陋室，甘之若饴，心怀天下。他的确是我的老师，而不只是我的表哥。

时光如逝，当我为人母为人妻，开始尝到人生的酸甜苦辣，特别是和爱人长期的两地分居，生活的不便更是添了不少烦恼。刚工作不久，生活拮据。那时，我整天怨天尤人，日子过得苦不堪言。有一次，去探望舅妈，闲谈中我如祥林嫂般絮叨地诉苦。在一旁做客的夏老师对舅妈说：“让娟入盟吧。”舅妈点点头说：“这孩子，心善，可以。”舅妈拉着我的手说：“娟，入盟吧，我们组织温暖着呢，入了盟，就有了温暖，有了依靠。”她拍拍身边夏老师的手，动情地说：“这些年，要不是我们盟员给我的支持和温暖，你舅妈我早就垮了。”那时我才明白，原来夏老师和舅妈她们都是盟员，我才明白，她们那几十年如一日互相帮衬共度风雨，不仅仅是同事情、朋友情，更有深厚的同志的情谊，在我舅妈背后默默地支持，温暖她走出凄风苦雨的日子。那一刻我才明白，我舅妈的淡定和坚韧是有底气的。我就这样被带进了民盟的门槛。

入盟不久，因我喜欢爬格子，就被叫去参加调研。这是我平生第一次参加这么高层次的政治活动。我和盟市委的最高领导一起调研郊区周边的民营企业外来务工子女教育问题，赵主委的平易近人，她的关心民生，让我心生敬仰。记得有一次，我们到一间民办学校调研，正赶上他们放月假，只有当班的负责人在，了解完情况，已近中午十二点了，一行人已经饥肠辘辘，赵主委跟负责人说："我们就在你们这里用餐吧。"那人尴尬地搓着手说："我们到外面去，放月假了，学校没什么吃的，这里太简陋了。"赵主委皱着眉头说："浪费钱干嘛，你们吃什么我们吃什么。就在你们学校餐厅就好。"那人涨红了脸："今天食堂就是打卤面而已。再说你们为我们做事呼吁，怎么也得让你们吃饱吃好。"在赵主委的坚持下，那天，我们就在那所简陋的民办学校食堂，大家围坐一起吃打卤面。那是我吃到最温暖最好吃的面。这次调研我们形成的《关于"新漳州人"子女心理状况的调研及对策》得到市委市领导的批复，我第一次感受到民盟的纯粹，第一次感到作为民盟的骄傲。

之后，我在前辈的带领下，参与调研农村医疗服务，调研生猪养殖户产业转型问题，调研家庭农场的发展现状等，在一次次深入基层，体验百姓的喜怒哀乐中，我渐渐忘记了的烦恼和不平，成功地完成了几篇调研报告之后，我心里平静了坦然了。我也终于体会到当时舅妈和夏老师带我入盟的良苦用心：一个人只有走入人民群众，才不会关在自己的小房子里自怨自艾。一个人的苦乐放诸天下苍生的苦乐，自己的苦乐就微不足道。一晃十几年，至今，我和我的爱人依然两地分居，至今我依然在远郊工作，我的孩子也健康成长，我的生活平淡而幸福。我甚至喜欢这样的生活状态，一个人没有欲望的作祟，心底自然平静。它让我更有时间和空间思考社会和人生。

每次参加组织活动，我都喜欢同老盟员一道。和他们一起，不仅可以聆听、触摸他们充满风雨且精彩的人生，更重要的是和他们在一起，他们身上散发的那种纯粹的、执着的盟员精神能沉淀我那颗浮躁的心灵。

有次到龙海参观龙江采风，队伍里有一行平均年龄 70 岁左右的步履蹒跚的老盟员，年近 80 岁的陈月娇老盟员还是女儿陪着的。她的女儿无奈而佩服地说："老太太，一听组织活动，一大早就穿戴整齐吵着要来，按他们的话说，能不去吗？只要走得动，我们都得去！"

"这是组织活动""我们是盟员""组织活动一定要参加"就是这么几句朴素的话语，却透露出他们心底里执着的信念。

和这些可爱可敬的老盟员在一起久了，你会发现根植他们内心深处那种对生命关怀的彰显民盟精神的大爱。

2008 年汶川地震，举国上下众志成城抗震救灾。我区盟员也积极投入到抗震救灾的活动中。在捐款的公告中，已是耄耋之年的赵清美老盟员捐了 2000 多块。也许很多人不记得她的模样，但是很多人会记得她那句"我是盟员，这是盟员该做的事"。它源自内心，温暖而明亮，感动了在场的所有人。这就是我们的老同志，这就是我们的盟员。他们就是这样实实在在，真真切切，潜移默化地引领着我。

从 2004 年入盟算来，至今已有很多个年头了，我想我应当不负当年舅妈和夏老师所望，成了一个真正的盟员。

我庆幸我是幸福的人。一个有家园的人是自豪的。

# 梅岭—科岭（1934—1937年）

梅林镇科岭村位于福建省漳州市南靖县西北部，距县城70多公里，海拔超过700米，地处南靖、永定、龙岩、漳平边区中心。这个三角地带森林茂密，地势险要，张鼎丞、谭震林、邓子恢等老一辈无产阶级革命家就以科岭为中心在这里创建了（龙）岩永（定）（南）靖革命根据地，它是闽西苏区的重要组成部分，也是中央苏区扩展时期的重要组成部分。

大革命失败后，南靖人民饱受官、兵、各种苛捐杂税以及土豪劣绅的压迫，广大贫苦百姓过着“半年糠菜半年粮，腊月寒冬提火笼”的生活，挣扎在贫困、饥饿的死亡线上，不仅如此，还得饱受土匪的欺凌。有史料记载1930年间，南靖科岭曾经在9天内遭受了18次土匪的洗劫，仅有16户人家的科岭下斜村就有7户人家卖掉儿女。百姓生活在水深火热之中。当年流传着“农民头上三把刀：租多、税多、利息高，眼前只有路三条：逃难、要饭、坐监牢”的民谣。

## 科岭的星火

1930年2月至9月，在“闽西四大暴动”之后，闽西南革命风起云涌，闽西革命红军在邓毅刚、江桂华、卢其中、卢肇西等领导人的带领下，挺近南靖西北斗土豪打民团，科岭迎来了穷人自己的队伍，从此科岭的革命烽火从不间断，赢得了“红旗不倒”的赞誉。

1932年4月初，中央红军东路军先头部队进入科岭，按照毛泽东“创建小红军，建立小苏区”的指示，9日在上科岭上学堂成立了“科岭乡苏维埃政权”，发动群众打土豪、分浮财。群众欢欣鼓舞，主动帮助红军舂米、烧水、煮饭。群众的热情鼓舞了东路军指战员们的高昂斗志。科岭苏维埃政府，出色地完成红军在政治、军事、经济造福百姓的三大任务，组建了农会、妇女会、赤卫队、少先队、儿童团等革命组织。科岭苏维埃政府的建立为红军取得第四次反“围剿”的胜利做好了军事上和物质上的准备。

## 科岭的烽火

1934 年春，为了配合中央苏区第五次反“围剿”的斗争，科岭群众积极响应，短短两个月左右的时间，奠定了以科岭为中心的岩永靖游击根据地基础。1934 年冬，岩永靖游击根据地正式形成，此后，这里成为红九团和红八团联络配合、会师接头的一个纽带，在闽西南游击战争中起着重要的作用。1934—1937 年间，这片热土涌现了许多可歌可泣的人和事。

李明康原名李美翘，红八团政治部宣传干事。1935 年 1—2 月间，受红八团派遣，率领一支 20 余人的武装工作团深入到以科岭为中心的岩永靖边区开展工作。是时，李明康任武装工作团团长兼岩永靖特区委书记。他通过秘密串连，发动群众，很快在南靖科岭建立了一支有 50 余人的游击队。同年八九月间，岩永靖县军政委员会在科岭下斜村成立，李明康被选为主席。此后，他与副主席萧振忠领导岩永靖边区军民开展革命斗争，使南靖的游击区域从科岭迅速扩展到梅林、磜头、上马、刘厝、岭下、书洋、曲江、版寮、五更寮、清水塘等地。他发展科岭王鼎荣、王顺芳、王定团、黄万土、王盛金、王秋荣等人为中共党员，并成立中共科岭支部。

为粉碎国民党对岩永靖游击根据地残酷的军事“清剿”和严密的经济封锁，李明康领导岩永靖军政委与游击队，一面密切配合红八团、红九团灵活机动地打击国民党军队；一面组织群众以走亲戚、交朋友等方式多方串连，分头开展国民党军队堡垒下的政治工作，使不少保甲长、壮丁队、民团暗中帮助红军贴标语、送情报、筹粮款。在李明康的带领下科岭的革命风起云涌。

魏洪（外号魏大麻子），是当地的反动乡长，是驻守南靖山城的粤军一五七师的眼睛，长期四处搜山，疯狂“清剿”，推行残酷的“三光”政策，对科岭村群众进行疯狂报复，奸淫烧杀，抢劫掳掠，无恶不作。一个几十户人家的山村被搞得火光冲天，瓦砾遍地，一片焦土。为了打击反动派的嚣张气焰，保护群众的利益，游击队决定给魏大麻子一点厉害瞧瞧。

有一天，魏大麻子又耀武扬威地带着几个乡丁离开梅林到双溪、科岭附近作恶。我们的侦察班长林玉成同志和侦察员们根据群众的情报，早在半路上等他了。侦察员们对付魏大麻子这种“草包”，不费吹灰之力。

为了争取魏大麻子，罗桂华同志同他“约法三章”说：“这次放你回去是有条件的：第一，不准欺压老百姓，保证科岭一带老百姓的安全；第二，尽快替红军送五石米来，随便放在科岭附近哪个山头上；第三，敌人来搜山要你带路时，你要知道怎么做。”魏大麻子赶忙回答：“一定照办！”

不出几天，魏大麻子就带着几个亲随、团丁送了五石米到科岭的一个小山头上。从此，魏大麻子比过去老实多了，平日很少出来瞎窜，有时带县保安团、区公所的人员到各个村庄抓丁、催捐。表面上也装得凶神恶煞，咋咋呼呼，但终究心虚胆怯，不敢胡来。

魏荣凤（外号杀猪凤）是梅林一带出名的捐棍，他豢养的几十人的反动武装住在保和楼内，平日为非作歹，鱼肉乡民。每到圩日，他总是带上他的家丁到集市上摊派收税，不管你交易没有，都要交捐税，不交就把货摊砸烂。

1935 年 5 月的一天，在了解了保和楼内外情况以及获得魏荣凤带反动武装外出收租，当晚不能回来，仅少数武装留在楼内的情况后，李明康立即率领上马游击队，密切配合红八团60余人夜晚奇袭保和楼。半夜时分，万籁俱寂，楼里的民团都已经进入梦乡，李明康带领队员们，神不知、鬼不觉地靠近保和楼，解决了门口的两个哨兵，顺利进入了保和楼，还在梦中的敌人还没弄清怎么回事就被击毙。这次战斗虽然没有抓获魏荣凤，却缴获了长短枪6支，子弹数百发及不少粮食，有力地打击了捐棍的嚣张气焰。

## 巾帼英雄

在那暗无天日、漫漫长夜的年代，科岭的贫苦百姓饱受兵匪的欺凌，也许那些兵匪们没想到，这个9天18次被土匪洗劫的村落，竟然涌现出那么多赤胆英雄，更没想到科岭的女人竟有着铮铮铁骨，她们把改变腐朽黑暗的世界作为自己的使命，用生命燃烧成燎原的星火。

郭治妈（1894~1936年），又名田治妈，原籍永定县龙潭田治。早年丧偶，民国十六年（1927年）改嫁给南靖县科岭村贫苦农民邓朝煌，从永定到科岭，郭治妈过着同样的“半年糠菜半年粮，腊月寒冬提火笼”牛马不如的生活。生活的磨难使她对这个兵匪横行的社会产生了深深的疑问：穷人的出路到底在哪里？ 1930—1932年，红二十军和红十二军先后挺进科岭，建立苏维埃政权，这如一道阳光照亮郭治妈的胸膛，她积极当上接头户。在艰难的环境下，她机智地刺探敌情，买药送粮，不到一年迅速成长为一名共产党员，并先后被选为下科岭村苏维埃政府和靖北区苏维埃政府的妇女主席。

1935年的那个春天，黄亚瑞的丈夫陈木树回乡了，此时的他是中国工农红军独立第八团第一营第三连的指导员，黄亚瑞对这个新婚不久就投奔科岭红军的丈夫是又疼又爱。她知道自己的男人是为像自己这样的穷困百姓们找活路的。在陈木树的熏陶下，黄亚瑞很快就加入了革命的行列。

那个寒风刺骨的冬夜，她守在门口为屋里开会的同志们站岗；那个阳光明媚的清晨，她为山上的同志们运送粮食。一个只知柴米油盐的土楼媳妇，就这样豪气冲天地和男人们打土豪，分田地。这片热土记得！1936 年的 6 月 3 日，黄亚瑞和同村的 38 名穷苦兄弟们加入了她男人陈木树组建的游击队。从此，她的人生就充满了血与火的创奇；从此，她和她的男人成了战友，此时她将为人母，腹中的胎儿已经八个月了，黄亚瑞饱含着将为人母的喜悦。

那是 1936 年 8 月 18 日，五更寮苏维埃政府召开群众大会，准备烧地契、分田地时，壮丁队长陈根参带领国民党军队和当地民团共 600 多人向五更寮扑来。陈木树镇静地组织群众安全转移。由于行动不便，黄亚端在掩护群众疏散的时候，不幸被捕。敌人把她五花大绑押到永定南溪，残暴的敌人对她严刑拷打，企图从她嘴里获得陈木树和游击队的情况。可是他们失望了，她除了“不知道”三个字以外不多说一个字。可怜，那个还未出世的孩子和这位英勇的革命母亲惨遭杀害！

……

七十多年了！硝烟早已散尽，但 1934—1937 年不能忘却的历史，960 万平方公里的土地上有多少如科岭这样英雄的村庄，多少中华儿女用自己的血肉和脊梁，换来了今天的繁荣昌盛。

# 那些传递真火的人们

人类几千年积累下来的智慧真是如山如海，像一团真火。这团真火要靠无穷无尽的燃料继续添上去，才能继续传下来。我感觉到，历来的哲学家、诗人、文学家、学术家都是用他们的生命作为燃料以传这团真火。

——冯友兰

“叮咚”手机一条短信打断我的思路：“恭喜你的文章通过初审，请发朋友圈增加阅读量，我们最终会根据参赛文章的阅读量，文后的评论、赞赏、转发数量作为组委评选标准……”我不再如以前犹豫，回了句：“对不起，我不参加任何以拉票等方式的征文活动。”发送完信息，我从未如此轻松。其实，我不是超凡脱俗，自命清高。曾几何时，我也是各种征文的粉丝，撰文、投稿、转发、点赞、留言等各种拉票，忙得不亦乐乎。而现在的我能如此冷寂，是缘于我遇见了他们……

## 一

这个年代竟然还有人愿意住在这样的老房子里！

这是有近300年历史、具有闽南风格的古大厝，灰墙红瓦，两进两廊。二十几年来，任村文书一职，月工资只是2000多的蔡慈斌前辈，先后对这所大厝进行多次修缮，少则几千，多则几万。这几年前后花的钱，完全可以在村里盖栋不错的楼房。

这种古大厝，我少时也是住过的。这种以木头、砖瓦为主材的古厝经历百年沧桑后往往面临诸多问题：瓦片移位，漏雨漏风；蚁虫横生，梁檩腐烂。更别说由于没有供水系统、没有卫生间带来的生活不便以及缺乏避雷、防火设施带来的安全问题。

儿时，每天清晨我都是伴着父亲从江边挑水回来倒进水缸的“哗哗”的响声醒来；每天傍晚都要因轮流过街巷倒马桶和姐姐斗智斗勇，那情那景至今记忆犹新。我那时是多么羡慕那些住在楼房有自来水有卫生间的人们啊！而眼前的蔡师傅却甘居百年老屋，我颇为不解询问缘由，他深情地说：“我于80年代，受舅舅黄紫照的影响开始热爱我们祖宗的文化，特别是对古迹古厝的保护。”呀！他竟然和黄紫照师傅是舅甥关系！黄紫照师傅是古建筑修复专家，为人谦和，毕生心血致力于古建筑的维护修缮，我到过他角美锦宅的家里，那是乾隆年间黄涛的进士第，红砖红瓦，厚重的门扇，发亮的匾额，古朴的石板，在黄老前辈的呵护下，历经百年依然熠熠生辉。我端详眼前的蔡师傅，不错，那眉宇间透射出的质朴和矍铄与黄紫照前辈是一样样的！

“古厝承载着我们祖先的文化，他们于此繁衍生息，历经艰辛创下基业，这是一个家族的根，我们有义务有责任守护好，留给后代子孙，让他们知道自己是从哪里来的。”

“你的孩子跟你们住在大厝吗？”

“我们住在一起啊！”

“还没结婚吧？”我有点不相信，现在的年轻人谁不想买房住在闹市。

“结婚了。”他也许知道我的疑惑，赶忙补充道：“我就一个儿子，从小我就教育他要爱护传承祖宗的家业，孩子很懂事，也很喜欢古大厝，如今他还是我整理家族文化的好帮手。”听完他的介绍，我不禁既崇敬又感动。

与蔡师傅作别时，我依依不舍再次回望这座百年老厝，不经意间发现与他毗邻的百年官邸已经破败不堪。那刻我似乎明白，蔡师傅、黄老前辈以及他们的后辈们为什么要留居乡里，守着那条曾经被多少生命逾越过的石阶，修复一处随意开关的门闩，清理天井里不起眼的涵洞……这是一个家族世代努力的心血，他们修缮的是每一栋大厝背后的家族文化。

让人欣慰的是，像蔡师傅这样在乡野里守望文化的大有人在，他就是李阿山！

一个真正的学究——李阿山李老前辈。

其实，李老与我素昧平生，我最早知道他的名字是在前不久到市方志办办事的时候听到的。在众人的口里他是一个古文化渊博的老学者。当小杨郑重对我说，李老是教语文的，跟着他会学到很多东西。一听这话我急切地要陈老师赶紧带我去拜见李老，陈老师是个热心人，当场打电话联系，结果回话说李老在田里劳作要傍晚才得空。刚好傍晚我单位有安排活动，此事就做罢了，只是心里有点遗憾，不知此后何时能拜见传说中的李阿山老师。

那天我就怀想着一位种田圆山下、著作南窗里的飘逸高大的贤达形象。翻看他编著的《嘉靖龙溪县志》，从简介里才得知他是个农村退休教师，三十年来他利用教学之余，致力训诂及校注地方文献，已编著三百多万言，于是拜见求教之心更为急切。

暮春阴雨绵绵的傍晚，我们打伞走进乡村泥泞僻静的小路，来到一座低矮的平房门前，掀开竹帘问道："李老师在吗？"随着一声呼唤，一位衣着悉如农人矮小、干瘪的老头满脸笑容地从里屋走了出来。昏黄的灯下，我眼前站着一位六十开外的老人，有着乡野农人一样黝黑沧桑的皮肤，憨厚近乎木讷朴实的笑脸。如若不是之前听文化圈里的前辈介绍，如若不是他脸上搁着厚厚的眼片提醒，我很难把一个名显漳州古汉语研究圈的前辈与他联系起来。他全然不是我想象中老学究的模样，没有故作深沉，没有高高在上，没有故弄斯文，没有儒雅清高……这就是校注各种典籍史志，精通训诂的李阿山前辈。

得知我是初、高中都试水过的语文老师，他热情地拿出《中学古诗文疑难词句集解》奉送给我，这部书的珍贵来时的路上陈老师也是提过的，花了他三十年的时间，把任何版本的初高中语文课本的326篇文言文古诗词都校对了一遍，每个关键词旁征博引，涉及《尔雅》《中庸》《孙子算经》《词诠》《训诂学》《说文》等各种资料不下百种，近三十万字。他常说，对待古代文献，当持敬畏之心，求真之志。他这么说了，也是这么做的，只要翻看《嘉靖龙溪县志》，钞点剪影、眉校剪影、校注前言、校注说明，每个蝇头小字，工整清晰，丝毫没有一点涂鸦。更别说校正文字。为了校正《小石潭记》里那句“卷石底以出”教参里的翻译“石头从底部翻卷过来”的真伪，单单一个“卷”字，他查阅了《中庸》《集韵》《正字通》《经词衍释》等典籍，考证了词义和读音才得出“拳头般大小的石头堆积着从底部露出水面”的正解。

由于各种缘由，他自掏腰包印刷成册，无偿送给教育界人士。当我得知他分毫无取校注颇有分量的《嘉靖龙溪县志》时，我不禁愕然，这少说也是十几万的稿费吧！他淡淡地说：“无所谓钱不钱的，能把研究的东西出版奉献给读者就是我最大的心愿！”

我似乎明了他满地、满架的书从哪里来，我似乎明了他为何陋室灯晦，他是那么的贫穷：一个乡村教师，文凭小，职称低，工资少，出门破单车粗斗笠，上得讲坛还得下得田亩，节衣缩食地买书、出书，他哪里不需要稿费？！他是那么的富有：丰富的藏书，博学的知识，芬芳的桃李，几个稿费算什么！在李老眼里，知识、书籍是他一生最宝贵的财富！

眼前的李老，不禁让我肃然起敬！他常说：做学问就如《藤野先生》里说的“小而言之，是为中国；大而言之，是为学术。”而在我看来，他身体力行的是向世人躬行作为文人该有的品质，他身居陋巷，淡泊名利，小而言之是为学术，大而言之是为文化！

## 二

因为参与编写《角美——漳州台商区从这里走来》一书的因缘得

与王幸福老师近距离地接触。他对工作的热忱、细致给我留下了难忘的印象。

王幸福老师原来没有在我们组工作，他在编写另外一部关于“五古”的书籍，偶然一次到我们组找陈老师，看我们人单力薄，且缺少一个图片采拍人员，于是就自告奋勇来协助我们，因而才有了如今这文、史、书、画四人的组合。

取景拍摄没有常人想象得那么浪漫，可以游山玩水看风景。《角美——漳州台商区从这里走来》这部书最终采用了 680 帧照片，其实大部分是从王老师一千多张相片中筛选出来的，他们的取景我有幸跟了几趟，其中的甘苦非常人可以接受。

七月酷暑，王老师他们常常是早上七点出发取景，太阳落山七点左右才收工。走街串巷，一个窗棂、一个石墩、一座院落、一个匾额地拍；跋山涉水，一座墓茔、一座水坝、一块石碑、一棵古树地拍，渴了喝瓶矿泉水，饿了路边小摊填个肚子，错过饭点是常有的事。有时为了取个最佳位置还得爬高爬低，碰上不满意的，还得重复拍几次，一天下来，跟班的我累得腰酸背痛，而前辈们都是六七十岁的人，他们却没有半点怨言，反而为一天任务的完成而自足。我时常再想，这是怎样的一种情怀？对家乡拥有怎样的情感才让他们如此的忘我！

这就是生活在烟火人间中传递真火的人们！

感恩生活，当我汲汲于浮躁，疲于奔命各种奖项的时候，他们给了我一面镜子，让我看到了自己的丑陋和肤浅。更庆幸这个时代还有他们在，不汲汲于富贵，不戚戚于贫贱，不浮躁、不虚夸，默默无闻地守着文化的净土。

我更相信，传递真火的人会越来越多！

我知道，我也许做不了传递真火的人，但我会做一个守护真火的人！

# 致敬！守望麦田的人们

老公摇了摇头说："不累啊？！贴我钱，我都不去！"早已习惯老公这种独特的关心，我笑了笑，如果他知道蔡医生对我注意休息、别太劳累的叮嘱，他肯定要发火的。

累，是很累，四天的行程，去掉一天报到开会，两天来回转机的空中飞行，真正采风大概就一天的时间。走马观花地逛了云南，似乎没什么可写，确乎又有太多可写。之所以挤出时间飞抵彩云之南，是为了传说中的苍山洱海？是为了贴近版纳的雨林？还是玉龙的白雪……别人问我，我问自己，没有一个答案能说服我自己这趟旅程的意义。直到那天我看到一个背影，直到那天我听到一种声音，直到那天我遇见一群人、一个人，我终于明白不辞劳苦、飞越千里万里的缘由！

7 月 19 日下午，《东方散文》全国散文作家大理笔会的现场，坐在主席台的我被一个背影给深深感动了。战栗！全身激动地战栗！拿话筒的手几乎要痉挛，我甚至担心话筒会不会掉下，高频率抖动的双腿止不住地战栗，似乎电流般地传到我的身体！那刻我所有的身心都被他有穿透性的战栗给沸腾了！一个早已年过四十不惑的男子，面对众人进行自我介绍的时候，竟然如此激动！因为什么？因为千里之外遇见了与自己一样喜欢码着文字取暖的人！我想他年轻时向爱人表白的那刻会不会也如此激动？

"看着工资卡里的数字，我有些无奈地叹了口气。心思百转千回之后，终是开口向朋友借了三千元钱……其实，我们的生活，一直都是这样子的，捉襟见肘……就靠一份工资鼎力支撑全家的日常花销，外加孝顺父母……自从去年，他病情急转而下愈发严重，在历经两次住院后，虽说是稳住了病情，花销也成几何倍数地增长，手头紧巴也自不必再提。每月的工资一半须用于他的买药买针……临到笔会日期逼近的那段日子里，他孩子般地闹着、求着也想跟我来……坐在床上，我们大眼瞪小眼，商量了好几晚，也商量不出所以然，权衡了很久，才艰难地做出抉择，放弃他与我同行的计划。理由只有一个：花销太大，远远超出我们的承受能力……”看到此处，我不禁泪目。这对患难小夫妻在生活如此困窘的情况下，借资从山西越过千山万水飞抵彩云之南，其中的不易和甘苦非一般人能体会。

李哥，一个花费二三十年的时光自费挖掘孟良崮战役的前辈，那个下午我和齐妹妹站在树下听他讲孟良崮的前尘往事，他那句“还原历史的真实”一直响彻耳畔，我很难想象他是如何顶着酷暑，跋山涉水，车马劳顿，只为还原历史；王大姐，退休之年在含饴弄孙之际，不忘以文字记录火热的生活，当她在机场问我怎么取票怎么转机的时候，我非常感动，是什么力量什么勇气让从未出过远门年近花甲的大姐来此一聚！此外，有致力整理革命文化的红二代雒漓江大哥；还有不顾身体不适从祖国的大西北——宁夏日夜兼程飞抵西南边陲大理的罗老！更有白发苍苍年逾古稀的艺术家等。

早过了看山不是山、看水不是水的我，日渐老去的心波澜不惊。此刻，却被这些可爱而纯粹的人们深深感动！《东方散文》杂志是半官方的，没有采风经费，每次出行差旅、食宿都是自理。但它能在文化商业化的今天，坚持十几年的最主要原因在于它有着一批以文字取暖纯粹的人们。他们因为文字的温度集聚在一起，因为共同的追求聚在一起。这使我想起了蝴蝶泉的来由：每年的农历四月，成千上万只蝴蝶飞到蝴蝶泉边，有的相互衔着尾巴，吊在树枝上，垂下一条长长的蝴蝶“链”，几乎和水面相接。据说这样迁徙聚集的蝴蝶会全球还有多处，最远的行程可达 2880 千米。只因到了农历四月，只因这里有同气的呼唤！于是这些小小的精灵，不远千里万里，不畏艰难险阻，前仆后继，聚集在一起。只为心中那点共同的追求！何惧风雨！而此行这些人，不正是这一只只为文而舞的蝴蝶吗?

正是心中对文字纯粹的热爱，对文化的敬仰，才会有颗向阳的心；才会在困窘之境，仍然憧憬希望的光芒；才会在疾痛困顿之时，依然保有生之热情!

王蒙写过这么一段话“人生一世，总有个追求，有个盼望，有个让自己珍视，让自己向往，让自己护卫，愿意为之活一遭，乃至愿意为之献身的东西，这就是价值了。”

这熙熙攘攘的人世，人间的尔虞我诈甚嚣尘上，人心日益浮躁，世界越来越孤独。有一天，如果你遇见一篇篇干净纯净的文字，如果你遇见一群或一个不计名利、风尘仆仆为文字而来的人们，请不要用一篇文章多少钱，一次采风多少利来衡量他们！因为这些是守望我们精神麦田的人!

请予这些用青春和纯真煮沸文字的人们以最高的敬意！因为有他们，我们庸常的人世才多了些光亮!

# 草心园及主人

草心园落于……不，我更愿意说是“隐于”或者“寄于”古玩街的一隅。“位于”太正规，“落于”太费力。人蜉蝣于天地，不过百代之过客。对于放旷适人的陈总经营这爿小小的茶馆来说用“寄于”似乎比“隐于”更合适些。

那天，我在紫萱妹妹的引领下穿过叮叮当当各式古玩铺，来到丹霞园二楼西南犄角旮旯的一处茶馆。上下、周遭一溜都是卖古玩、玉器、字画、旧家具、旧器皿的店铺，小小的草心园蓦然杵在一隅，有点鹤立鸡群，可是它的主人全然不在乎这些，在铺门前的露台还特意围了一个三平方米不到的小院，扎了个篱笆门，一块小小的木板上写着“草心园”，看起来很腼腆，似乎对这迥异突兀的存在有些不好意思。可是一抬头，门楣上的匾额赫然写着“孔家白茶”，好大的口气！这卑微到草处，又自大到以圣人为伍的风格似乎也符合古玩街的氛围。

店铺的主人是“70后”的先生。很潮，剃着平头，额角垂着几缕毛发，常着一身唐装，奇妙地集桀骜不逊和儒雅倜傥于一体。

陈总——陈木通先生，就是这般不一样。

孔家白茶的主人是最敬业也是最不专业的商人。

每天天一亮，他必起床、洗漱、离家，开店、洒扫。店可以不大，但必须干净；茶具可以不精美，但茶必须是好的，水必须是热的；日子不都是甜的，但必笑迎四方客。

陈总是有职业操守的，但太不专业了。小小的店面，外间的南墙，里间的北墙铺陈着各色白茶，除这两处还有点经营茶叶的意思。其余杂陈各种物什：角落里、墙面上设有橱窗卖各色玉器，还设有佛堂，最里间还搞了棵樱花树，当然是人工的。阁楼里除设有雅座，逼仄的小小空间还辟出一处书案，陈着笔墨纸砚，供来客随意涂鸦。如此看似杂乱无章的陈设，却又那么莫名其妙的和谐包容。似乎少了一块，就会失去平衡。这不专业的表现，隐约中似乎阐释着孔圣人所说的“君子不器”的论调。

草心园的主人最善解人意，但不解风情。

开一爿茶馆，天天以茶会友，草心园主练就了一个好口才，但又不同于见人说人话、见鬼说鬼话的市侩之人。

草心园见天光就开张，直至夜幕降临，有时甚至灯亮到凌晨两三点。这整天介的男男女女各色人等络绎不绝，大部分是来唠嗑的。没别的，听草心园主说话舒坦。他亦庄亦谐的调侃，时不时就会蹦出几句精辟见解。比如什么是爱？那个可以为你半夜起来买半根油条的，就是爱；什么是给孩子造福？老了躺在床上，人家躺三年，你躺一年，这就是给儿孙造福等等。园主有一种特别的魔力：他有四两拨千斤的能力，不管你有多少烦忧，跟他一聊，再大的事都不是事；他有醍醐灌顶的法力，你百无聊赖也好，你颓丧沉郁也罢，只要跟他拉呱几句，你就会发现生活原来那么美好，眼前都是一片光明。他温情暖心，茶几上时不时备有糖果、饼干等茶点，我笑他也贪零食，他说有的人茶喝多了会饿；他逢人开泡，但女人来了他特别怜香惜玉，必要泡上名贵的茗馨西施白茶，说女人是用来呵护的，这茶美容养颜。我经常笑他是妇女主任，且老少通吃。确实，他的茶座时常有很多女客，才貌俱佳。能说会道、温雅倜傥的陈总时不时会有一些女子想要和他结拜，但他总是委婉拒绝，这种发乎于情，止乎于礼，近乎有点不解风情。我曾经猎奇般试探，是否有红粉佳人，他正色道：“男人的责任感就是懂得自律，老婆孩子心中坐，粗茶淡话随缘过。”正是这种自律，这片净土从没有绯闻。我想哪怕真有拨动他心弦的人，他也会是坐怀不乱的柳下惠。

不知怎的，我有时恍如觉得他是聊斋先生在世。蒲松龄先生写笔记写传奇，草心园主写诗写散文。蒲松龄煮茶赠路人，集狐妖仙魅遗后人品鉴；草心园主烹一室茗香，度烟火男女解烦忧。不过，他确乎不是蒲松龄，而是身处烟火，脚踏凡尘，以淡茶俚语度化众生的摆渡人。

# 家乡山水

# 月在龙池

孩提时很喜欢念叨“从前有座山，山上有座庙，庙里住着一个老和尚和小和尚，老和尚对小和尚说，从前有座山，山上有座庙……”的童谣，那种回环的韵律，戏谑的快乐，让我心里充满好奇：寺庙里的老和尚和小和尚，都这么讲故事的吗？

随着年岁的增长，种种的红尘俗事让我不堪其烦，童谣里的寺庙、禅院就成了我喜欢探访的地方。那终年不断的袅袅香火，郁郁葱葱的参天大树；抑或幽深山谷里回荡的超脱尘世的晨钟暮鼓，抑或恢宏殿宇萦绕的绵绵梵音，都会让我获得心灵的栖息，哪怕是暂时，也是一种享受。

也许是老天眷顾，我新进单位背后就是传说中的千年古刹——龙池岩寺。龙池岩寺，是文圃山的一个名胜，始建于南北朝永初（420—422）年间，朱熹曾于此开堂讲学，留下了诸多儒、佛等的历史痕迹，尤其是众多的很有艺术价值的摩崖石刻，我怀着崇敬的心情在一个晴朗的假日前往朝拜……

这座经历上千年沧桑变迁的名胜，是那么的普通。寺庙不大，没有雕梁画栋，爬上有点坡度不是太长的石阶，走进农家院落般的庭院，就是大雄宝殿，弥勒佛笑脸相迎，还有山门殿、天王殿、大雄宝殿、主供菩萨殿、法堂和藏经楼。摩崖石刻碑文散乱整个山腰。

如果不是那次观摩庙里晚课，我真是错过了它的美色。

时值晚秋，沿山路徒步，一边是热闹朝气的校园，一边是栉比鳞次的别墅群，不远处是香火鼎盛的土地庙，转个弯，还有一处正在兴建的庙宇，土方车疾驰而过，卷起阵阵尘烟，让人躲闪不及。烟尘散去，远远的依稀看到龙池岩的屋宇了。琥珀色的夕阳让人陶醉，曼妙飘零的落叶身姿就如精灵般的舞蹈，晚归的倦鸟清脆地鸣叫……

晚课，我便随着礼拜，舒缓疾徐有韵晚诵，“南无阿弥陀佛”的梵音直入心里，我的灵魂不经意在香雾中颤动着，颤动于虔诚之中的宁静。晚课结束，已是皓月当空，一庭如水的月色，清辉、安详。一个年轻的沙弥踱着步子在月下诵着经文；一个小山坳，四周蓊郁着如黛的镶了银边的绿树，半山腰卧着小庙，庙前敞着牛乳般的小院，浅唱低吟的梵唱……我的灵魂挣脱了平日所有妄人的无明和羁绊，痴痴地漂浮在龙池岩的夜空。

“孩子，坐凳上吧，地面湿气重。”一个老居士轻轻坐在我身边，她已是耄耋之年，一瘸一拐，每月都会来寺里修行，还义务给寺院种菜。据说是个很苦的女人，她没有哀怨，有的是感恩和知足。是啊，来过龙池岩的人，怎么会有哀怨。

这座千年古刹，离尘世不远不近就半条山路的距离，给万丈红尘里那些疲于奔命的苍生于一个修身养性的净土，那些在浊世的喧嚣中渴望寻找生命意义的觉者，只要一转身走过那一段山路，就可找到一座叫龙池岩的寺，一座位于文圃山的庙，属于所有人的寺庙。

随着琥珀色的夕阳而来，踏着细碎的月光而去。回首处，这座古老的寺庙在朦胧月色中显得分外神圣肃穆。

梵音缥渺处，我似乎明白，这座小庙之所以闻名千古的原因了。

# 一座神奇而平凡的桥

大凡有江有河的地方，都有桥。古往今来跨越江河湖海的桥数不胜数，有年头的都被称为古桥，但是并不是所有的古桥都能成为名胜古迹。我的家乡也有一条江，江上也有这么一座古桥——江东桥，它其貌不扬却举世闻名。

只要读过我国桥梁专家茅以升写的《中国石拱桥》一文，就会看到里面写着这么一段：“我国劳动人民在建筑技术上有很多创造，在起重吊装方面更有意想不到的办法，如福建漳州的江东桥，修建于八百年前，有的石梁一块就有二百来吨重，究竟是怎样安装上去的，至今还不完全知道。”每每看到白纸黑字上写着故乡“漳州”这两个字，说不出的骄傲就盈满于胸。

是的，漳州人都知道“江东桥”，而我自认为它跟我最为亲密。当我还是五六岁黄口小儿的时候，我便知道有这么一座神奇的桥。这缘于我有一个爱钓鱼的父亲，每到父亲的厂休，父亲总会带上一天的干粮和所有钓鱼的装备，天还没亮就出发，傍晚日落才回来，回来必是带着装满江东鲈鱼的鱼篓回来，那是我最幸福的日子。现在想来我不知道那时是先知道江东桥还是先知道鲈鱼的。有一次我忍不住好奇求父亲带我去，父亲一口回绝：“你要是男孩子就带你去。”原来江东桥是属于男孩子的地方，于是江东桥在我心里就更为神秘了。

后来，长大上学了，看的书多了，才明白江东桥并不是以鲜美的鲈鱼而出名，也不是因为属于男孩子的圣地而神秘，它本身就是一个传奇。

流淌在江东桥下的这条江叫九龙江。古时的江是专指长江的，河指的是黄河，其余称为水。以古人的视觉来看，这只能称为河吧，且此河处于闽夷，中原的争夺者对它都不屑一顾，这条寂寂无名的小江小河在史书上是没有什么渊源可考究的。就这样默默流淌了几千年，才开始有官兵在这里安营扎寨。“阻江为界，插柳为营”，也许是遍地的柳营蔚为壮观，也许是青葱的柳枝激发了哪个文人的兴致，“柳营江”因此得名。是先有九龙江还是先有柳营江已经无从可考，可是这有什么重要呢？重要的是，因为有了这条江才有了这座桥的诞生。

陆地上所有大大小小的江河溪流，从肇发伊始奔流入海就是它的使命。这条名不见经传的小江也是如此，当它翻山越岭流淌到柳营口时，这里的山崖却不待见它了。两岸险崖峡江对峙，眼看大海母亲的怀抱就在眼前，温顺如女子的它恼怒了，它翻滚着，咆哮着，波涛汹涌，触目惊心，两岸来往的摆渡船只得举步维艰。船毁人亡的惨剧时有发生。这股情绪失去控制的水流就这么在柳营口肆虐了几千年。

幸而来了一个叫赵逖伯的郡守，大概是绍熙年间（1190—1194年），赵逖伯在此发造桥历史的先声，连艘建造浮桥，结束了摆渡的历史，但浮桥“摇荡掀簸，过者凛容”，且经风雨摧损，疲于屡易。来往的百姓就这样在波涛中颠簸了二十多年以后，嘉定七年（1214年）郡守庄夏始垒石为墩，在此建造木桥，历时三年又一个月。木桥的建成摆脱了多年浮桥摇摇晃晃，洪水来时惊险万分的局面，便民二十余年。可惜嘉熙元年（1237年）木桥被火烧毁，火烧大桥该是多惊天动地之事，何因起火，涉及何人，史无记载。没有了桥的两岸生民重又陷入欲渡无舟济的困境。当时礼部侍郎漳州知府李韶接受地方人士的建议改建石桥，以为长久之计，有说他自捐私钱十五万缗，本土人士陈正义及和尚迁浚和他的徒弟净音、师照等分头四处进行募捐，凑足修建石桥的款数，历时三年又一个月，造成石桥，“其长三千尺，址高百尺，酾水（桥孔）一十五道，梁跨于址者五十有八，长八十尺，广博皆六尺有奇。东西结亭以憩往来者”。至此，虎渡桥夷然稳定了百数十年。后来元朝在此地设江东驿，遂成名为江东桥。

在激流险滩中历经种种终于建桥的有的是，这不稀奇；稳固几百年的石桥在中华大地有的是，这不稀奇。当年主事的李韶不知，当年运石垒墩建桥的民工不知，他们建造的这座“上重下坚，相安以固。涨不能没，湍不能怒，火不能热，飓不能倾”却是建桥史上的奇迹。

20 世纪 40 年代，英国著名科学家、英国皇家学会会员李约瑟博士亲临考察后，在《中国科学技术史》一文中评价说：“在中国其他地方和国外任何地方都找不到可同它相比的。”罗哲文主编的《中国古代建筑》书中第一章就提到：“虎渡桥重达二百吨的石梁，工匠们如何把它们架上波涛汹涌的急流之上，至今仍然令人为之惊叹”。

是啊，那石梁长达 23.7 米，每根宽 1.7 米，高 1.9 米，重达 200 多吨，如何搬运困惑了多少专家学者，成了千古不解之谜。正是这厚重庞大的石梁让它闻名一世的，多少年多少专家学者汲汲求证它的建造而不可得。

当这座成为世界之最的石桥映入我眼帘的那刻我似乎找到了答案，可以用这个词来回答那就是“天造地设”。

我想起遥远的年代那个贤明的周王，伐密告捷，解民于水火，回国途中，筑灵台，祭苍天，安黎民。“经始灵台，经之营之。庶民攻之，不日成之。经始勿亟，庶民子来”(《诗经》)。是啊！一切有益于生民，造福苍生的伟业都会得到百姓的拥戴，江东桥也如是。江东桥从肇建伊始就是一项为生民计的工程，赵逖伯也好，庄夏、李韶也罢，他们从没想从这座桥上获得什么名利，李韶甚至捐出自己的私钱，他们就那么简单地想着让来往的百姓便利些。关于“虎渡桥”名字的由来还有一个故事。嘉定七年（1214 年）知府庄夏始于此垒石为墩，建造木桥。但因水深流急，抛石都被冲散，屡抛均未奏效。一天，忽见老虎负子过江，游过一段急流，即栖息片刻，再游再息，终达彼岸。建桥工匠，见景忽悟，循踪勘探，发现虎游一线，水下有石如阜。于是选址筑墩铺梁成桥，并以木、瓦盖顶，命名曰“虎渡桥”。这项造福民生的工程得到百姓的拥戴，他们用汗水和智慧让它屹立百年不倒。

## 博爱道

——阮厝的故事

这座建成仅历时 3 年又 1 个月，屹立 800 年的古桥至今仍在为往来的百姓提供方便。而多少举世瞩目的帝王陵寝，多少金碧辉煌的楼台宫殿被岁月的流沙掩埋，从某种意义上说，无需再考究那 200 吨的石梁是如何架设的，人心的架设就是它的答案。

夕阳下的江东桥是那么的平常无奇，没有任何雕饰就只有几块平凡而厚重的石梁。可是，正是这静默的石桥却因贴近苍生名扬于世。

我敬仰这座神奇而平凡的桥，不仅仅因为它是江东桥！

# 邂逅锦宅

一直很想给一个村庄写点东西，这个村庄不是我的故乡，只因我曾经邂逅它，接近它，了解它；只因我在它身上感受到这飞跃的时代里不可或缺的一种灵魂。

## 一

如果说人与人邂逅是要有缘分的，那么人与地方的相逢，也需要缘分。这个夏天，我邂逅了一个从远古中走来的村落，它的名字叫锦宅。

锦宅卧在文圃山的西南山脚下，分处角海公路和海沧铁路的两旁，是漳州台商投资区一个普通的古村落。村里住着十里八乡有名的古建筑修缮专家——黄紫照先生。

记得那是初夏的早晨，天空早早就换上了新裙子，蓝底镶金点缀白花的裙子。走进锦宅，空气中带着泥土的气息，整洁的村道两旁是高低错落有致的楼房。在黄老的带领下，我来到一座古厝模样的房子前面，黄老骄傲地说："我家到了。"我定睛一看，这不就是传说中的"兄弟科甲第"的府邸吗?

这古厝前有一方小小的池塘，池塘旁边有个小小的菜畦。门口是从清代保存至今的石狮，极具南洋风格。庭院整洁，厅堂正中摆放红底黑字大气的"兄弟科甲第"匾额。据说是为了纪念黄氏后人黄涛、黄江俩兄弟先后科甲进士中第而建的。任时光如何消磨，岁月如何淘洗，黄老一家几代人坚持保护修缮，始终让它的池塘清澈如初，窗户依然敞亮如昔，梁上的雕花，脚下的红砖，眼前的白瓦，诉说着昨天的峥嵘。

在我参观的当儿，他的儿媳在厢房里忙着准备午饭。饭菜的香气弥散在庭院里。时光仿佛在这一刻慢了下来，闭上眼睛，仿佛回到了它最初的模样：总角的少年，在那个窗下朗朗诵读，母亲在自家的院子安详地忙活着家什。几个调皮的孩童在门外的池塘边嬉戏，小院里蔷薇花静静地散发幽香……一切都是那么的淳朴和自然。

在黄老的带领下，我还参观了村里的“著荐堂”，那古朴清晰完整的影壁，屹立几百年的檐柱……我惊诧发现，这普通的小村庄竟然有如此之多的古厝。

我面前的锦宅穿过层层历史帷幕，犹如款款走来的美女，她高贵而典雅。

锦宅，同安故郡，旧称“屠龙版”“沈宅”“十三烟屯”，早时为同安的“粮仓”。这里地方土地肥沃，临近海港，我亲见村里有部分房屋裸露在外面的地基还可看到海岸的遗迹。我不知道在那个农耕时代，这个村落能如此大气地拥有山、拥有田，拥有海。难怪当年流传着“有沈宅富，无沈宅祖厝；有沈宅祖厝，也无沈宅富”的说法。其人烟稠集，家富户殷，盛况可见一斑。我想“锦宅”这一称呼真是贴切不过了。说不定，就是因为它的富庶才因此得名的吧。

历史悠久、土地富饶衬托着它的高贵，诗书传家涵养着它典雅的气质。

## 二

对我来说，锦宅是一个有故事的女人。她的动人之处在于经历了几百年血与火的淬炼，经过几百年风雨沧桑后散发的动人心弦的魅力。

六百多年前，黄氏先人黄子澄为维护朝廷国家的稳定，辅助朱允文削藩。后被“靖难之役”的胜利者燕王朱棣肢解而死。黄氏一门因此株连九族，同安黄氏备受株连，黄氏一脉，所剩无几。

劫后余生的黄氏一脉在锦宅落地生根，而根植在这片土地上的还有

“事不避难，义不逃责”的族风。

不计个人恩怨荣辱得失，一心只为天下社稷，面对外敌入侵，曾经被朝廷荼毒的锦宅先民，不计前嫌，挺身而出、挥戈向前。

这里特别要提到是民族英雄黄廷。年少的他目睹荷兰殖民者侵占台湾，欺压台湾同胞，于是立志杀敌报国，后来成为郑成功的得力干将，收复台湾战役中，功勋卓越。更难得的是黄廷将军在赶走侵略者后，从民族大义出发，以国家一统为己任，拥护清廷中央集权统一领导，康熙三年（1665 年）五月，毅然率部献铜山岛自漳浦、云霄投诚，避免了国土的分裂，维护了祖国的统一。

想起圣人言，“君子贞而不谅”，做一个守信的人，很容易；做一个讲义气的人也不难，难的是如何放下世人眼里的小信小节，选择有益于生民而又可能会担当骂名，陷于危险的大节大义。

驱外患，保边疆，平内乱，安社稷，父老子代，兄亡弟补，是锦宅世代相传的精魂。

内忧外患的晚清，锦宅的黄位、黄得美两位义士毅“誓诛贪官污吏”、“拯救黎民”为起义军宗旨掀起了晚清闽南一次规模最大、影响最深广的农民起义运动，声势之大，震撼了清王朝，逼得清王朝惶惶不可终日。最后功败垂成，黄得美于 1853 年 10 月 17 日在厦门受肢解挖心的极刑，英勇牺牲。锦宅因此备受牵连，再次祸及满门。

匡扶社稷的黄澄、黄廷走了，为民请命的黄位、黄得美走了，可是，祖先的责在人先、利居众后、铁肩担道义的家国情怀深深渗入后代子孙的血脉心魄。

接近她，靠近她，我深深被她吸引，那一刻，我突然对艾青的那句诗有了另一种别样的理解：“为什么我的眼里常含泪水？因为我对这土地爱得深沉……”

锦宅仿佛对我耳语：被血与火沧桑过的玫瑰，更为鲜亮更为隽永！永远怒放在历史的天空！

## 三

时光流转，高贵而典雅的锦宅睿智地汲取时代的华美的元素：知性、创新、合作。

谁也无法阻挡沧海桑田的变化。古时的海变成了路，山林成了平地，田野成了厂房。锦宅没有了能靠的山，能讨的海，没有那么多能播的田。

聪明的锦宅人利用毗邻厦门经济特区，角海公路和海沧铁路贯穿而过，交通便捷的优势，因地制宜，在年轻有为的村干部带领下，全村以“引进三资企业，扶持高优企业”为导向，发挥区位优势，发展多种经营，成为漳州台商投资区的一支生力军。

他们在文圃岭丘陵地带建成近千亩的龙头山开发区。区内有三和管桩、金之榕食品有限公司、厦门环讯科技有限公司等十几家大中型企业，投资近 2.3 亿元；没有了那么多能收获的田野，锦宅人与台商合作，引进种植台湾番石榴、杨桃等水果，建大棚蔬菜生产基地；没有能下的海，锦宅人有用不完的胆识，把海洋带到陆地，在仅有的土地上，开塘搞对虾养殖，此外还开发了建筑、运输、果蔬批发、餐饮、房屋出租等产业。

年轻人紧跟时代步伐，带领全村朝康庄大道飞奔。老人们也没闲着。以黄老为首的老一辈锦宅人组成老人协会，致力于村里古厝的修缮和保护。“我们得帮孩子们守好这个家，祖先不能忘，一个忘本的人是飞不远的，要让我们的后代知道自己的血脉、我们的根。”这句朴实的话语从一个乡野古稀的老农口里说出，是那么掷地有声。

锦宅人从没忘本，他们一直践行诗礼传家的传统，因而人才辈出，政商、教育各界均不乏乡彦才俊。锦宅人不管从农，从商，从政，为学；不管在峥嵘岁月，还是在太平盛世，依然传承祖先心系苍生的家国情怀；以责任和担当，在世界各地、各行各业书写锦宅的历史，向世人展现它的活力和激情。宋朝大儒张载有言：“为天地立心，为生民立命，为往圣继绝学，为万世开太平”。我想这不正是锦宅人精神的写照吗？

告别黄老，我走在村里这条泛着青光静默几百年的石板路上，夕阳下每一块石板就如一页泛黄闪光的书页，每一页都诉说着一个不朽的灵魂。那年的烽火、那年的血泪在时间的洪流里渐行渐远，可是他们的背影依然那么清晰。我似乎看到更多的锦宅人擎着祖先不息的火炬在这个时代进发！我似乎看到风华正茂的锦宅人笑着往前跨越！

这个夏天，我邂逅了一个躺下去是海、站起来是山的不一样的锦宅！

# 石码印象

与一个地方有缘，不管你到没到过，不管你走多远，早晚都会在对的时间相逢。

——题记

我与石码有缘。

石码于我来说是陌生的，却又是熟悉的，因为经常听母亲念叨它；石码于我来说是熟悉的，但又是陌生的，因为石码五香从小吃到大；但我从未到过石码。直到40岁的那个初夏，我才与石码相逢。

那天在龙海一职校办完事，本该回程的我，心里好像有个声音在呼喊：“你来了？过来逛逛！”于是便叫了辆的士到石码街。花了40块钱请了一个踩三轮的老伯带我逛了石码小镇。这是一个有山、有江、靠海的小镇。九龙江的入海口就在这里。

石码是悠闲的。

作为龙海新兴城区的中心，这里的街道宽敞，高楼林立，商业街人头攒动，还有随处可见正在建设中的市政工程，让你可以想象未来的美好前景。可是，石码就是石码。即便与时俱进，城市进程急速发展，但仍不失去它的温和与悠闲。宽阔的街上，时常可以看到许多小鸟栖息在路上，或是闲庭信步，或是嬉戏斗闹。小鸟们丝毫不担心随时疾驰而来的汽车，好像早与这工业文明的猛兽达成共识一样，就在你为它们的安危惊慌失声时，人家早已不慌不忙落座枝头。如果拐到中山公园，拉弦的，遛鸟的，摆龙门阵的……时光在这里慢慢沉淀下。穿行在那些纵横交错，充满烟火气的“碗街”“打石街”“篾笼巷”“打索街”……氤氲的时光里，似乎听到阿嬷在巷口喊着：“囝仔，斗来呷本（闽南语：回家吃饭）！”

石码是古老的。

石码是福建四大古镇之一，与晋江的安海、莆田的涵江、长乐的金峰齐名。

相传在梁大同年间，有九龙嬉戏于横贯郡县的江流之上，此江于始名九龙江。想必九龙戏耍累了总是要归海，于是在西溪与北溪的汇合处奔向了大海。据说九龙入海涌起的巨大海浪冲刷出一块不大不小的海滩。物转星移，沧海桑田，几百年后小小的海滩居然攒聚了十个小渔村，古称“古乡十社”。这“古乡十社”实在太小，寂寂无名依属着一个又一个，或里或都或地的某个所属，随遇而安地又过了几百年。一直到明嘉靖初年（1522 年），都人终于受不了江海汇流处，惊涛骇浪肆无忌惮地骚扰，于是在九龙江福河段的东面，垒石为壩以阻江涛海浪，也许这高低错落的 12 座石壩，如一条蜿蜒的小溪，旧志有记为“石谿”。闽南语“壩”音近为“码”，“石码”就这样传叫开了，这个小海滩开始有了自己的名字。

一天，石码来了一位林氏宗亲——林士章。林士章可不是一般人，他是嘉靖己未年进士官礼部尚书。在他的提倡下，石码开始设立集市，编千字文署号，划分区域，大概以如今的“登地口—中山亭—中镇路（九二零）”为界分为上下石码，自此“居廪列肆，聚落万井”，商贸开始兴盛。景泰年间，月港海运兴起，石码由于独特的地理位置，水陆交通方便，成了海上丝绸之路重要的码头之一，当时石码港还可以泊 200 吨级的船舶。乾隆年间石码通叛石山在《石码镇志》序里写道：“百余年来，与溪、澄二邑相为鼎列”“滨海之乡，兹为盛矣”。

石码是亲民的。

古老的石码在闽南历史长河里，具有不可或缺的重要地位。毋庸置疑有许多历史遗存，但它跟别的地方不一样，大凡作为历史遗存的，一旦被定级为文物保护单位，不是围上护栏闲人莫近，就是被开发为景点售票观瞻。石码却不这样，在这里这些历史的见证者早就融入石码人的日常。

红军楼，现龙海一中教学楼二楼，是1932年红军进漳时，红四军的先头部队第二十八团团部的所在地。这是一座重要的历史遗迹，它见证并参与了红军在漳州熠熠生辉的革命史；这就是一座普通的教学楼，它不以功自居，不凭资论辈，每天默默守候着一批又一批莘莘学子，承载着一个又一个光荣的梦想。

中山亭，1924年，北洋军阀张毅驻扎石码时建的，原名“益思亭”。亭平面为委角四方形，由十二支钢筋水泥柱支撑，通高20米，面阔进深各5.22米。张毅只会做表面文章，他为了扩张势力，鱼肉百姓都没有闲暇，哪有时间自省反思自己的行为？1926年，北伐军进驻石码，驱逐张贞，何应钦把它改名为“中山亭”，以纪念革命元勋孙中山先生。这座亭历经风霜，水泥柱已经风化，但这又能怎样，它早已是石码人心中的丰碑，是石码的标志；但这又能怎样，中山亭不需要护栏围护，近百年来，它一直敞开怀抱，让石码人自由栖息，陪着一代又一代石码人长大、老去。有它在，那些远游的石码人就有方向，就有依靠。

不仅如此，连庙宇、庵堂也是随意散落民间。

最有趣的是位于解放东路的宛南亭，从背面看谁也看不出是一座庵堂。初看我以为是中西合璧的一座庵，中国的庙堂大多是砖瓦结构的，可是这座亭实在奇怪，前半部是中国特色的建造，飞梁、红瓦，可是后边确是水泥构筑，如果不是细看它的雕塑还有莲花的样子，乍一看很有西洋建筑的范。载客的大爷说，20世纪五六十年代，残旧不堪的宛南亭就被改造成这样，还被抹上了白灰，现在的前亭是后来造的。可是石码人不计较这些，神明也不计较这些，日子还得过，有神明护佑总归不错的。

你看，锦江街上一条小巷子里有座妈祖庙，这座小小的庙宇已经有几百年的历史，它正对着九龙江的入海口，保佑着出海的渔民，祈福一方百姓风调雨顺。有妈祖庙不算稀奇的，稀奇的是它居然落座在民居里面。走进寻常人家的大门，前厅供奉妈祖，从旁边的侧门进去，上民居的二楼，妈祖庙的后进还供奉着观音菩萨。这里的神跟人是这么的亲近，没有半点的神秘和高贵。

我想石码人是幸福的。靠海有妈祖保佑，做生意有关帝爷保佑，每天的日常起居和观音一起，各方神灵就如亲人般的亲近。所以石码人可以那么的安然和富足，有海可下，有田可种，有山可上。

石码人是实在的。

市场是最真实的民生。每天天刚亮，人民路的东贸市场，紫光路的第二农贸市场就人头攒动，摩肩接踵，各种叫卖声，此起彼伏；各种蔬菜瓜果，鸡鸭鱼肉，各种海鲜，从案头一直堆积到地上。

“多少？老板！”“两块五，两块五！”我循声望去，这是第一次见到如此大气卖海带的。一般菜市场卖的海带都是浸泡在大盆里的，拿起来有手掌宽大就不错的，且还是用干货浸泡成的。可是石码的海带，是一条一条新鲜地挂着的，而且价格非常便宜，不以斤两论卖，而是一口价，两条五块。石码人实在！

石码五香是这座城市的名片，大凡越是有地方特色的东西都是隐藏于民间的。新行街的五香远近闻名，这里都是现吃现做，没有余货的。它食材的新鲜、饱满，做工的地道，具有石码人实在的性情。

这小小的五香从唐代一直飘香至今，它不知牵动多少人的味觉记忆。

“我外婆家——你外祖奶奶家在石码，我和你阿姨舅舅们经常徒步到石码，到亲戚家吃请，吃一顿可以顶三天啊。”我似乎明白，为什么每次问母亲到哪里走走，她总是说去石码，虽然她的外婆早已不在，那些熟悉的街巷也不在了，那些亲人们也不在了……可是石码还在，那年的亲情还在。也许是灾荒年月，曾经从漳州城徒步到石码的亲戚家吃情，又带走一大包五香难忘的经历一直萦绕在她的心里。石码在母亲的心里分量很重，对于母亲来说，有石码，日子就有盼头。

有人说，这是九龙江的边城，也有人说这是月港的明珠。其实，边城也好，明珠也罢，我想石码就是石码，千年前也好，千年后也罢，她以自己特有的方式，不疾不徐，在平淡如水的光阴里书写自己的歌谣。

# 拜谒圣王随想

有一天，陈老师说，你有空写写陈元光，写写松洲书院吧。是有必要写写的，作为在浦南，在开漳圣王陈元光最后归宿之地工作二十几年的我，确乎也是要写的。

说起来也是很惭愧，近在咫尺，却从没去过，连路也不知道。还好学生都是当地的。这天，我叫了学生海一起拜谒圣王陈元光。

还是十几年前的模样，一样离离的野草，一样凌乱的石马、石羊、石兽，一样颓圮的墓埕，我问站在一旁的海，这石碑上写的是什么？海对“圣王陵园”几个字木然地摇头，我不禁揶揄他：“可惜，它认得你，你不认得它！”我追问：“你知道这里睡着的人是谁？为什么叫他为圣王？”他终于有点自豪说：“是打漳州的，我们的祖先跟陈元光墓一起来的。”我实在无语，拍拍他的肩膀：“记住，是跟陈元光将军来开发漳州，不是跟墓一起来打漳州！”这就是陈元光部将的后代！我惭愧地转身朝圣王的陵墓拜了拜，向他谢罪！为所有教过他的老师谢罪，为作为圣王们的后代却不知祖先历史、目不识丁却头脑聪明的学生谢罪！

我想陈元光如果在天有灵，真的会不瞑目的！

陈元光，唐开漳将军，漳民称开漳圣王。

1300年前，漳州一片荒莽，这里生活的主要是彪悍的乌畲族，后来由于北方战乱迫使南迁汉人进入蛮獠领地，双方为争夺生存资源时有矛盾，在唐高宗年间，爆发了震惊朝野的蛮獠啸乱。唐高宗时蓝凤高和雷万兴等人率众反抗唐王朝。669年，陈政（颍川望族、将军世家）奉旨以岭南行军总管，率府兵3600名入闽平定“蛮獠”之乱。但“蛮獠”武装力量强大，陈政“比至镇，百凡草创，备极劳卒，群蛮来侵，自以寡不敌众，退保山，奏请益兵”。670年，唐高宗派陈政之兄陈敏、陈敷率军校五十八姓入闽增援，陈元光及其祖母也随军同来。677年，陈政病逝，陈元光承袭父职，继续开疆辟土。684年，陈元光上书朝廷，奏请设置州郡。686年，武则天批准在泉州、潮州之间设置漳州，最早的郡治就位于云霄。陈元光被任命为漳州史上的首位刺史。陈元光认为：生产落后、民性凶悍、缺乏管理、失之教育，是这一带经常发生暴乱的根源。于是，他开科选才、任用贤士、招抚流亡、烧荒屯垦、兴办学校、劝民读书，使号称“蛮荒”之地的闽漳经济文化得到了迅速发展。后来他的儿子陈珦创办了号称“八闽第一大书院”的松洲书院，也是当时全国最早的书院。

朝阳从树缝间洒落在海的身上，泛起一层光晕，这分明是棵被阳光遗忘在犄角旮旯里的树，我心不知怎的特别沉重。可是，海却兴致勃勃地听我讲故事，一听到“松洲书院”立马站了起来，高兴地说：“我知道松洲书院在哪里，老师，我带你去！”

离开荒凉的石鼓山和颇有些凄凉的圣王墓，驱车不到10分钟，就到松洲村，走进水泥村道，在村口不远的拐角处，一列白墙，门楣上写着“威惠庙”，传说中的松洲书院就在里面。这是一座庙堂兼书院格局的书院。历经一千多年的书院几经战火几经重建。而今，院里散落着精美的唐代石雕：石狮、石鼓、石柱、石砚台、石椅等。院正中间的正庙祀奉陈元光塑像，后一进梁上挂着几个遒劲的大字——“大唐松洲书院”，本该为讲学处的大殿，如今依墙一溜供奉着陈政及其部将的塑像，左墙角推着一堆破旧的课桌，兴许是村里学校替换下的旧物。这就是传说中的松洲书院？那史书上记载的方圆15亩的大唐书院，那整齐的书舍、明亮的厅堂、开阔的跑马场都哪去了？即便是新修缮的两厢书房，空空如也。我眼前的只是一派的苍凉。地上堆着一些替换下的房屋的物件，还有零落的新木料，我询问殿里的守门人，可否还在修缮？进展如何？守门人一问三不知，最后不咸不淡地回答：“没有开发，没有经济效益谁会在乎什么第一书院不第一书院的。”我不禁愕然，看来是我落伍了，一个乡野老伯尚且知道“开发”“经济效益”，文物古迹早已成了另类的效益，千年古迹是否能被拯救于败落颓圮之中也得看它开发后的价值所在啊！

可叹的是很多时候，今人所谓的开发是躺在祖宗的基业上出卖祖宗的文化以获取可怜的铜板：君不见大江南北“杏花村”之争；君不闻多少个山头争正牌“花果山”；君不见多少座村落纷争所谓的“桃花源”；君不闻曹操墓带来42个亿的辉煌……更有甚者，眼看古迹、古祠、古物斑驳、颓圮不积极修缮保护以期谋求国家善款的。

看着眼里萋萋枯草，我发觉我连拯救一棵枯草的能力也没有，我实在不忍多待，只好悻悻而归。

回来的路上，已经就读八年级的海在一旁骄傲地说：“听老人讲以前满屋子的书，后来都被偷去卖光了，一本书值几千块啊！要是我早生几年也发财了。”我狠狠地瞪了他一眼：“作为陈氏后人，不好好读书整天尽想倒卖祖宗的基业！不惭愧吗？我真搞不懂，你智力正常，一个八年级学生，字不会写，书不会读，不惭愧吗？小学六年你都在干吗？！”海一脸无辜地说：“我们村六个年段，六个班级，每班就十个上下的学生，老师也不爱教，就一年级教了拼音，这之后都没在上课，一上课就让我们自己看书，六年就这么过来的，老师，我这样还不是最差的。”我不知道事实是不是他说的那样，不过现在37人的班级，确实比他还差的还有四五个，我一个中学老师，不得不从拼音到生字生词一点点教起，这是真的。看着眼前的海，我的悲凉又平添一层愤懑！看我一脸的不快，海劝解道：“老师别那么认真，大人们不常说嘛，会不会读书不要紧，能不能赚钱最关键。”我一时语塞，我不知怎的瞬时感到没来由的无助。

可叹！千年前曾为在龙溪开创“束野植良”的龙溪县令席宏没料到；接受龙溪县令席宏之请的陈响没料到；带领五十八姓入闽教化的圣王更没料到；千年之后，他们播撒在这里的后代子孙，虽生活富足，而文化却日益贫瘠！曾经的曾经那“导士民于礼乐，开士子之茅塞”的理想，穿越千年的兵燹、天灾、人祸之后，最终湮灭在物欲横流的时代。曾经的书声琅琅，曾经的跑马飞箭，已成遥远的绝响。圣王他们当年开蒙教化了这里的生民，把落后的“炎荒”之地，治成美丽富庶的邹鲁之滨，而我们的回报给他们后代怎样的一个教育？让漳州人汗颜的是，开漳州圣王的文化研究发轫在厦门，自 1992 年 4 月厦门市陈元光学术研究会成立至今，已经历 23 年，先后举行了八届海峡论坛，而作为圣王的子民，派出专家也只作为客座发言之一。这让我们不得不反思，我们拿什么拯救祖先的文化？

保护、传承不是修修庙宇，不是建建陵园，更不是急功近利地开发，最好的传承就是提高国民的文化知识水平，一个尊重文化的社会，传统文化的底蕴自然深厚，国民自然就有高的素质。

我看着身边的海，想到教室里那些懵懂无知的圣王及他们部将的后代们，肩上沉甸甸的。

圣王安息的这块土地，我们没有理由让它这么荒芜下去！我耳边似乎回响着当年县令席宏给陈珦修书时的肺腑之言：“……为导民于礼乐，无混迹于渔樵。且十室必有忠信，而海滨世无仕进者，实无教之尤，非生姿之愧。盖鹿鸣不闻清音，龙门焉敢高仰！望惟开其茅塞……”

作为一介书生，我以我的脊梁，我以我的口舌，我用手中的拙笔，从三尺讲堂开始，拯救我和我的孩子们，为了祖先！这就是我有生之年的使命！

# 父亲的桥

黑夜对需要卧床一个月的我来说是一种恩赐。人是很奇怪的，被禁锢在斗室之中，失去行动自由的时候，脑子特别活泛。躺在床上的我，除了满脑子纵横千里的遐想，还唤醒了沉睡多年的记忆。在这淅淅沥沥的雨夜，中山桥就这么由远及近地浮现在我的眼前。

中山桥，始建于宋绍兴年间（1131—1162 年），旧称南桥、通津桥、薛公桥。1925 年当时的国民革命军第一军军长何应钦率部进漳，将它更名为“中山桥”。20 世纪初这座横卧在九龙江上的旧中山桥是闽粤的交通要道，更是漳州老城区的中轴线，使得桥头至城里府衙的街道，成为当时最主要的商业街。在那个水运比较发达的岁月，给临江而居贫穷的老百姓多了条生计。

当时生活在江滨的人家，走船是最苦最累但是赚钱较多的一种短工，是男人家都嫌累的活。深受大户歧视、排挤，偏房出身，年轻守寡的奶奶，失去了老公的庇护，为了养活两个嗷嗷待哺的孩子，只能选择这样的活。每每下雨是奶奶又喜又悲的日子，喜的是有工可打，悲的是要扔下五岁和一岁的娃出远门。我不知道那时五岁的父亲是如何带着一岁的叔叔的。奶奶一走少则两三天，多则三五天，一路满载着走船的艰险，兵匪的忧惧，还有骨肉分离的痛苦。父亲和叔叔就着奶奶备好的干粮有上顿没下顿苦挨着，每天最重要的事就是掐指算奶奶返航的日子。到了那天，父亲就会带着叔叔在码头边，从早上蹲守着奶奶的船只。有一次奶奶的船遇兵痞打劫，活着回来已是大半夜，等了一天的孩子在码头睡着了，奶奶看着码头的孩子泪流满面，从怀里摸出带着体温仅有的两个馒头，饿了两天喝水当饭的两个孩子乐得像过年一样。他们还开心地对奶奶说:“姆妈，这比隔壁哥哥家的肉香还好吃啊。”可怜的孩子，饿的时候只好闻着同父异母年长很多的哥哥们家里煮饭飘出的肉香喝水解饿。相对于那冰冷的深宅大院，这中山桥的码头更是人间的天堂。

后来奶奶身体不好，不能走船了。当孤儿寡母三口的生计再度无处着落的时候，这座桥无私地敞开博大的胸怀，8 岁的父亲学着大人们扛鱼竿钓鱼，不同的是大人们是为了娱情，而他是为了糊口。天蒙蒙亮出发，蹲一早上，刚开始一两条鱼，还不够糊口。渐渐的不到半年，父亲能钓上半篓的鱼。奶奶拿到集市上赶早市卖掉换来微薄的几个铜板，也够娘仨一天三顿喝粥的花销。粥是稀可数米粒的，没有菜就着盐巴吃。年纪渐长，父亲的钓鱼技术是桥上钓手中的佼佼者，除去拿到集市买，挣点饭钱，竟然可以留些自己吃了。再后来父亲带着年幼的叔叔一起垂钓，兄弟依着这座桥用羸弱的双肩撑起了这个贫穷的家，家里的灶台有了香味，奶奶的身体也渐渐好了起来。

中山桥不仅温饱了父亲他们贫瘠而困顿的童年，帮他挑起了寡母幼弟的大梁，更重要的是还帮他收获了爱情。

因为奶奶体弱多病，当兵的父亲不得不退伍回家，成了一名工人。在一次偶然的机会父亲认识了在东方红商店工作的母亲，母亲风华正茂，面容姣好，按现在来说是一朵店花。两情相悦，到了谈婚论嫁的当儿，奶奶找人到姑娘家提亲，娘家人来看家风，一看不要紧，当即脸一拉就走了。原来，虽说父亲是当时炙手可热的退伍军人，也是吃公家饭，可是少得可怜的工资都花在奶奶的药罐子里了。家里还是很寒碜，锅碗瓢盆都不全，母子仨人就三副碗筷，到饭点就吃公社，没有任何家什，最贵重的就是三床被褥。眼看婚事就这么吹了，但没过几天家乡就发生了史上最大的洪水。

那是 1960 年，漳州百年一遇的大洪水，老一辈漳州人记忆犹新。

漂泊的大雨从天上直泄下来，一顿饭的工夫，汹涌的江水淹没桥面，不一会儿，依稀只见若隐若现的褐色的铁栏杆。父亲不顾众人的劝阻，只身游过岌岌可危的中山桥到桥的那头——我母亲的家里，帮助他们逃离洪流。据说父亲命大，中山桥在父亲游过之后就被冲毁了好一段。也许是父亲的勇敢和真心感动了母亲的家人，大家都同意了这门亲事，这场历史罕见的洪水给生活在江滨的人家带来了灾难，却为父亲赢得了一个如花似玉的老婆。从此父亲的担子有人帮着挑了，日子慢慢过得像日子了。

我记事起，每每父亲提着桶，扛着钓鱼竿走向桥的时候，总会听见人们善意地笑道：“哎！又去钓‘田螺姑娘’了！”那时我还不懂什么“田螺姑娘”，我只知道父亲有神奇的魔力，每次父亲在桥头出现的时候，总有我爱吃的河鲜：滑溜的河鳗，活蹦乱跳的大虾，憨头憨脑的鳖，张牙舞爪的毛蟹……在那物资匮乏的年代，父亲依靠着中山桥却能把一家五口的生活过得有滋有味。

……

岁月的风雨沧桑了中山桥，父亲的脊背弯了、驼了，中山桥也老了许多：水泥栏杆颓圮了，换成的铁的栏杆也生锈了，桥面坑坑洼洼，每当上下班高峰时节，桥上拥挤得让人担心；桥下的小渔船变成了机电船，再也钓不到各种美味的河鲜：如许的大虾、河鳗、肥嫩的溪鱼难觅踪迹了。父亲的鱼竿不知什么时候被束之高阁了。

每到午后，到桥上溜达成了父亲的习惯。这是一个老人和一座桥的约会。

# 西山，有你同行

西山水库！陈老师提到要去西山水库取景，我多少还是有些向往的。它建于1921年，是漳州历史最久、最大的水库。“西山”这个词多少有些诗意，让人想起唐代柳宗元的《始得西山宴游记》、北宋潘阆的《酒泉子·长忆西山》、明朝袁中道的《西山十记》。当然，“西山”所指不尽相同。柳宗元指的是他所贬之地永州一处的西山；潘阆的西山是杭州胜景灵隐山；袁中道的实指北京西郊，那么这处于闽漳之南角美一隅所谓的“西山”又是一番怎样的景色？

车从平坦的国道边上拐个弯进入村道，山野里赫然蜿蜒着500米的渡槽，这渡槽由直立的31根高24米的墩柱构成。20世纪中期，由于水利设施落后，直接影响了农村的发展。为了摆脱这种困境，引水灌溉就成为当时一项重要的民生工程。渡槽作为一种水利设施，就在这种背景下在全国各地开始大规模兴建。想着渡槽就在眼前，水库应该不远，我心里不禁小小的窃喜，头脑浮现的是：清风徐来，水波微澜，坝上烟柳迷蒙……“咔！”一声底盘与石头沉重的摩擦声，一个狠狠的颠簸把我从美好的想象拉回了现实。“怎么搞的？”原来一不留神开到了一个小坑里，我定神一看，啊！前方尽是坑坑洼洼的土路，有的土块之间的裂缝有五六公分，就连之前被我嫌弃的石头路都没有了。我紧握方向盘，如履薄冰地在崎岖坎坷的山路上蜗行。即便我小心翼翼，还是不可避免出现时而倾斜近40度，时而重重往坑里蹲的险境。历经一个多小时的种种艰险，终于来到一个湖边，同行的陈老师说这就是西山水库。我有些失望，几条老旧的小船趴在岸边，只是水面比水磨水库宽一些而已。

## 博爱道

——阮厝的故事

王老师要取景的是在水库的另一头，走水路要两华里多，开车绕去还很远，且路比之前的更难走。王老师决定亲自划船过去取景。看着冒着酷暑一连奔波十来天的王老师，我心里非常惭愧，咬咬牙，登上木船与王老师同去。刚踏上木船，我心里有点后悔，我是旱鸭子，水库至少深几十米的，万一落水了，年过花甲的王老师能拉得动我吗？王老师似乎看透了我的心思，安慰我道："没事，别怕，我在海边长大，从小就会划船。"于是，王老师划船带我往水库的另一头出发了。

此时太阳已经偏西，王老师手中的两只撸一摇，微风一吹，水面上泛起了鱼鳞似的波纹，光芒一层层地晕开，水面上像铺了一层碎金，闪闪发光，这片片金鳞随着水波上下浮动，我们宛如骑着一条游龙在水里游弋。水随山势蜿蜒迂回，船随水走从流飘荡。过了一个山口，素湍绿潭，游鱼细石；转了个弯，眼前豁然开朗，岸上芳草萋萋，两头黄牛一前一后卧在草地，悠闲极了，不时发出满足的"哞哞"的叫声，可不美吗？如此福地，低头有取之不尽肥美的青草，抬头有一望无际的天空。不知什么时候，我的心渐渐随着王老师手中的橹声，迷失在这如梦似幻的西山水库，来路上所有的困顿和颠簸一下子被我抛到爪哇国了。

"到了，就是这里。"传说中我们一路苦苦寻找的西山水库已经站立在我面前。

下了船，拾阶爬上34米高的坝顶，头不禁有点眩晕。王老师站在坝上拍了几张，觉得没能拍出全景效果不好，要下坝底取景。刚才上坝我已经是心惊肉跳，看着深深的坝底，腿都软了。王老师二话不说，把鞋子脱了，背着相机，小心翼翼地往坝底走。看到王老师卧在坝底的灌木丛里拍水闸的全景，不知是不是夏日的阳光太强，望着满头斑白年过花甲的身影眼眶不禁热了起来。为了减少经费，会摄影的王老师主动承担采集相片的工作，为了落实每一个古迹，他冒着七月酷暑，白天走村串巷取景，晚上挑灯筛选排序，我特别惭愧，如果我会摄影多好，就可以分担他的工作。

记得刚开始组稿后的第一次校对，由于经验不足，不知道Word版本过低，几十万字的文稿不能一下子发送，导致相当一大部分的内容在传送过程中会还原，结果打印出来非常糟糕。我是个好强、好面子的人，头一遭接受这样的工作，头一回听到各种质疑的声音，心里难过极了。第二遍废寝忘食地加班校对，还是有问题，我委屈极了，对自己也没信心了。我提出退出编委，不干了。这时王老师给我发来微信，安慰我、鼓励我，告诉我："编志的事急不得，大家都在尽力尽责，不要泄气。"他一有空，也会帮我看看稿子，指出哪里不好，哪里该改；教我拿个本子，看到哪里不对，有疑问的地方记下来，以待日后讨论修正。初涉编志的我就这样一点一点在他的带领下走过来。

"快走！后面有狗追来！"我一激灵回过神，王老师不知什么时候已经站在我身后。我天生怕狗，两条狗不知什么时候正从水闸的另一头一前一后朝这里追来。我掉头就跑，王老师从旁边随手操了一根木头帮我断后。

等我惊魂未定回到船上，太阳落山了，夕阳渐渐温柔起来，水面氤氲着一层雾气，五彩斑斓地摇曳着，岸边的草都变得金黄闪亮，远处的山朦胧如黛，水中央立着石屿，两只白鹭蓦地掠过水面，隐入树林，此情此景，那句"西塞山前白鹭飞"不禁从心头跳出。晚霞满天，白鹭翻飞，鱼潜入水，牛羊入圈……一切那么多情而慵懒，连狗吠声都变得那么的温柔，连刚才的惊心和狼狈也在这样夏日黄昏变得别样的珍贵！

再见了西山！最后一次回望日暮中的西山，多美的渔舟唱晚。

我爱这山、这水、这一路的风尘和坎坷！我知道归途一样的艰辛，一样的坎坷，但是我身边有无数个王老师与我同行，我更相信只要走下去，远方定然有无限风光！

# “满煎粿”的传说

漳州龙溪古县（本地话“苦县”，今颜厝镇旧址）始建于后梁，距今有近 1200 的历史。

几百年前，龙溪古县的村民主要以郑、谢姓为主。谢姓先入为主，且人口众多，但对于后到的郑氏却十分友善，从不倚强凌弱。谢、郑两姓，亲如一家，邻里守望，和睦相处，在古县繁衍生息了几百年。一直到明朝，福建沿海经常遭到倭寇海匪的烧杀掠夺。谢氏家族为免受灾殃纷纷迁出，分散在海澄、南靖、漳浦等地居住。郑姓族人认为族群庞大，田产房屋都在这里，要迁移实在不便，就继续留在古县。他们不仅照料供奉谢氏的祖庙，每年农历十一月二十六日、二十七日、二十八日）村里四个社还要轮流举行迎神赛会、演社戏。有了郑氏的照料和供奉，谢氏宗庙依然香火鼎盛。谢氏族长很是感激，于是，把掌上明珠谢莲嫁于郑氏族长的儿子为媳。谢莲时年年方一十五，正是豆蔻年华，不仅知书达理，而且琴棋书画样样精通。郑氏的长子郑瑞，年方十八，长得一表人才，与远房的叔伯在月港经商，为人诚实守信，在古县可称数一数二的年轻才俊。一双碧人喜结连理，天作之合。

新婚不久，郑瑞又出门经商。眼看年底了，谢王公生日一年一度的社戏又到了。这是郑氏和谢氏两族的大日子。每到这样的日子，郑氏族长夫人必定要亲自下厨，做面发粿祭拜谢王公，宴请登门的宾朋好友，以示添丁发财。每年的这天，新婚的媳妇也要进厨帮忙，讨个好彩头。话说，这谢氏祖上是名门望族，先祖谢安曾任东晋的宰相，流落民间的后裔依然谨遵诗礼传家的组训。谢氏族长晚年得此一女，宠爱有加，自小就以诗书教之，奶妈偶或教些女红，只是从未下过厨房。谢莲第一次跟婆婆进厨房，只打打下手，添添柴火。还好她聪慧过人，到社戏的第三天，她已经跟婆婆学会了和面浆了，婆婆看在眼里喜在心头。

农历二十八这天，是谢王公生日祭的最后一天，也是宾朋最多的一天。这天要做很多面发粿，阿莲早早就跟婆婆在厨房里忙着。日上三竿，村落就人声鼎沸，热闹非常。这时，族长派人叫夫人前去大厅，原来夫人的大舅哥来了。站在煎锅旁的夫人一听，忙把勺子塞给媳妇，前去迎接。上得厅堂，从未下过厨房的阿莲傻眼了，这三天只学会添柴、和面浆，还没亲操煎勺过。这时锅热得快冒烟了，阿莲心慌手乱，本应该在煎锅刷一层薄油，结果却倒了一层厚厚的食油，火候高热，刚甩洒进锅的面浆噼里啪啦响，眼看面浆就要焦煳，慌乱中，她又错把还没发酵好的面料补上面浆倒进锅里，再扣上锅盖，阿莲才喘口气，这时刚进来的婆婆一看；灶台一片狼藉，阿莲几乎成了面人，都傻了眼。掀开锅盖，上层粿浆绵润，下层粿底焦黄。这哪里是“面发粿”，这分明就是“发面粿”嘛。这时，宴席已经尾声，厅堂里众多的宾客正等着吃呢。情急之下，婆婆赶忙叫媳妇把家里腊月准备做年糕的馅料：炒花生、黑芝麻，切丁的甜冬瓜和桂花露一并拿来，细细地撒铺在粿面，然后把这盘“发面粿”，对半切开再对贴，切成小块。婆婆和阿莲忐忑地把这加了料的“面发粿”端上厅堂。宾朋从没见过这种半月形的食材，好奇地问：“这是什么？”阿莲急中生智，说道：“这是我婆媳为了祝福各位高朋年年美满甜美，特意制作的‘满煎粿’。”宾朋们喜笑颜开，举筷品尝，他们从没吃过这样的“面发粿”，这外皮金黄酥脆，内陷糯软香馥，口感郁香滑润，甜而不腻，满堂叫好声不绝于耳。

一时间，特香的“满煎粿”传遍四邻八舍，许多人竞相学着煎制。久而久之，“满煎粿”成了朝觐神明、祭祀先祖、款待宾朋的美食。由于它源于“面发粿”的变形，又叫“面煎粿”，煎锅是平板底面，所以又叫“板煎粿”。小小的“满煎粿”寓喻着宗族和谐、美满幸福的民风。

# 童年的古城

暮色四合，走进修葺一新有着红砖、白墙、木质的窗棂，霓虹斑斓的古城，我仿佛进入熟悉而陌生的梦境。这是我的古城吗？确乎是我的古城，又不是我的古城。

记忆中的古城有它自己的钟摆。

天蒙蒙亮，叫醒古城的是水车的声音。那时，古城人家是没有自来水的。我家住在厦门路，隔一条街就到九龙江边，取水比城中的人家方便，但也是力气活，于是就有了卖水这么一种职业。每天清晨水车“轱辘轱辘”压着街面的响声，水花泼溅清脆的“噼啪”声，板车上木桶撞击时发出的沉闷的“哐当”声叫醒梦中的主妇们。于是开门的“吱呀”声，还有吆喝卖水、烧火做饭、淘米洗菜的声音，叮叮当当地奏响了古城的晨曲。

除了水车，每个井边的角落也按点地苏醒。井水冬暖夏凉，用起来非常舒适。有井水处便有人家。一口井往往维系着几户甚至周边几十户人家的洗洗涮涮，井边就是一个新闻广播站，谁家的姑娘长大了，谁家的公婆吵架了，谁家的孩子怎么了，东家长西家短随着稀里哗啦的流水广而告之，胜过新闻发布会。同样的，你有什么需要帮忙的，解决不了的难题也可以在井边找到答案。

记得有一次，发小得了腮腺炎，脸肿得跟猪头似的，把他爸妈急死了。后来他奶奶在井边淘米洗菜的时候，听人家说井底的淤泥可以治，想办法从井底挖了一坨泥，没几天果真好了。

午后的街巷是流动的美食。夏天，有挎着保温瓶卖冰棒的小贩，还有挑着担卖 QQ 串、豆花的。冬天，这些小贩的手臂有的挎着一桶热气腾腾的熟地瓜或者熟芋头，沿街叫卖“番薯烧（闽南语 huanjixiou）、芋头烧（闽南语 woaxiou）”的，还有的挑着担子叫卖莲子圆的。那时，最让我垂涎三尺的是一种叫做“虎咬猪”的小吃。挑担的是位老爷爷，每次在街头巷尾找个地方安下担子后，他总是坐在食担的后面，不时拿着铲子翻翻平底锅上暗红色的“嗞嗞”作响的冒着甜味长方形的糯粿，里面夹着糍粑胚、花生、芝麻、白糖粉。这种粿那时是最美味最昂贵的零食，我每每是站在担前，拿着“番薯烧”羡慕地看着其他人买“虎咬猪”，馋极了就就着甜香的味道，咬一口手中的“番薯烧”，心里暗暗发誓，等我有钱了也要买一块，不，买一簸箕吃个够。可惜，等我有钱了，街头再也找不到那散发甜蜜味道的“虎咬猪”了。至今，这个我没有吃上有着奇怪名字的小吃依然飘香在我的记忆里，因为遗憾所以更为香甜。

沿街吆喝的还有“磨菜刀，磨剪刀”。大概每隔十天半个月，街头巷尾经常会传来“磨菜刀，磨剪刀”悠长的叫声，总会有邻家的大妈或大婶拿着刀具应声而出。游走在街市上磨刀师傅的肩上永远扛着一条板凳，一头固定两块磨刀石，一块用于粗磨，一块用于细磨，凳腿上还绑着个铁罐装着水。凳子的另一头则安着手摇砂轮，师傅接过那些长了刃的用钝了的刀，一会儿在板凳那头“沙沙沙”地在磨刀石上来回磨，一会儿摇动砂轮“刺刺刺”地喷着火星，不到一袋烟的工夫，手边锈迹斑斑，刀刃厚钝的菜刀或者剪子就铮亮如新了。我曾经很羡慕这神奇的手艺，有一次，一位婶婶问我，长大了做什么？我不假思索就答道：“磨菜刀，磨剪刀。”大伙都笑弯了腰。

夏夜的街巷是孩子们的天堂。玩捉迷藏的、玩“撞拐”的、滚铁环的……而我最喜欢和姐姐们去捉蟑螂。打着手电筒，一手拿着一个小瓶子，搬开阴沟的大砖头，那些蟑螂在我们的惊叫下一只只被拍死，然后捏着它的触须放进瓶子里，那时用一盒或一瓶子的蟑螂或苍蝇是可以到防疫站换东西的，小则几支笔，大的可以换牙膏。

每到新年将近，我们小孩最喜欢街头巷尾里那个卖爆米花的叔叔。

## 博爱道
——阮厝的故事

只要远远听到“砰砰砰”的爆炸声，就会向大人们讨要上一升的米，约上几个同伴，往爆米花的地方跑去。那边早已经黑压压围了一群人，一个黑乎乎大肚子的密封圆锅安在直蹿火苗的火炉上，随着大叔的手摇动不停地打滚。等到大叔看了看手柄上的仪表，喊了一声：“好了，退后！要响了！”围观的人群立马往后退几步，胆小的如我就会用手捂住耳朵，“砰”的一声巨响后，又白又软的爆米花弥散着香气和着升腾的白烟一道从黑圆的锅体中喷射出来，空气中弥散着爆米花诱人的香气。

过年那几天，从初一到初五，都有各式踩街游行的庆祝节目：有舞狮的，有跳大鼓凉伞的，最有趣的就是踩高跷，穿得花枝招展各式传统服装的人踩在高一两米的木板上行走，厉害的还会做出各种危险的动作。

一晃数十年过去了，这延安南路还是延安南路，这天益寿的药店还在，但我的厦门路、文川里不在了。淡了那“虎咬猪”老爷爷、爆米花叔叔的背影，远去了“番薯烧（闽南语 huanjixiou）、芋头烧（闽南语 woaxiou）”“磨菜刀，磨剪刀”的吆喝，光影消失流转，我把记忆刻成铅字，轻轻地告诉你：这就是我童年的古城，古城的童年。

# “天一”的灯火

似乎这是第三次为了一睹它的芳容而来，虽然来过几次，可是穿行在曲曲折折村里的弄巷，我还是再次迷路了。不知是那一溜红砖灰瓦的闽南古厝迷惑了我，还是那僻静狭长的村路疑惑了我，每次寻找，心里总是在嘀咕，那么雄伟的建筑怎么会落座在村里？每次答案总让我确信，它确实就在这里，就如一颗明珠遗落人间一样，在这样的郊野默默地照亮万家灯火。

这里就是“天一总局”！

传说中的国宝级古厝“天一总局”，中西合璧具有“南洋”风格三楼一园的建筑群，穿过百年风云，就这么妥妥地矗立在眼前。

这是中国历史上最早的邮局，也是最早的侨批。提名侨批，“侨”字好理解，就是侨民；“批”则源于闽南方言“信”的发音。“侨批”二字，就是侨民的信函，也称为“番批”。这一“番”字源于一段辛酸的历史。福建地处东南沿海，山地面积占陆地面积的百分之八十五，没有广阔的平原可以耕种。清道光年间闽浙总督赵慎珍有云：“漳、泉诸府，负山环海，田少民多，出米不敷民食。”没有平原，还有海洋，天生富有拼搏精神的闽南人，以海为田。明中后期至民国时期，社会动荡不安，战乱频繁，为了谋生人们只能忍住“老婆孩子热炕头”的依恋，决绝地大批下南洋。他们出洋谋生的地方主要在东南亚一带，世人称之为“下南洋”。这全然不是航海家们所有的一种罗曼蒂克的探险，而是用生命去开辟一条活命的赌注。“番批”就是这种历史背景下的产物，它是闽南一带老百姓对南洋来信的叫法。

天一总局的创始人——郭有品就是当时下南洋谋生大队里的一员。

## 博爱道

——阮厝的故事

郭有品，今漳州市台商区角美镇流传村人。幼年的郭有品聪明好学，可惜父亲早逝，年幼失怙，即便排行老四的郭有品也不得不在 17 岁时，在开店铺的堂兄的资助下随客头漂洋过海前往吕宋经商。开始，他在店里当学徒，闲时帮社里种种花草树木。有品为人勤快、忠厚，不久就得到大家的认可，只要他回乡，都有很多侨民托他送递银信给家乡的亲人。经他分送的银信分毫不差，深得侨民的信赖。久而久之，他开始充当客头，专门从事信批业务。

1880 年，他用第一桶金在家乡创办了漳州首家“批郊”。最初的天一总局旧址就是现在的“苑南楼”，始建于 1911 年。苑南楼，坐南向北，为前厝后楼，三进、二井、五开间、抱二护厝共 14 间，具有闽南风格的前庭后院的传统建筑，第三进为二层洋楼，楼门顶着“苑南”的门匾，大厝与洋楼之间有天井和厢房，使厝、楼连为一体。大厝的梁、门、枋、窗雕梁画栋，古色古香，而洋楼则装饰着具有西洋特色的安琪儿、和平鸽、罗马柱等。郭有品把这家“批郊”称之为“天一批郊”，取易经的（水）篇中“天生一,一生水，水生万物”为“天一”。天字周围用“一”呈圆形包围着，顶部留空白作为批馆徽志，寓意“天下一家”，表达了创办人的仁爱之心。

郭有品对自己白手起家的这份家业非常用心。每批银信都亲自押送。有一次，在押运侨汇途中，遭遇台风，船被狂风巨浪沉入海里，郭有品有幸被救上岸，可是押送的所有侨汇有去无回，历此劫难的郭有品，并不以天灾为借口推脱责任，返乡后第一件事就是变卖家产，兑成大银，凭衣袋中仅存的名单一一赔付给侨眷。经此一事，郭有品和他的“天一批郊”声名大噪，天一批郊的业务日益增多。1892 年，“天一批郊”改称为“天一信局”，家乡流传村的“天一批郊”为总局。总局有自己的汽船和邮路，业务由吕宋扩及菲律宾宿务、怡朗、三宝彦增等。1901 年，郭有品不幸染疫去世。长子郭行钟继承父业，他坚持父亲“信誉为上，便民为上”的宗旨，赢得各埠华侨的信赖，业务迅猛发展，年侨汇可达千万大银。由于业务的需要，天一总局于 1921 年又建成北楼和“陶园”。

北楼作为办公业务经营大楼，二层楼房前后二座，由环廊把前后楼连为安如磐石的四合院落，宽 25 米，深 28 米，混凝土加砖木结构。廊柱上饰着西洋人物雕像和中式花草图案，有安琪儿、和平鸽、骑车邮差、五角星、荷花、菊花。这北楼外观是完全西式风格的装饰，楼内却是由现代材料精心构筑中式风格的装修。进口的蓝色玻璃，磨砂玻璃在阳光下熠熠生辉，映照着彩绘瓷砖，红木雕花，古朴中不失现代气息。特别是南院的泥塑照壁，栩栩如生的“财、子、寿”蕴藉着海外游子对故土故人的深深祝福。不知怎的，这座在夕阳下披着霞光的北楼似乎流淌着那首经典的《我的中国心》的旋律。当我无限自豪地走在环廊的时候，心里不禁哼起了那句：“洋装虽然穿在身，我心依然是中国心。”最南端的是“陶园”楼，两层洋楼，上下各 10 间房，主要作为员工宿舍和仓库用房。

位于楼群中间的陶园花园，是天一总局的休闲区，从杂草丛生颓圮的院墙，依稀可见半月池、六角亭，据说当年的陶园花园，还有百果园、假山、鱼池、猴洞等。可见天一总局当年是如何风光。很难想象在这鸡鸣狗吠的乡野村落，它演绎着怎样的一种繁华盛景！它的亭台水榭注解着怎样的一种绮丽风情！

可惜，天一总局历经半个世纪的风雨，最后因一战后的通货膨胀而停业。即便如此，它作为我国历史上规模最大，分布最广，经营时间较长的早期民间的侨批局，具有不可磨灭的历史地位。

夜幕降临，苑南楼几户住家的灯火亮了，周边人家的灯火也次第亮了起来。我似乎听见陶园楼里传来百年嘀嗒不停的算盘声，似乎看到当口外那一张张等待“番批”的焦灼而期盼的脸庞。

作为一个女人，远眺百年前那段惊涛骇浪的时光，我似乎看到郭有品及他后人搭建的一条条过番人与过番婆血脉相连的桥梁。我想这也是天一总局最初的仁德之心。至于是不是所谓的“最早”“最广”，在邮政史上是不是有多大的地位，都不是郭有品他们所想的。天一总局的人们知道，那一份份批信承载着多重的家国情怀！他们收揽着海外游子的辛劳，承转着对未来的希望，分发着对家园的眷念。我想这才是郭有品最初赋予“侨批”“天下一家”的仁爱之意吧。

走出灯光斑驳摇曳的里弄，耳边似乎再次响起那悱恻的闽南歌谣：

阿哥当年下南洋，
阿妹找哥洗琉琅，
白天烈日当空晒，
夜晚想哥被都凉。
哥在远方多保重，
你是家中大栋梁，
几时盼得阿哥还，
阿妹伴哥好还乡！

——《阿妹找哥洗琉琅》

# 西桥小学

凡是从西桥小学出来的人，心里脸上都有一股豪气，学生如是，老师如是。因为它就是历经九百多年历史的漳州城内最大的古建筑群——漳州文庙，民间称“孔庙”。

漳州文庙始建于宋庆历四年（1044 年）。相传，南宋建炎年间（1127—1130 年）孔子后裔避兵入漳，居住于此，其子孙世代住于庙内直至明朝。历史上朱熹、郑成功、黄道周都曾到此庙祭祀孔子。

记得八岁那年，我在母亲和姐姐的陪同下，走过写着“冠道古今”石雕的牌坊，来到有卯着大大的一排排铜涿弋的大门前，跨过高高长长的门槛，走上那雕有龙的石阶到一间老高老高的大殿前报名，年幼的我被眼前六根又粗又高的盘龙石柱给深深吸引住了，完全没听见老师的询问。

这大殿对儿时的我来说，是那样的美丽而神秘。除了高大粗壮且有气魄的蟠龙石柱，还有雕着花草、鸟兽闪闪发光的屋脊，天花板上还有美丽鲜艳的藻井。这大殿是老师的办公室，不是一般学生能随意进出的。更主要的是那里住着一位老头，白发苍苍，高高瘦瘦，印象中我们都叫他陈老师。他就住在大殿东门角一间小小的偏房。也许房间实在太小了，里面的东西很杂乱，根本没落脚的地；也许是太乱了连他自己都收拾不过来，有时大点懂事的学生会到那里帮他收拾，每次收拾完都会得到他亲手画制的功课表，那时对我们来讲可是稀罕物。陈老师还是学校排球队的教练，听说年轻时是运动员，特别会打排球。按现在时髦的词语来形容他，当时他在我们眼里就如哈利 · 波特和他的霍格沃茨校长一样的神奇。我读四年级的时候曾经是他的队员。可惜，我是个差劲的学生，由于营养不良竟然在校际排球赛的那个下午晕倒在训练场，班主任王老师一路把我背回来。我一直很惭愧不敢去见陈老师，不知怎的，之后再也没见过他了。

印象中大殿左右两边各有由十块左右大大的青石板铺成的台阶连着两边的庑房。那是一、二年级的教室。一年级在东边，二年级在西边。

刚入学我就读一年一班，就在最东边的头一间，刚好在右边台阶的脚下。那是让我最害怕也是最喜欢的地方。害怕的是教室里面有一溜的石碑，懵懂的我一直把它们跟墓碑联系在一起。也许是这些石碑的原因吧，我们班的孩子一进教室特别安分，要是遇到阴雨天，那阴森森的气氛压抑得我们不敢造次什么。喜欢的是可以近水楼台先得月，天天享有抢先滑“滑梯”的机会。这天然的滑梯就是石阶两旁斜斜的护体，这石阶两边的护体又长又宽，由整块大青石构成，经过几百年光阴的琢磨，非常的光滑。每到下课我们班的同学总能抢占往下滑的先机，有时玩单人滑，有时叠罗汉一起滑。那两条光滑的青石板不知被多少小孩的屁股磨过，现在想来，肯定也被孔子后裔们的屁股温暖过的。

二年级的时候，我们搬到了西边的另一头的教室，离滑梯比较远，下课人多的时候，往往抢不到位置。那一年，我迷上了唱歌。因为班里来了个爱唱歌的数学老师。只知道他姓王，不懂得他叫什么，他当时应该是刚毕业分配到学校的吧。一头乌黑精神的小平头，一张棱角分明、清白俊秀的脸，中等身材。我当时还没开窍，数学更是一窍不通，但特别喜欢上他的课，因为他在课余时间总会给我们唱歌，他的歌声富有磁性，当他深情演绎《牡丹之歌》的时候，我被深深地折服了。腼腆内向的我也莫名喜欢唱歌了，偷偷跟着家里墙上的广播学《牡丹之歌》，没想到这一秘密被同学发现了。在一次数学课上，她竟然当着全班的面报告给王老师：“老师，老师！惠娟也会唱你的《牡丹之歌》！”我只记得，当时脑袋“嗡”了一声，恨不得地上有条缝好钻下去，当王老师叫我起来表演一下的时候，我羞赧地把头深埋在胸前呆坐在位置上一动不敢动。不管王老师和同学们怎么叫我都不起来，不一会下课铃响了，我整个脑袋嗡嗡地响，不知道自己是怎么离开教室的。此后我见到王老师就躲着走，我知道让他失望了。可是我心里还是很敬畏他。为此，我还特别跟花要好，她数学成绩好，是王老师眼里的佼佼者。听说她家距离王老师家很近，就隔一条街，她常常到王老师家问问题。和她在一起，多少可以听她讲王老师的事情，哪怕听到他家猫生仔这类芝麻绿豆的事情，我都很开心。后来，要升高年级了，听说数学不是王老师教了，我心里很是失落。暑假里的一天，我不知道鼓足多大的勇气开口让她带我到王老师家玩。可惜，王老师不在，我依然记得他家的里弄是一排木板房，还有一个小小的庭院，那天午后的门扉反射着暖暖的夕阳，那庭院还有棵树，郁郁的，还有个水缸，明晃晃的，就好像我曾经来过那么熟悉，一切就如昨天一样。不久后，听说王老师订婚了。那天晚上，我梦见了王老师的新娘，美美的，当然要美美的才能配得上我眼里多才多艺俊朗的王老师。再后来，再也没消息了。不知道他现在可好，我想已经当爷爷了吧。

高年级——三到五年级的教室是在大殿外围的西边。南北各一栋，都是新建的两层楼房，还有一个大大的操场和观礼台，配有双杠和沙坑。教学楼都是由红砖灰瓦建的。我们称它们为“红房子”。教室宽大明亮，教室的两边都是整排玻璃窗，还有宽敞的走廊，在我们孩子眼里，到这样的教室上课那是身份的象征——高年级学生，是很了不起的。

如果说一二年级我还是懵懂无知的孩子，在高年级我遇见了我的启蒙老师，也是姓王，一个剪着短发，长得很精神的女老师。当时，我病休了一年，据说是出天花没照顾好，情况危急，病了好久，好不容易捡了一条小命，由于太长时间没有上课，索性办了休学。后来，我留级一年。也许应验老一辈人说的生病是拔节长大的过程，也许是病休一年里得到爱看书的父亲的熏陶，留级后的我突然开窍一般，从原来成绩平平的不起眼的菜鸟，一跃成老师的宠儿，尤其是语文。记忆里，我的作文不知从什么时候起成了老师上课必读的范文，然后又懵懵懂懂地被老师叫去参加作文比赛，全校仅有两名备选选手，赛前经过很长时间的训练，说是训练其实就是每天从老师那里领得题目写一篇作文上交。老师也没做任何评价，终于有一天，我厌烦这样枯燥的写作，搜肠刮肚想了个鬼主意，去买了本作文选，然后生搬硬套，三下五除二交差了事。没想到，王老师把我找到办公室狠狠训斥了一番，她醍醐灌顶的两句话，我至今还牢记在心："老老实实做人，认认真真作文！"这次教训是让我失去比赛的资格，但是我却收获了指导我一生的箴言。王老师一直带我们到小学毕业。在她慈爱而严厉的教导下，我从三年级到五年级小学毕业一直是班里的佼佼者。小学最后一次班会，王老师饱含深情地读了我写的作文《我毕业了！》。记得我开头引用的是李玲玉的《在那遥远的小山村》，当老师读完最后一句"老师，我会是那只燕子，时常飞回来看你"的时候，王老师哽咽了，我眼眶红了。毕业考完那天，我自己躲在家里哭了整整一天，我不明白为什么要哭，是为了那光滑的滑梯，是为了那即将离开的亲爱的老师和同学，抑或是为了即将结束的无忧无虑的童年？到现在我也说不清。

弹指间过去三十几年了，如今由于文物保护的需要，西桥小学从文庙撤离，等待选址重建，我不知道没有了家雀般吵闹的孩子们，那些庑房，那大殿和青石板的滑梯会不会寂寞？而我毕业那年和同学们亲手植下的那些凤凰树也该亭亭如盖了吧！我想不管如何改建修缮文庙，人们应该不会忘记那些根植于斯的热爱。

# 博爱道的番薯烧倘卖无

一座千年古城，有山有水，是一块风水宝地，我就是这么有幸生在福建第二大河——九龙江边的一座小城里。

我家在厦门路，整条街都是联排闽南特有的骑楼竹篙厝。每座楼厝可以从前门厦门路一直通到后门的博爱道。可以这么说一座楼临两条街。

相对于娴静文雅的厦门路，我自小就喜欢通过狭长逼仄很是昏暗的甬道到后门的博爱道玩耍。那里有整排会开红色凤凰花，会长一条条如刀样的坚硬的形荚果，那里有如浪潮般人声鼎沸的集市，还有时常炖胡葱肉给我吃的慈祥的二婶。

每天天刚蒙蒙亮，从博爱道上就传来商贩们准备早市的各种声响，像一首渺远的晨曲传到木屋里。这时，母亲也起来忙碌了。过一会儿，满屋粥香和着妈妈的催促就会在耳边响起："起床了，跟姐姐去买黄豌豆去啦！"好赖床的我，一听去买豌豆，立马起床。不仅仅是因为那香喷喷软糯散发淡淡咸香的豌豆糜是全家最爱的早菜，最重要的是在博爱道上一路都是各式各样的摊点，还有陈列着琳琅满目的商品。早市的博爱道是充满人间烟火的欢乐海洋：金黄酥脆喷香的油条锅旁已经排了长蛇队，热气腾腾的包子一屉屉地出笼，尤其是那此起彼伏的吆喝声，有卖面小姐姐婉转的"刚出的米筛目、粿条、油面一斤两毛钱啰"，有高亢甩着漳浦腔的"正宗漳浦肉圆、虾丸、猪肚丸"，有发着甜味的"麦仔膏、双润糕、白水贡糖、寸枣"，有老伯充满磁性如喊似唱的"羊奶、牛奶，吃了水灵灵"，合着肉铺里切肉、剁骨头、斩鸡鸭在案板上发出的"砰砰砰"的响声，特别有味道。那时我特别羡慕住在博爱道的两个同学，一个是发小艺辉姐，印象中她家就在一家烟酒批发店的后面，那店铺还时不时在三用机上播放《酒干倘卖无》；还有一个叫志清的男孩子，他家门口一列都是卖鱼的，青鱼、草鱼、鲤鱼、河鳗等各种鱼虾在木盆里跳跃游动，还有从沿海各县运过来的各种海鲜。志清的数学特别好，我总怀疑这是他占据了得天独厚的地理优势，定然吃了许多鱼虾才那么聪明。我曾经想让母亲把我转学到博爱道上的民主小学，因为那里的孩子们多幸福啊，每天上下学都可以穿行在博爱道上，哪怕吃不上也可以饱饱眼福、闻闻香气。

如果说博爱道的早市和晚市是激动人心的交响乐，那么午后的博爱道则是充满情趣的乡野小调：扛着板凳的磨刀师傅悠长的“磨刀、磨剪子哎”拉开各季节午后的序曲。如果是夏天在龙眼营的四眼井边，或是在凤凰树下，就有卖冰棍的小哥手臂里吊着或者背上背着保温桶摇铃叫卖：“水果一根五分，雪糕的一根一毛。”你瞧，远远走来一个老爷爷，挑着担子卖莲子圆，担子的一头坐着炉子，上面架着一口大锅里面熬着一锅温热的红糖莲子圆。一头挑着一木柜里面放着碗筷、一笸箩雪白的生莲子圆、糖罐，还有一木桶水。坐在凤凰树下，喝着温爽滑润的糖水，暑假最美好的滋味就在一粒粒晶莹剔透的莲子圆里了。要是在冬天，骑楼里的老人和妇孺们就会搬把椅子在五脚距（骑楼的街廊）晒着太阳，“番薯烧、芋头烧”“烧肉粽”的小贩们提着盖着小棉被的篮子或木桶沿街叫卖，有小贩挑着担子或者推着小推车锅里冒着滋滋作响香喷喷的“虎咬猪”（闽南小吃——糯米做的一种煎粿）。冬天的午后我总会掐好时间在五脚距等着卖“番薯烧、芋头烧”的经过，然后花一角钱买一条胖乎乎热腾腾的番薯烧，一边吃一边往学校走去，一路上的寒风都被番薯烧给焐热了。

小学五年的时光，博爱道是连接学校和家的快乐之路。后来上了中学，日益沉重的学业我无暇留意的博爱道了。上了大学后，博爱道与我渐行渐远。直到那天，和冯老师谈起古城的往事的时候，才得以知道博爱道的前半生。

博爱道原叫城背顶。原位于古城南城城墙根边，城下就是浩荡的九龙江的南段——南门溪。

南门溪历史悠久。宋时，竖木栅栏为外城，至1131年始建土城垣，1230年在原东面一石城墙上继续砌西南北三门石城垣。至此，漳州古城就以此周长三千余丈的石城为址。城南由于临江，水路通漳浦、云霄、诏安，也是通往广东潮汕的必经之路。这里江面舟楫云集，商埠林立。此时还没有博爱道，城墙根下只是一片江滩淤地。

民国时期，陈炯明奉孙中山之命，南下"援闽护法"，辖汀、漳、龙等17个县。入漳后的陈炯明力行"建设新社会，提倡新文化"的施政方针，积极开展城市建设，这条在墙根下新修筑的路，因宽达50尺属于当时规划中"道的"级别，命名为"博爱道"。

博爱道东起八卦楼（今战备大桥），西至猪仔墟（今市碾米厂）。这一路连缀着古城的许多名胜，依次有八卦楼、丹霞书院、龙眼营、通元庙（侍王庙）、南月城、万道边等。南北与之交汇的街道有北京路、延安南路、南台路、香港路、青年路等。凭借特殊的地理位置，博爱道自诞生伊始一直到20世纪七八十年代，都是南市最繁华的商品批发一条街，海鲜水产、糖烟酒、粮食谷物、五金交电、南北干货、日杂家电等应有尽有。此外这里还集中了当时重要的食品加工厂，有漳州市碾米厂、肉联厂、面制品厂、豆制品厂、禽蛋加工厂。在物资匮乏的年代，在这些加工厂工作是一种让人眼红的事。我妈的姐妹很多，有一个就在南百货大楼对面，延安路和博爱道交叉处的粮局上班。我不记得该叫她三姨还是四姨，反正都喊她"米店阿姨"，好似这样的称呼比较响亮。

博爱道西端的人民市场是当时最繁华的集市，农、林、渔、禽等物品无所不有。即使在物资极其匮乏的年代，人们也能从这里购买到急缺的东西，老百姓暗称这里是"黑市场"。记得小时候，隔壁的薛姨没奶水，尚在襁褓的婴儿又不肯吃米糊，非得奶粉伺候不行。那年月奶粉可是金贵的紧俏东西，在食杂店的母亲东奔西走帮忙搞了几张肉票又加了不少钱到"黑市场"才换得几听奶粉。薛姨的孩子就这样通过各种渠道，整整吃了五个月从“黑市场”购换的奶粉，并因此得了乳名“黑市场”。沧海桑田，城市急速发展，随着城东几个大型批发市场的崛起，博爱道步履蹒跚垂垂老去。20世纪初，旧城改建，博爱道东段全部及西段南侧全部拆除，现如今仅残存龙眼营附近西北侧的几爿店门。不见了那蓊蓊郁郁的凤凰树，不见了商贩们如歌似吼的吆喝，只是每犯咳疾，二婶炖胡葱肉的香味时不时在梦里飘香；只是每到冬日，我总会想起儿时博爱道上温暖的“番薯烧”。

我的小伙伴们，博爱道的番薯烧倘卖无？

# 人生感悟

# 给谷书记的一封信

谷书记，您好：

很冒昧给您写信，您不认识我，可您却是我的良师！真正认识您是在一年前，我以民盟统战信息员的身份参加在东山县举行的省统战宣传信息员培训工作会议。会议期间，我们参观了谷文昌纪念馆。

记得那天我红了三次眼眶。第一次看到照片上瘦弱的你，我忍不住红了眼眶。我以为那个征服百年沙虎，筑起万亩防护林的谷书记一定是一个伟岸壮实的北方汉子。可是，您是那么瘦弱，我知道治沙十年，再伟岸壮实的身板也受不了的，更何况本来就不魁梧的您。第二次是看到您那辆老旧的自行车，还有别在车上的那把从家乡带来的锄头。离家的人大都带钱、带粮，最多听过带泥土的；带锄头的，您是第一人啊！您这是在提醒自己不忘是农民的儿子，走到哪里都要劳动！第三次是在您病重的时候，您都那样了，还心疼护士给你打的白蛋白，想着那瓶白蛋白要买多少棵木麻黄！

有的人活着，
他已经死了；
有的人死了，
他还活着。
……
他活着为了多数人更好地活着的人，
人民把他抬举得很高，很高。

——《有的人》臧克家

从纪念馆出来的时候，臧老那首纪念鲁迅先生《有的人》的诗句蓦地从脑海里蹦出来。是啊，芸芸众生，不外乎就两种灵魂。一为己而活，二为别人而活。您的一生就是为人民而活的！东山人民称您为“谷公”！

今天，我却要叫您“谷老师”！因为认识您之后，您给我上了三堂课。

2019 年 5 月 27 日，我受福建省委统战部选派到霞浦挂职。记得刚被分配到工信局的时候，我很是迷茫，一切都是那么陌生，我会做什么？能做什么？我一天天待在办公室坐得腰酸背痛，有一天我百无聊赖之际，翻看手机，一张在您纪念馆前的留影唤醒了我的记忆。我耳边响起您在县委会上力排众议，振聋发聩的话语：“党派我们来干什么……别忘了初心是什么？”那一刻，我似乎听到您在问我：“省统战部派你下来干什么？你的初心是什么？”窝了半个月办公室的我走出办公室，和同志们一道下基层走企业。此后每周最少下一次乡，一年来我走遍霞浦县 13 个乡镇的企业，建立了七十多家企业的电子档案，得到了同事们的肯定，我第一次体会到存在的意义。

2019 年 11 月我局到盐田乡洋边进行党建工作，在那里我遇见长期卖茶青的畲家老百姓。当我帮他们卖出第一单茶叶的时候，大家萌发了自己加工茶青的想法。当村主任发了张挖土建厂的图片给我时，我才发现这根本不是建几口大锅炒炒茶那么简单，这要资金，要技术，要管理，要销售等各方面的考量，这里面的风险如何评估，万一出了问题谁负责？面对人们的各种质疑，我犹豫了、彷徨了，我想过退缩，可是村里党员们干劲冲天要求致富的画面总在脑海里挥之不去。这个时候，还是您帮我回答了这个问题：“我们做事是为了什么？要干什么？”是啊，您当年向政策要公正，要人心，为取信东山八万多的百姓，您奔走呼告，什么时候考虑到自己的得失？我这算什么？大凡担心“出了问题谁负责”的都考虑各种利害关系。我这又算什么？年底，我背上茶叶，穿着畲服，唱畲歌，在家乡推销村里的畲茶。尽管有很多看我如看西洋镜一样，但我心里充满了力量，因为有您在前面带路。

在史无前例的“文化大革命”的运动中，一心为公，兢兢业业的您被打成“走资派”，您从医院被拖出批斗，挨打，下放宁化的时候，您忘记自己的荣辱，带领禾口公社的百姓，发展粮食生产，建设水库，要知道您那时什么都不是，是一个被改造的对象。这是怎样一种强大的心灵，怎样一种高洁的灵魂啊！在您身上我懂了什么叫作“位卑而不敢忘国忧”。是您身体力行教会我怎么做事，所以我才有勇气在离别的那刻，对村民许诺，人走事不走。谷书记，我做到了。回来后，我虽然还是一介教书匠，虽然受了很多不解和委屈，但在队友和很多爱心人士的帮助下，我依然继续推动村里的产业发展。现在不到一年的时间，我们村的茶叶品种不断增加，甚至还开发了古老的茶香绿茶，现在还在各方的帮助下正筹备申遗事项。前一阵我还在朋友的帮助下把村里的产品带到厦门参加旅博会。

我很幸运，东山的老百姓很幸运，当您的老百姓有福，能在您种下的树下乘凉。谷老师，看着您，我懂得了要成为怎样的前人，给后人种什么样的树。

谷书记，谷公！谷老师！谢谢您给我上的三堂课！我一定牢记您的教诲！

此致

敬礼！

学生：蓝惠娟

2020年9月6日

# 国强民强

天再次暗了下来，五儿像只病猫一样蜷缩在竹床的一角。他很害怕，为什么大家要让他一个人躺在厅堂里？五儿不乖吗？为什么都不理他了？最疼他的婶娘哪儿去了？好热好热，是谁把他架火上啊？好冷好冷，又是谁把他扔到冰窟里？形影不离的阿黄呢？最爱他的阿爹呢？他难受，他害怕，大家都不要五儿了吗？他哭不出来，喊不出来，使尽力气，从牙缝里挤出的“阿爹，我要阿爹”气若游丝，比病猫还小声。

“你不要靠近，这是鼠疫，会死人的！”一旁的亲戚纷纷劝说。明瑞心如刀绞，“造孽啊！造孽啊！琴几年前就死于恶性痢疾，也是中了日本鬼子投的细菌弹，临了特别关照要看好五儿，没想到这该死的日本鬼又要夺了我五儿！”

明瑞原本有个幸福和美的家，虽生逢乱世，但他硬是靠着勤劳节俭在醒民南路经营一家四季五谷行，也算是有些家业的。自从日本鬼子把战火烧到家门口，这奋斗半生得之不易的幸福瞬息在日机的轰炸中灰飞烟灭了。

六年前，也就是1939年4月，清明刚过不久，古城人家的门窗上悬挂的艾叶菖蒲还泛着春绿。人们如往常一样的忙碌，突然半空中传来轰隆隆的飞机声，哒哒哒的机枪声，不知谁大喊了一声：“日机来啦，跑啊！”喊声未落，周遭就被炸得人仰马翻，子弹从半空泻落，炮弹在身旁爆炸，到处血肉横飞。哀嚎声、哭喊声此起彼伏。一刹那间安宁的小城成了人间地狱。空袭过后，家园残破不堪，当明瑞失魂落魄从血肉横飞的烧灰巷赶到家的时候，店铺已被炸毁一半，一片狼藉，惊魂未定时，看到从里头走出灰头土脸的妻儿，一家人又哭又笑，明瑞忙不迭地安慰琴："人没事就好，人没事就好！"腿一软，对着长空不住磕头，感谢祖宗保佑，一家人还全乎。可是这仅是灾难的开始。万恶的鬼子，居然投的是痢疾媒介昆虫弹，不到一天的光景，满城到处吐拉一片，一染上这种恶性痢疾，人不到三天就没了，东家哭罢西家嚎，小小的古城整日介呜咽着唢呐哀乐声，空气中弥散着排泄物的臭气，还有尸臭。琴也是这样死的。

没想到他的五儿又要死于日本鬼子的鼠疫弹，他怎么跟死去的琴交代啊！夜半，从厅堂临时用竹篾围成的隔离间又断断续续传来五儿微弱的呼声："阿爹，阿爹，你在哪里？"明瑞再也忍不住了，他要过去看他的五儿。别人怕传染，把他的五儿孤零零地扔在厅堂里，他是五儿的爹啊，不能看着五儿孤零零地死去。

"你不能去！阿明！碰不得！你要为我想想，为老幺，还有未出世的孩子着想，你有个三长两短，我们怎么办？"明瑞再续弦的老婆凤苦苦哀求着。

"我死也要过去看看啊，他也是我的儿啊，你没听他叫我吗？我死也认啊，不然怎么见他地下的娘啊！"明瑞一把挣开凤的手，跑到厅堂，抱起了五儿："五儿，乖，爹在这里。"身后响起凤的哭声："我命苦啊！"谁能体会明知死地也无法割舍亲情的父亲的悲痛和不舍，谁能体会一个孕妇一个妻子眼睁睁看着自己的丈夫直捣死地的凄惨和无奈？

第二天五儿就在明瑞的怀里去了，五儿走后的第三天明瑞也去了。

明瑞就是我爷爷，五儿是我幺伯伯，夭折的时候才六岁。而我父亲不到三岁就没有了父亲。在父亲的印象里，我爷爷连个模糊的影子都没留下，更可怜的是连个墓碑都没有。每每我问起爷爷的墓在哪里，奶奶只会落泪。后来从长辈那里得知，当年得鼠疫死的人，都被抬到一处，不是烧了就是埋了，尸骨无存。

我无法想象，没了依靠、目不识丁的奶奶挺着大肚子，带着不满三岁的父亲是怎样在那烽火连天的世上活下来的。曾经我问过奶奶，恨爷爷吗？奶奶长叹一声：不怪他，谁叫他是做父亲的，要怪要恨的是那该死的日本鬼。

奶奶爷爷们那段悲惨的往事，史上是这么记载的:“1945年4月的一天，一架日机由北飞临漳州上空，再次向城区投下带有鼠疫的炸弹，造成漳州鼠疫流行，当月，鼠疫发病3100多例，死亡2600人。”“再次”这两个字血淋淋地透着日本帝国主义的罪恶！从1938年至抗战胜利，日本帝国主义对漳州城区持续采用狂轰滥炸的空中侵略。其中多次投掷细菌炸弹，给漳州人民带来了深重的灾难。

“要是你爷爷那时有疫苗多好啊！哎，我们是碰到好时代啊！”已是耄耋的老父亲眼里闪着泪光感叹道。这是父亲和叔叔兄弟俩一辈子的痛，特别是对叔叔来说，生没能见面，死无处祭祀，是怎样的一种伤痛啊！可是，又有什么办法呢？那时国家积贫积弱，政治腐朽，外敌入侵，山河破碎。老百姓处于水深火热之中，天下之大，像我爷爷这样遭遇的甚至更惨的多了去了，在那战火纷飞的年代，人命如草芥，像鼠疫这样的瘟疫肆虐谁管得了呢？正所谓“国弱民孱”就是这么惨痛和不堪啊！

但是从来不懂屈服的中国人民就是身处黑暗，也始终不忘心向光明，“……到那时，到处都是活跃的创造，到处都是日新月异的进步，欢歌将代替了悲叹，笑脸将代替了哭脸，富裕将代替了贫穷，康健将代替了疾病，智慧将代替了愚昧，友爱将代替了仇恨，生之快乐将代替了死之忧伤，明媚的花园将代替了暗淡的荒地……”。(方志敏《可爱的中国》)

为了这悠远的憧憬得以实现，无数先辈前仆后继，浴血奋斗，经历了长期艰苦卓绝的斗争，终于迎来了黎明的曙光，终于可以扬眉吐气地向全世界宣告:“中国人民站起来了！”从1949年到2021年，从新中国建立到社会主义建设，从改革开放到全面深化改革，这一路走来，我们伟大的祖国从懵懂青涩到风华正茂，经历了无数风雨，今天终于长成参天大树，屹立于世界民族之林。曾经遐想的幸福，如今在辽阔坚实的土地上一一实现！国家富强，人民幸福！

中国共产党人与中国人民战天斗地，风雨同舟。怕什么天崩地裂！汶川地震，党和政府设计了“三年基本恢复、五年发展振兴和十年全面小康”的总体目标；怕什么瘟神疫鬼！2003年非典，中华民族依靠“万众一心、众志成城”的精神送走了瘟神；同样在2020年春天爆发的世界性的新冠肺炎疫情，各族人民紧紧围绕在党中央的周围，一个月遏制疫情蔓延，两个月把本土确诊人数控制在个位数，4万名建设者十余天建成雷神山医院，16家方舱医院……我父亲的父亲那个“千村薜荔人遗矢，万户萧疏鬼唱歌”的悲惨时代已经成为历史！国家强人民强！国家兴民族兴！中国人民已经从站起来到富起来、强起来了！

你听，天安门前那一百响震天动地的礼炮，是炎黄子孙庄严的宣告！是我们民族开启新征程的号角！是东方崛起的中国力量！

强国有我，未来可期！

# 春在心间

春天是属于每一个人的。

当枯黄的原野披上新装，当暗黄的天空变得蔚蓝，当黛墨的远山变得苍翠，当桃花、杏花一夜间羞红了脸，这是春天来了！是的，五彩斑斓的春在每个人的眼眸里，春是属于每个人的！可是这与我何干？

风是那么的轻柔而自由，雨是那样的缠绵而细腻，阳光是如此的温情而芬芳，溪流是如此的欢畅而清脆，这是春天来了！是的，梦一样甜美的春荡漾在每个人的脸上，春是属于每个人的！可是这与我何干？

春天吹着号角，问候世界的每个角落，点亮每个人心房的时候，却独独把我遗忘了！

在万家欢乐、四海升平的新春佳节，我就如一片经冬的落叶，瑟瑟躺在苍白逼仄的病房里。吉祥、幸福、欢乐等美好的祝福都与我无关。有哪个像我连着两个春节都在医院里折腾？我懊恼地闭上了眼，拉上被子，这世界与我何干？

半夜，迷迷糊糊被吵醒，“又进来一个倒霉蛋。”我有点幸灾乐祸地想着。好吧，至少这空大的病房有了个伴。进来是一对老夫妇，我估摸有六七十岁左右吧，男的是急性胃肠炎，老伴在一旁絮絮叨叨像是数落，像是怜惜：“贪吃，叫你下次敢不敢再多吃三个血蚶。”那站起来有近一米八的老大爷，像小孩似的不好意思地笑了。一连几天，我就躺在床上静静地看着这对可爱的老夫妻。让我痛苦的扎针在他们眼里就好像一种开心的游戏。经常可以听见“蚊子来咬了”之类的打趣，那可爱的老头每次定要对来打针的护士说：“你辛苦了。”好像受罪的是护士。有了他们的时光，这病房的日子也不那么难受了。也不知道什么时候，静默多日的我居然和他们闲聊了起来。

“大爷，你们孩子怎么没来看望你们？”

“孩子？”两人相视而笑，几乎异口同声，“他（她）就是孩子。”然后哈哈地乐了。看着我纳罕的样子，大妈拉起了家常。

其实他们已是一对耄耋老人。平凡而传奇的一生经历了抗日战争、解放战争、土改等。生活馈赠给他们的不仅是绵长的岁月，更多的是苦难。豆蔻年华就参加革命，相遇相知，新中国成立后没过几天安生日子，因为祖上有几亩薄田，土改时被打为“黑五类”，没收了家产，下放农村接受劳动人民再教育，因生活困顿，一对活生生的双胞胎病死。大妈差点哭瞎了眼，后来好不容易怀了娃，文化大革命时，大爷为一个老师仗义执言，被打成“现行反革命”，大妈为了挡住踢向大爷那一脚，也不幸流产，更悲惨的是从此失去做母亲的权力。我听了唏嘘不已，大妈絮叨往事的时候，大爷在一旁还不时地补充，好像在叙说邻里的故事。他们那种淡定和从容让我为之动容。

我握着坐在我床边大妈的手：“你们太不容易了。”

大妈倒是乐呵呵地说：“现在好了，感谢政府！你看我们，有房子住，看病有医保，生活有社保，我们赶上了好时候，我和你大爷的春天刚开始呢！”

“是呢，我今年 86 岁了，你大妈才 82 岁，好日子还在后头呢！你看啊，我给你大妈买了一台脚踏风琴，我呢会拉几根弦，也参加了业余乐队。每天早起晨练，午后她弹琴我拉弦，晚饭后散步，日子充实得很，真的感谢政府，我们可过上好日子呢！”

“开开心心是一天，悲悲戚戚是一天，我们啊，每天都跟过年似的开心呢！”

我感动地看着他们，在他们面前的我却是一个颓废而苍老的年轻人。我不是瞎子，可是在万紫千红五彩斑斓的春天里，只因一粒尘埃偶然刺痛了我的眼眸，就闭上眼睛，把多彩的世界拒之门外；我不是聋子，可是在鸟语花香的春天里，只因一声春雷偶然悸动了我的心房，就捂上耳朵，冷漠了情意切切春的召唤。不是春遗忘我，是我把春走丢了。

是的，春天必定是这样的，它是那棵从厚厚的雪被下努力钻出的小草；春天必定是这样的，它是那枚在干枯的树枝上奋力吐露的嫩芽；春天必定是这样的，不畏风霜雪雨的欺凌，把满地的黄叶淬炼成每道暖阳。而只有敞开胸怀融进隆隆春雷的人，才能看到艳阳高照；只有张开双臂拥抱春寒料峭的人，才能等到春意盎然。

微风吹过窗台，我似乎闻到泥土的芳香，那是经过严冬洗礼散发的醇厚清香，这是春天的味道。那一刻，我才发现原来我一直生活在春天的怀抱里。

春天，定然属于走过严冬的人们!

# 被爱死的乌龟

我喜欢小动物，打小就不间断地养过很多猫，直到那只有灵性的老猫被药死之后，我才不再养猫。可是喜欢动物的情结依然未解。后来有了女儿，我欣喜地发现她跟我一样喜欢小动物：养金鱼、养兔子、养蚕。只可惜女儿过敏，兔子便送人了；那不好养的鱼啊、蚕啊，总让人徒增伤感也不养了。最后我们终于找到可爱不易死的动物——乌龟。然而，这传说中长寿的尤物，上苍赋予它长寿的基因却没有躲过我这个“杀手”。

进我们家最早的龟龟，是我和女儿看了《龟博士》的书之后到大街上搜寻的一只绿色的巴西龟，大小如一个茶盖，我们取名为“小西”。刚来的时候，这只小龟很害羞，整整三个月，不吃东西。给它泡澡，它就吐几个泡泡，大多数时间都潜在水里，不肯露出水面。到了第四个月，女儿拿了一只小虾逗它，被它一口吃了下去，那天我们雀跃欣喜。之后，它在一天一只小虾的供养下，和我们亲近了许多，只要我们拿着喂食的盆子，它的视线就会跟着走。熟稔后，我们经常把它从笼子里放出来和我们玩，有时放在手上爬，有时让它到地上撒欢。我最喜欢玩的游戏就是吓唬它，经常往阳台外推它，吓得女儿哇哇叫，其实小龟很聪明，当我推它的时候，它懂得往后退，那样子很可爱。有这只可爱的小伴侣，我们的生活充满了情趣。渐渐的，随着对它感情的加深，我几乎见不得它在笼子里挣扎，小乌龟也开始矫情了，只要看见我就不断地爬笼子，不开，它就会生气地张大嘴巴。有一次，我洗衣服的时候，看它张牙舞爪地拍打笼子，我就顺手把它拿出来放在手边的阳台上，没想到等我回头的时候，它已经不见了。我从九楼飞奔下去，当看到血从它腹部壳上的纹理渗出来的那刻，我心里说不出的难过。

老天垂怜，在我们痛失小西的时候，邻居送来她的爱龟。她要出远门，让我代养。这只龟很特别，背上有三条脊线，还有一只朝天鼻，最神的是，它会早起敲门。果真，到家的第二天清晨，门口就传来“笃、笃、笃”的敲门声，一开门真是它。于是，我们奉若神龟，一日三餐，虾、肉、猪肝，变着法吃，它来者不拒。晚上的时候，我们还特地让它泡温水澡。女儿恨不得抱它睡觉。

有天早上，没听见熟悉的敲门声。是不是神龟也偷懒了？正在纳罕时，从厕所传来女儿的尖叫！我冲出去，发现神龟已经死了！“妈妈，乌龟不是长寿的动物吗？为什么会死？”女儿哭着问道，我敷衍道：“它是神龟，也许它回家了。”对于它的死，我心里说不出的委屈。

过后不久，邻居回来，我遗憾而委屈地告诉她神龟的一切。她听到我待它如祖宗的故事，连连跺脚后悔不迭：“呀！你这是爱死它了！乌龟哪能暴饮暴食、哪能天天泡温水澡？它肯定是消化不良，要不就是感冒得肺炎死了。”我的孤陋寡闻，无知害了神龟！我内疚极了。

我就这么在无意、无知间当了两回“杀手”。自此以后，我再也不敢轻言喜爱小动物，更不敢随意饲养这些生灵了。

可是邻居那句痛心的“爱死它”的话，时常回荡在我耳边，爱是什么？我们常叹世间万物，悦己者不多，合意者很少。看看那些因爱成仇的人们，他们不曾少过海誓山盟，感天动地；再看看那些可怜的父母们总是尽最大可能给予最好的东西，含在嘴里怕化了，捧在手里怕摔了。结果爱成了恨。偶然在书上看到这么一句“求近之心反成疏远之意”让我找到答案。

爱而有度，爱而有智，才是真爱。

# 削菠萝

看着甜美的汁水从我的指间涔涔滴落，手中的果肉快被我捏烂了，那么寒碜的样子，我也是醉了。活了四十几个年，头一次自己削菠萝，以完败告终。在一旁的老公揶揄说：“百无一用是书生。”

是啊，别看我硕大块头，一个一斤多的萝卜，托在左手，右手操刀，不比耍大刀容易。使尽力气，才削掉一层薄薄的皮。第二刀把菠萝直接放在地上，几乎用劈柴的姿势，且削且剁，一斤多的菠萝去了三分之一。最难的还是在后面，就是切那满身的“小眼睛”。以为这是轻松的活，其实，真心不是那样。去了皮的菠萝，很滑，抓紧了，汁水渗出；抓松了，果肉在刀下扭动，根本无法下刀。没几下，托菠萝的左手发抖，犹如托座山那么沉，捉刀的右手如中风般的抖。换了把水果刀，右手不抖了，可是更费劲，剜菠萝的“小眼睛”如锯木头般来回拉扯才剜一条。左手为了配合无力的小刀，五根指头深深掐入果肉，手里的果肉不一会就熟烂了，简直惨不忍睹。花了近一个小时，把原本鲜甜的两个菠萝整成烂菠萝，一点食欲也是没有了。而且两条手臂，从指尖到肩膀，几乎是要散架般的酸痛。

平日里总觉得卖菠萝的小妹会算计，带皮的与削好的价格差别挺大，一斤有时差两三块。爱吃菠萝的我，又舍不得那几块钱，看扎人的菠萝听话地在她的双手翻飞几次，一个黄澄澄甜美剔透的菠萝就交到顾客手中，头尾不过几分钟的事，就有了差价。于是，我决定自己赚这个钱。这下终于吃到苦头了，也切身体会到她的不容易。二十几岁菠萝妹的手上永远戴着手套，永远都有伤痕，那是我见过最粗糙的女人的手：皮肤皲裂，伤痕累累，手指变形。想着一双粉嫩的手要遭受多少次的刀伤，那双手臂要遭受多少次的酸痛，才能练就一天能削百来个菠萝的快手，应对等候一旁一拨又一拨的客人。自己还斤斤计较一块、两块的差价，确实惭愧。

这世间最苦的就是这些靠体力、技术吃饭的百工。没有文凭，没有身份，全靠雇主或是顾客的招呼，高兴了、愿意了，多赚些。遇到年成不好、不良雇主，那就凄惨了。要知道三百六十行，行行都有别人体会不到的苦处和不易，我们在享受他们给我们创造的幸福、便捷的生活同时，请理解并尊重他们。不要用低廉的金钱去否认他们背后的付出。所以，当我们坐在三轮车上，舒坦、惬意地欣赏两旁的风景的时候，不要忘记，那位在你前面俯身弓背、大汗淋漓、奋力踩踏的背影；当你接过收拾干净的鱼儿还在讨价还价的时候，请多看一眼那双长年泡在水里发白发胀的手；当你购买商品的时候，当你在酒楼里品尝美味佳肴的时候……当你在享受生活的时候，别忘记那些默默无闻辛勤的创造者。

可叹，这世间往往以利相交者，买卖尤是。从事百工的人，大都出卖体力来养家糊口。让他们费了功夫亏了血本，如何营生？为了迎合少花钱，得超所值的东西或占点便宜的心理，一些所谓的奸商就应运而生。这样却是便宜了坏人，坑苦了老实人。若天下人人以义相交，互相体恤、互相尊重，那就少了一些计较，多了几分体谅；那就少了一些争执，多了几分宽容。

做买卖这样，与人交往也是这样，说到底，就是学会感恩，以善为念。善待你生命中遇到的每一个人、每一件事。不要想当然，以你为中心，应该这样才合理；更不敢理所当然，以你意志为转移，应该那样才正确。时刻心存善念，以义相待。那么社会就和谐了，人与人之间就融洽了。

# 花 事

我不是宝玉手里的绛珠草，但此生定与草木有不解之缘。不然我为何如此热爱一切绿植，哪怕住在坚固的钢筋水泥的森林里，我也要捣鼓出一些绿意。

原先我蜗居在一座职工宿舍九层楼的顶楼。大家抱怨没有电梯的苦楚，我却庆幸屋顶有个几百米的大阳台，这是我的天地。我用了几个月的时间开辟了几块地，说是开辟，实则是堆砌。邻家的一块砖，路边的一抔土，都是我的宝贝，就这么一块砖、一抔土地从一楼搬上屋顶的阳台。没人能体会，在那段困顿艰难的岁月，拾得一块砖，种上一棵草的快乐；没人能体会，在那段辛苦忙碌的时光，这几块地给我怎样的日出洒水、日落除草的欢愉。特别怀念那春花灿烂、秋叶斑斓的日子，每天走下讲台，从烟熏火燎的厨房走到种着含笑、桂花、三角梅、杜鹃、桑树等的园圃，一天的劳累在这种的惬意中烟消云散。最惬意的是，在南方溽热的傍晚，抬头看流云，低头弄花草，偶或与邻人唠唠些许花草心经；最美的是，在初春或晚秋可以随性地撷取园里的花草，装点自己的案头。我总认为那些被囿于商贾手中待价而沽娇艳的花草已经失却清灵的本性了；更让我感动的是，在细水流年的刹那，他们的绽放、枯萎乃至重生都给了我许多点滴的感悟。

## 一

今夜，百合静静开放了，不在乎周遭的嘈杂，静静地开放。我能感受到它花瓣绽放的过程，轻风拂过，不时飘来缕缕的清香，沁入我的心扉。不在乎身处何地，面对何人，就这么一味地静静地散发淡淡的清香。这是一种静默的生命，这是一种高贵的生命的绽放，不事张扬，不事雕琢。真好！在尘土飞扬的红尘，能撷取这丝缕的清香，也不至于令日子过于枯燥无味；真好！在尔虞我诈的名利场中能闪现这般亮丽的风景，也不至于令人过于颓废失望。我无法把眼光从它的花瓣离开，我很想整晚坐在它的身旁，静静听花开的声音。闭上眼，深呼吸，不，不用深呼吸，它是如此善解人意，只要闭上眼，它就进入你的心扉。今晚，百合花开，我闻到第一缕清香。这烟火人间，是要留一缕清洁在心间。

## 二

种了三年的三角梅终于开花了。三角梅是生命力很强的一种植物，一般为粉红或红色的，而我这三角梅是铁锈色的，稀有！而且会变色，从花蕊到花谢颜色次第不同，铁锈色的颜色由浓而淡，最后有点粉红时，花就差不多要谢了。别的三角梅枝上都带刺，让人不敢走近，而这种三角梅没刺。那是三年前，我在一个花农的手上买的，当初看它幼小，颜色出众。买回来竟然叶子都掉光了，奄奄一息，我想可能我跟这花没机缘吧。没三没四浇浇水，偶尔看看那几片将落未落的叶片，有时也担心它会不会死，但并不是很上心。没承想，就我这不着三四几滴水的施舍，今年秋天，它竟然开花了！它活了！它壮实了！秋风中那摇曳的枝叶似乎告诉我：不要妄自菲薄，只要深植泥土，于尘埃处也能开花。

## 三

瓶中的那束鲜花已成干花。这些是绝美的花、不朽的花。说它绝美，说它不朽，一点不为过。我看世界上没有哪种植物能像它们这样枯死后还能保留容颜不变，风姿依旧，听说沙漠里有一种植物叫胡杨，三千年不死，死后三千年不倒，倒后三千年不朽，我不知道它也能否有三千年的神奇，我只知道，我愿意让它们存在多久它就存在多久，除非我哪天不要它们了从桌面撤掉，它们也依然面不改色。是的，它们始终以那绰约的风姿亭立在瓶中。有水，是这样；无水，也是这样。而且都有个梦一般的名字：情人草、勿忘我。有时，我想这名字真的再适合不过了，它们肯定是不朽爱情的化身，为了爱，生死不渝，宁愿站成枯枝也不改变容颜。我想它们肯定是花界里的痴情种，也许，怕远游的伊人回来找不到心的方向，不知服了什么丹药，把自己的魂魄凝聚枝头！看似不堪重负的枝条却融合了蒲苇、磐石的柔美和坚韧。也许，它们要向那些游戏红尘的人们证明什么才是永恒！也只有它们有资格诠释什么是不渝！

……

人与花草，对我而言，花草比人好交往多了。特别是众多无名的花草，它们对你要求不高，只要几滴清水，就会绽放整个生命；只要给点阳光，就会给你整个春天。与花草交往没有功名利禄的纷扰，与花草交往可以随心所欲，不必担心自己言行是否合乎时宜。从某种意义上说，花草比人高洁得多。这也是我如此热爱一切绿植的缘由。

你有鲜衣何妨？我有春花！你有怒马何妨？我有嘉木！

# 朝颜　夕颜

一个人走在暮春偏僻的水泥小路上，心里莫名的惆怅。不知是连着几天阴雨不断的缘故，抑或是这里太过冷清了。正在无故寻愁觅恨的时候，路边墙角旮旯里冒出三五朵开得正欢的牵牛花，有蓝的、有紫的，有些已经攀援在墙角了。在阴沉的天底下，在黯哑的墙角边，这几朵牵牛花，如久违的阳光从地缝里冒出来，那微弱的光芒穿透我的心房，如同天上的星星淘气坠落，绽放出美丽的火花，我的心不知不觉从蛰伏的茧里飞成一只翩然的蝴蝶。

俗话说："秋赏菊，冬扶梅，春种海棠，夏养牵牛。"可是，暮春四月，它就忍不住露出头了，难怪它叫"勤娘子"，顾名思义，它是一种很勤劳的花。据说，每当公鸡刚啼过头遍，时针还指在"4"字左右的地方，绕篱萦架的牵牛花枝头，就开放出一朵朵喇叭似的花来。所以它还有一个很雅的名字——朝颜。

我想大概是取其那种有点阳光就勤奋攀爬的韧性吧。

有诗曰："步履荆棘赶斗牛，迎来旭日照神州。生平不做蟾宫梦，愿吹军号到金秋。"好个不做蟾宫梦的牵牛花，这样朝气昂扬，暮春落红无数时，它绽放；这样的淡然，秋末百花凋零时，它绽放。这柔弱素净的花儿伸展着同样柔嫩纤细的手臂，坚韧地向上攀援，这样的执着和坚持怎么会没有梦想？当我站在它前面发呆的时候，耳边传来竹帚扫地窸窣的声音。我一转头，一张沧桑的笑脸对我说："不好意思，扫街呢，能让一下吗？"我歉意走开，突然间，我好像到了北国的秋天，如蒙太奇一般，那不是郁达夫的北平吗？"从槐树叶底，朝东细数着一丝一丝漏下来的日光，或在破壁腰中，静对着像喇叭似的牵牛花（朝荣）的蓝朵，自然而然地也能够感觉到十分的秋意。说到牵牛花，我以为以蓝色或白色者为佳，紫黑色次之，淡红色最下。最好，还要在牵牛花底教长着几根疏疏落落的尖细且长的秋草，使作陪衬。”是啊，在那萧瑟的北国的秋天，那沉静的蓝对于那个灰色的年代，不也是一抹光亮吗？那淡淡的蓝静默在墙角，不敢立在华庭豪院，残垣断壁是它的依托。在一日胜似一日凛冽的秋风中，它是那么脆弱，脆弱到无法独立，弱不禁风这个词形容它最合适不过了。可是它依然那么灿烂。如果说朝颜是春天的牵牛花的话，我倒觉得用夕颜这两个字来形容秋天的牵牛花是再适合不过的。你看明明烈日快把它晒干了，秋风要把它风干了，然而只要那抔土还是暖的，它就不放弃时光尽头的灿烂。夕颜，它是把有生的每一天当做一生来绽放，这是一种何等的智慧！

牵牛花，朝颜，夕颜！这可爱的精灵！岁岁年年，年年岁岁，用自己不短不长的生命，诠释着这个世界。开在暮春是它，长在秋末是它，只用短暂来诠释永恒。生之灿烂，死之热烈，一种平凡的绝美！这电光石火的邂逅，我终于懂得那淡淡的蓝，饱含了多少热烈的梦想。

天地间，到底还是无名无姓的花多于有名有姓的，稀松平常的多于名贵娇嫩的，可这又何妨？无名无姓也好，稀松平常也罢，只要能够不卑不亢的存在，平平淡淡书写自己的历史也是一种灿烂，一种热烈！

# 三月，风情万种的女子

人生天地间岁岁年年，都与四季同行轮回。喜欢夏季不多，因为它太过狂热；喜欢冬季也少，因为它太过萧飒。大部分还是喜欢春天。一谈起春天，人们总喜欢“阳春三月”来感慨，李白的那句“烟花三月下扬州”更是传颂千年。

我窃以为，世人不是真的喜欢三月。因为每到三月，我的耳边总有很多人讨厌那连绵的雨天，总有很多人抱怨那潮湿的雾霭。殊不知，三月的真正魅力就在于它的雨，它的雾。而真正喜爱三月的人也会喜欢那些没有阳光可是却充满诗意的日子。

因为她是一个风情万种的女子。

人间三月天是雨的季节。三月的雨唱着“淅沥沥”远古的歌谣走入你的梦乡，也许你睡了一觉，睁开眼一切如刚出浴的一般：干净的山，干净的街道，嫩绿的草，发亮的树叶。即便天还下着雨，可这是斜风和着细雨，空蒙的细雨下久了。远处的山从云堆里冒出，很有“云无心以出岫”的意境，那江水蒸腾着热气，小船就如飘在雾海上，一切都像蒙了层纱，让人犹如置身在仙境，此刻你会觉得山是含情的，水是含笑的，这时你会发现三月是水做的女子，风情万种，柔情是水。

如果说三月的雨季是个如水的女子，有着“昨夜海棠初着雨，数朵轻盈娇欲雨”的美，那三月的雾霭，便是个哀怨的思妇；那远走哒哒的马蹄，便是扑朔迷离的未来。

那个人也许不会再回来，那愁云浓雾就这么打湿了一世，于是的哀怨凝成浓浓的雾气，粘在你的发梢，挂在你的睫毛，潮湿了每颗哀怜的心，让你不禁想带她赴蜃楼会情郎。三月的雾霭是那堪孤馆看春寒的凄冷。

那个人也许明天就会回来，那薄雾一散就是阳光。

这阳光是调皮的，一不留神她就钻入你的心里唱歌。三月的阳光是叮咚的泉水，树叶上蹦跳的是她的影子，她伸出暖洋洋小手，轻轻拉开这雾的帷幕，长烟一空，天空是洗过的蓝，阳光有母亲的温度，微风带着花的甜味。山坡上，断桥边，田野里，小路旁，仿佛一夜间，所有的花儿一起开放，你看，红的、白的、紫的、蓝的……有名的无名的，高贵的普通的，热热闹闹的。我想他们定然吵醒睡了一冬的花仙子，于是三月成了花的节日。“枝嫩风声摇翡翠，花妍曙色绽氤氲。”人间的三月，云蒸霞蔚，万物复苏，姹紫嫣红，是这些生命绚丽了三月的风景，是这些花儿烟景了三月。只要你是花儿就有开放的理由，绽放的地方。你看，桃花绽放在少女的脸颊，那摇曳的柳条是她飘逸的长发，那纤柔的玉笋上静静地盛开着美丽的凤仙花。

人间的三月就是这么一个女子：她会哭，但那是“梨花一枝春带雨”，哭得含蓄，哭得唯美。她没有夏雨的轰轰烈烈，荡气回肠，让人来不及思量就烟消云散。她也哀怨，但那是“帘卷西风，人比黄花瘦”，她没有冬雪的凛冽惨白，孤绝刻薄，拒人于千里之外，那种迷离、柔弱，让人把万千思绪顷刻化为绕指柔情。她会笑，笑得明丽但不妖娆，笑得灿烂但不招摇，三月的人间就是一个风情万种的女子。

真正喜欢三月的人，也会爱上她的雨，她的雾的。真正喜欢三月的人，必然是最懂女人的人。

而一个真正的女人，定然有三月的情怀。

# 终南山下那棵银杏树

皲裂、烧焦、断裂、空洞、枝繁叶茂、郁郁葱葱，如此毫不搭界，如此截然相反的存在，就这么矛盾统一地呈现在我面前！站在这棵伤痕累累的银杏树前，我的心仿佛被什么狠狠撞击了一下，有股热流一直涌入我的眼眶。

我似乎明白为什么要翻山跨海，越过千里万里来到这里。你！已经站在这里等我千年！

小时候，曾经听姐姐读课文《银杏》。大师郭沫若郭老开篇第一句“银杏，我思念你，我不知道你为什么又叫公孙树”一直镌刻在我的脑海里，这是怎样的一种树让大师怀想？这是怎样的一棵树有那么神奇的名字？多年后，在我历经生活的各种苦痛之后，在我陷入泥沼不可自拔之后，在我灵魂备受煎熬快要窒息的时候，终南山发出了亘古的呼唤：归来吧！站在你面前的那刻，我热泪盈眶，我已不是曾经那个总角天真的模样，我老眼昏花，我浑身病痛，我身心俱疲。你也伤痕累累，甚至被掏空树干只剩一层外皮，可是你却依然那么葱茏！那么蓬勃！

我久久伫立在你的面前。谜一样的你啊！初见你的昨天，在楼观台终南山的路口处，你不是一树的金黄灿烂吗？灿烂到让我禁不住地问那是什么树？！这攒全了整个秋天的热烈，整个世界的热情，让我羡慕到误解你是因为有了终南这块福地。所以你风吹不到，雪压不垮，在这北国长得那么昂扬、那么灿烂，所有的枝丫直愣愣地向上，所有的叶子金灿灿地张扬。没想到一墙之隔，几步之遥的你却以这样的姿容呈现在我的面前：苍翠欲滴，生机勃勃！不错的，是那么翠绿翠绿的！我几乎混淆了季节，以为这就是春天。在万物凋零的仲秋，你一点也不荒伧，你超乎在一切草木之上。

银杏，你不是一般的树。“幼年及壮年树冠圆锥形，老则广卵形，自然条件下从栽种到结银杏果要二十多年，四十年后才能大量结果。”试问这世间有哪一种树能像人一样充满智慧地由懵懂到圆融地成长？那多情的梧桐，到了秋天总是要叶落的，以一种光秃秃的哀伤凄凉了整个世界；那刚强的松柏，一年四季总是直挺严肃，以一种傲然的姿态冷峻了一切苦难；还有南国的榕树总是华盖如阴，但那长着长长短短的须鬣，总让人觉得太过龙钟……

曾经我总揶揄一个前辈处事的世故，甚至一度厌弃为圆滑。现在想来实则是自己的稚嫩和莽撞。自以为真理，锋芒毕露，遇到不平一定睚眦必报。其实，每个人都有缺处，每件事都有遗憾，为何要事事以你为中心？为何事事唯你所愿？不是世界怠慢了你，是你的棱角伤了你，因为你的眼界只有一锥之地。你看银杏，经历二十年才结果，经历四十年才大产。这样的果实晶莹剔透，不用太大却是具有极高的药用经济价值，树犹如此的从容和静默，而对于一个想要有些作为的人来说，不应该需要这样的历练和沉潜吗？

是啊，你不是一般的树！你是老子亲手所植的树！我想，两千多年前的老子种下你的那刻，也许不会想到两千年后你会遭火烧、受人批的厄运；那个疯狂的年代，那些疯狂的人放火焚烧你的那刻，更没有料到你依然葱茏茁壮，而且你将比他们更恒久地立于天地。靠近你，我似乎听到你枝叶间细细的耳语：“道可道，非常道。”对于这句后人看来差不多是玄语的名句，千年前的韩非子是这样注解的：“唯夫与天与地之剖判也俱生，至天地之消散也不死不衰者谓常。而常者，无攸易，无定理。无定理非在于常所，是以不可道也。圣人观其玄虚，用其周行，强字之曰道，然而可论。故曰：‘道之可道，非常道也。’”如果没有理解错，韩老的意思是：只有那些与天地同在，不死不衰的事物才可谓“常”，所以“不可道也”。但毕竟神人、圣人、哲人少，如我愚钝的人多，所以你用如此这般的方式提点混沌的世人：风刀霜剑加身，不温不火；火烧雷打相逼，不屈不挠；承恩雨润露沾，不卑不亢。一切道法自然，顺境时不忘乎所以，逆境时不悲观失望，在无为中以水之柔弱胜坚者之强。这就是你！也只有你才能在灭顶劫难中仅仅靠一层树皮的柔弱葱茏一树的繁华！

我知道，千年后，万年后，哪怕亿万年后，你都会在这里。终南山依然流传着你的传奇。

# 和一颗牙齿纠缠不清

## 一

午后的街上，阳光落花般撒在行人的身上，而我如一只被拔了筋骨的鱼瑟缩地挣扎在人海里。迎面走来一个帅气年轻的男子，定睛一看，我几乎痛厥——他胸前挂着颗狼牙！我的牙刚经过冰冷的铁钳、钢针、铁钩的折腾，在一片“咯吱叮当”的声响中从牙龈深处活生生地被拔弄出来，扔进一个搪瓷盘里，发出生硬的响声之后，才从牙医冷酷的手中死里逃生。此刻看到那枚被人悬挂于颈下的狼牙，没了牙齿的地方钻心地疼起来，我忍不住捂住嘴巴生生逼退将要冒出的泪花。我想那个男子定然没被牙疼折磨过，否则不会佩戴动物牙齿为饰品。我忍不住感叹：“太野蛮了！”陪我看牙的女儿笑道：“太酷了！妈，你不懂。那叫个性，叫文化！”

天！我从来没有想过一颗小小的牙齿跟文化有半毛钱关系。但确乎又有点关系的，自有人类开始，没有哪个器官可以和人类的历史相抗衡，肉身可以成土成泥，而牙齿却可以历经岁月的打磨成为化石，诉说一个个难解的秘密。远古的人们甚至用它串成项链，作为身份、地位乃至驱邪的圣物。不仅如此，它有时还决定一个人运数。“朱唇皓齿”就是古时候美人的标准之一。晶莹洁白、整齐均匀、富有光泽是中国古代美女牙齿的标准。《诗经·硕风·卫人》中的美女庄姜就是“齿如瓠犀”。瓠犀，葫芦的子，晶莹洁白而小巧整齐。想那嫣然一笑，朱唇内雪白整齐如编贝的牙齿确实会让很多男子心旌动摇。哪怕民间也有“嫁汉不嫁凸眼男，娶妻不娶龅牙女”的说法。据说男的凸眼露神，蛮横无礼；女的龅牙咧嘴，滋生事端。更厉害的是关于解梦牙齿的典故，传言：一个成年人如果梦见牙齿掉了大多是厄运，外出有水难之虞，内有亲人体健之忧，总之不是好事。

毋庸置疑，牙齿作为人类乃至所有啮齿动物身体里最坚固的骨头，除了为维持生命而与进食息息相关，还有其不可替代的社会地位。

## 二

如此说来，我成长第一次与牙齿发生关系大概是在五六岁，那应该是“始龀”的年纪。记得那是个夏日的午后，奶奶跟我在走廊乘凉，我吵着让她给我讲故事，当听到那个穷秀才啃鸡腿的情节时，我垂涎欲滴。要知道在那个缺衣少食的年代，鸡腿对一个小孩是极具诱惑力的，反正我当时是狠狠咽了口口水，没想到竟然咽出东西来，张开嘴，牙齿掉了！我“哇”了一声哭了出来，奶奶笑了，把我搂在怀里：“囡囡，别怕，是换牙呢！我的囡囡要长大了！”按奶奶说的，这掉下的牙不能乱扔，得找个看得到屋檐的地，立正，向上扔到屋檐上，这样长出来的牙齿才整齐好看。原来换牙还有仪式。

此后，一遇到换乳牙，我总是镇定而娴熟地自己执行这种仪式。也不是每次都能成功扔到房顶，但我总要把落下的牙齿一次次地往上扔，直到扔上为止。

这样不疼不痒且充满仪式感的换牙，让我安之若素地对待每颗换下的牙齿，且还有某种模糊的期待。

唯有一次，让我感到有些可怕的是八岁那年吃甘蔗的经历。秋天的甘蔗生脆清甜，这个季节的甘蔗是我最爱的水果。那次，我啃着有手臂粗的黑皮甘蔗和一群小伙伴比赛看谁啃得快，没想随着“咯嘣”一声，鲜血从手中的甘蔗顺流而下，定睛一看，一颗乳牙深深地嵌在上面，周围的小朋友“哇”的一声倒退，那场面我至今记忆犹新，且落下了阴影，此后我再也不吃甘蔗了。

如果说，孩童时的换牙代表着成长的喜悦，而当一颗牙齿以龋齿的名义给你带来的就不是喜悦了。那叫牙痛，要命！

## 三

曾经有人说，“人类的历史，就是一部牙痛史”。

此话不假！翻开史册，关于牙痛有史可考的可以上溯到七千年前苏美尔人留下的黏土板上的楔形文字，当时人们就睿智提到“牙虫”一说，现在说的“蛀牙”一词，就有一个“虫”字，不能不感叹人类的先民太聪明了。2006 年，人们在埃及最古老的金字塔群附近发现了世界最早的牙医墓葬，墓葬主为三个为法老服务的牙医，牙医墓穴的墓门上反复出现形似“长着眼睛的牙齿”的象形文字，此墓葬距今已有 4000 多年。可见牙科历史可以远溯到古埃及。

而远在欧洲，古罗马信奉的众神里却有一个牙痛之神。这来源于一个悲剧式的巾帼英雄，她叫 Saint Apollonia（圣阿波罗尼亚）。

在基督教还未正式成为罗马主要的宗教信仰之前，曾一度被认为是邪教。自公元 64 年起，古罗马对基督教持续了长达近三百年的残酷镇压，Saint Apollonia 是个虔诚的基督徒，公元 249 年，Saint Apollonia 因笃信基督教被捕。受尽各种折磨的 Saint Apollonia 始终不放弃自己的信仰，残暴的士兵一拳拳把 Saint Apollonia 一口秀气的皓齿打碎，Saint Apollonia 威武不屈，最后于熊熊的烈火中殉道。也许当时人们亲见皓齿断碎之痛，Saint Apollonia 牺牲后，被奉为牙痛之神。她以自己的疼痛救赎人们免于牙痛。

将山洞挖空吧，
只要能够平息牙齿的疼痛。
将山脉掘断吧，
只要能够平息牙齿的怒火。

——古印度诗集《吠陀》

这首来自公元两千年前古印度诗集里关于牙痛的诗歌应该是最早被牙疼折磨得不能自已的诗人写的吧。无独有偶，牙痛也没放过那位左擎苍右牵黄、聊发少年狂的陆放翁，据说不堪牙痛折磨的陆老也留下三十多篇关于牙痛的诗篇。他在《龋齿》一诗中形象抒发自己的痛苦：“龋齿虽小疾，颇解妨食眠，昨暮作尤剧，颊辅相钩联。欲起嬾衣裳，欲睡目了然，恨不弃残骸，蜕去如蛇蝉。”文人墨客牙疼，可以赋诗为文，也算是一种雅事。而小老百姓对于牙疼，更多的是体会到时光流逝与衰朽。

## 四

“我这几天牙疼死了，一下要整四颗牙齿，疼得我睡不着觉。”一向身强体壮的父亲，年逾古稀才被牙病折磨，电话那头言语间的无助让我不禁心情沉重起来，好强一生的父亲，年老却被牙齿打败了。“该治疗的治疗，没事的。”我在电话这头用苍白无力的语言劝慰着。放下电话，却久久无法释怀。如果牙痛可以替代，如果时光可以倒流，如果……

不会有那么多如果的。在这场与牙齿的斗争中，因为无可替代，没有援军，所以最终获胜的还是牙齿。

我们所有人都逃不了独自面对“今君之老矣，血衰齿寒”“而视茫茫，而发苍苍，而齿牙动摇”的窘境，这个剧本从出生那刻起就已写好。上至王侯将相，下至黎民百姓，如果牙的存在是一种隐喻，那么始龀的欣喜，齿寒的哀痛，都是生命的遇见，牙痛是我，成长是我，衰朽是我；我快乐过，我爱过，我痛过，这世界我来过。

# 美玉在心

记得小时候最喜欢到发小家里串门，其实不是为了玩耍，我心底多半想去看小伙伴的母亲。她是一个素净安静的女人。我们一群叽叽喳喳的孩子看到她进来总是很安静，其实她并不严肃，说起话来轻声细语，经常进来给我们送些打嘴的零食。可是举手投足间总有一种说不出的优雅。我和伙伴们私底下讨论了很久。她其貌不扬，总是一身朴素的粗布衣，单薄的身体，简洁的短发。要说漂亮，她比不上惠的妈妈，她的妈妈身材窈窕；也比不上贞的妈妈，她的妈妈五官精致；也不比上洁的妈妈，她的妈妈很会打扮。最终大伙得出结论，就是她手上的那个玉镯，那晶莹剔透的玉镯让她特别有女人味。对，是这样的。

从此，我做梦都想要一个玉镯。

后来工作了，自己挣钱了，但因为那样这样的原因，我总是无法如愿。直到有一天，老公带我到他朋友家串门，我惊喜地发现华是开玉器店的。从此我是她店里的常客，只要一进她的店，我就是满心欢喜，虽然囊中羞涩。后来我攒了大半年的私房钱，终于给自己买了块玉，总算满足了自己的心愿。可是不知怎的，不买还好，买了心底那条欲望的毒蛇就苏醒了，总觉得不够完美，总觉得和发小的母亲手上的相比差太远了，她皓腕上的那个才是手镯。这种别扭就像一根刺，时不时就在心里蜇一下。

这个欲望的释放，是在银行推行信用卡之后，当我办理第一张信用卡后，就兴冲冲跑到华的店里东挑西选，然而和发小母亲手上的那种相近的也要好几十万，无奈我只有干瞪眼。最终华以最低价卖给我一块价值 3000 多元的玉，此玉温润通透，有种无色，上面还是有一些小斑。

对于追求完美的我来说，这些斑点就好像长在我的心里。于是追求一块完美的翡翠这条毒蛇时刻在我心里折腾，让我坐卧不宁。短短几个月，我三换手镯，从 3000 元的换到 7000 元的，从 7000 元的换到 10000 元的，从 10000 元的换到 13000 元的。那天手上戴着 13000 元的手镯回家的我，心里有如获至宝的感觉，这块飘花的翡翠，那么厚重，那么温润，更重要的是没有一点瑕疵。

不久，同学聚会，我碰到了发小，听到她对手镯的赞美，我赶紧谦逊地说："哪有，这才一万三，你母亲手上的也要好几十万吧，那才是精品。"我同学开心地笑道："我母亲手上的是我父亲当年在地摊上买来送给我母亲的订婚礼物。哪来十几万，连你的零头都没有。"那天我的脸特别红，只有我自己知道那是多么的羞愧。实际上我们家境并不宽裕，还不到拿闲钱买奢侈品的时候。想起在外奔波的老公，想想节俭的女儿。手上的镯子顿时无比沉重，手上的玉镯就像手铐，不断拷问我的灵魂。

我从没那么深刻地认识自己。第一次看到我之所以卑微的原因。常言道：玉能养人，人能养玉。如果没有美好的品行也是养不出好玉的，我怎么那么肤浅地一味追求表面的浮华？只有完美的人格才能配得上完美的玉，我还有许多地方需要历练，我的修养还不够，否则为什么这么完美的玉镯戴在手上会让我如此负重？小草有小草的生长方式，牡丹有牡丹的生存法则。我只是一棵平凡的小草，那么我就认认真真地做一个最葱绿的草，不要幻想着牡丹的繁华。过多的欲望只会增加灵魂的负担，无止境的欲望会让我迷失自己。

那天，我早早离席，直接走到华的玉店，退下了手上的玉镯，那刻我感到无比的轻松。

"君子比德于玉"，突然想起圣人言，我似乎明白发小的母亲之所以静美的原因了。有一天，我也会有属于我的一块美玉！

# 我的“空中楼阁”

当看到于鹄《题邻居》里这句“传屐朝寻药，分灯夜读书”的诗时，厨房的药香正应景地飘进来，我不禁莞尔一笑。这不正是我的写照吗？自小体弱多病，常年药不离身，虽不用“传屐朝寻药”，可抱窝夜读是常有的。

这源于我有一个喜欢看书的老爸，从懂事起，老爸给我最深的印象：一是钓鱼，再者就是看书。老爸爱钓鱼一出去就一天，因为我是女的所以从不带我去，说去了鱼不上钩。鱼竿更是他的宝贝，不肯让我碰。书倒是可以的。老爸看书时在我眼里就是个神仙，靠在摇椅上，看到高兴处不时发出“嘿嘿”的笑声。我总想翻看父亲的宝贝，却总被父亲笑道：“是书看你，还是你看书，小屁孩，什么都不懂瞎翻什么。”

那年我上二年级时，因病休学在家，终于有机会翻看老爸的书。我记得那本书是《十月》。识字不多的我，囫囵吞枣地看。有一次，我看到书中有一个词：“永别！”这两个字我分别都认得，只是不知道合在一起具体是什么意思，为什么还加感叹号，我似懂非懂，以为这两个字有特殊的力量，想用这两个字在父亲面前显摆一下。于是，我屁颠屁颠跑到正在做饭的父亲身边大声跟他说：“爸爸，永别了！”父亲脸一沉，呵斥道：“滚一边去！不认识字，不许碰我的书！”没想到，真的很有效，一贯宠我的父亲竟然对我发火。只是被劈头盖脸吼一通之后，父亲不让我再碰他的书。不过几天后，父亲给了我一本新华字典。好歹有了自己一本课外书，我心里多少有些开心。

当时我们一家四口蜗居在九平方米的小屋，两床一桌还得塞一张父亲的摇椅，桌子是饭后姐姐的书桌，摇椅是属于父亲的，舒适的床倒成了我看书的天堂，被子叠一层层的，躺在上面如躺在云朵里一样。一本新华字典带我进入神奇的殿堂！一个字竟有那么多意思！原来“永别”是“永远分别；死别”的意思，无怪乎，父亲会黑着脸吼我。整整一个冬天，我在被垛上学会了查字典，看懂了词条，也认识了好多字。现在想来父亲给我的那本字典是建造“空中楼阁”的第一块砖。

一转眼到了春节，大年初一的早上，父亲带我到新华书店买了好多书。整个假期，父亲靠在摇椅，我靠在床边，盖着被子，我俩中间隔着一台缝纫机当桌子，上面放着两杯氤氲着热气的茶，还有一盘瓜子。我们爷俩就这样开启了书海的幸福旅程。那时，我偷偷发誓，有一天，我工作了，第一个月的工资就是买一大摞的书。怀着这样的幻想，我搬砖的热情与日俱增。每搬一块砖，我就打开一扇窗；它领着我走入神奇的殿堂，在那里我知道雨是怎么形成的，老天为什么会打雷……每搬一块砖，我空中的楼阁就更加明朗清晰；我至今依然记得儿时看的第一部小说《高山下的花环》，那真是废寝忘食流着泪看完，之后还给老山前线写了一封信。收信人不详就写解放军叔叔，现在想来这应该是封死信。反正从那以后，当兵成了我唯一的理想，我努力读书，就是为了当兵当警察，我病了苦了累了，只要一想我以后要当军人，就不哭不叫了。命运的安排，我成不了兵，却考进了福建师范大学，幸运的是当时福建师范大学的图书馆是全省乃至全国高校有名的，据说里面藏着几多珍贵典籍的孤本。我整日如饥似渴地泡在图书馆。影响最深的是接触第一部奇书《镜花缘》，我深深被里面正反切的文字注音法吸引，不断地琢磨终于悟出注音规律，比老师教的课程先走一步，把我激动得什么似的。

对我而言，人生最美的年华就是能在书海里游弋，此后十几年忙碌于工作和生活，充斥着柴米油盐的生活把我填得满满的，再也没有闲情逸致秉烛夜游。

人到中年有点空余又老病缠绵，一年到头总有各种各样的毛病折腾。所幸因为生病，无处可去，回首处才发现，阁楼还在，青灯黄卷还在，我又迎来生命的第二个春天。宅在小屋或躺、或卧，“放浪形骸”

地看书，大有“金鞍玉勒寻芳客，未信我庐别有春”的狂放。

曾经很羡慕李乐微的空中楼阁：“足以举目千里，足以俯仰天地，左顾有山外青山，右盼有绿野阡陌。适于心灵散步，眼睛旅行，也就是古人说的游目骋怀。这个无限的领空，是我开放性的院子。”为此我曾一度撺掇父亲把屋上的阁楼清空，隔个小书屋给我，哪怕是单独的一个洞洞可以独自看书就好，当时不明白父亲为什么不答应，也许是知道天生怕老鼠的我，最终只会瞎折腾他吧；也许是可怜的九平方米的蜗居如何放置阁楼里的杂物吧……现在似乎明白，最美丽的阁楼得自己去建造。而我，其实早就拥有了自己的楼阁，在那里高兴了翻个筋斗云，秒到十万八千里；累了躺在床上可以穿越时空，上下五千年，古今中外，任我驰骋。

每个人都可以有自己的楼阁，只要你愿意，哪怕身处闹市也可以做自己的王。“书卷多情似故人，晨昏忧乐每相亲。”在这浮躁的世间，还有什么比独坐一隅，一杯清茶一本书，做自己的王来得惬意呢！

时常这么想，上天是公平的，给我一个衰朽的躯壳却许我一栋阁楼。

# 盘点我的 2019

2020 年第一缕阳光暖暖照在身上，一扫往日的阴霾。一个人，一间陋室，还有一屋子属于自己的阳光！这就是幸福！其实，在 2019 年这 365 里的路程里，我一直是这么幸福的。

感恩父母，赐予我生命；感恩老公、孩子给我温暖的港湾；感恩姐姐，给我一世姐妹情缘；感恩我的族人、我的亲人，这生生不息的血脉亲情，丰富了这凡尘的烟火人生。

而今天，在这薄薄的稿纸上，我要盘点的是旅途上撷取的一份份贵重的珍宝！

感恩成长路上指引我、呵护我的前辈！

难忘我在病榻辗转时，为我第一本诗集《阮的梦》四处奔走的前辈陈忠杰老师，如果说他多少是因认识我、了解我而帮我，那么帮着写序的许初鸣前辈是书付梓印刷后我才见到真身，一个朴实到有些木讷的前辈！只因陈老师的推荐，只因缘于同样对诗歌的爱好，他一个中作协的老前辈、一个作协主席，没有半点架子，肯屈尊爽快地答应为一个未曾谋面、初出茅庐的小辈写序，着实难得。每每捧起这本《阮的梦》，翻开扉页，心里总是暖暖的感动。

难忘在为人、作史上对我虚心指点的王幸福前辈。其实，早在他认识我之前，我就知道他的。曾经在参加台商区作协的活动时见过，他是文联主席、书法家如此大咖，我只在一边远远地欣赏。当时，我认识他，他不认识我。因缘际会，有幸被推荐参加编写区志《角美——漳州台商区从这里走来》一书，才有幸和王老师一起共事。

我负责文字工作，他负责图片收集、田野采风。我第一次参加编写，文字的整理、编写对我来说不是难事，万万没想到的是，一辈子与文字打交道的我居然被无休止的对稿给打趴下。二十几万字的对稿，一而再再而三地把自信满满的我击败。当我以人格、祖宗之名发誓，以绝对百分之二百的仔细校对，最终还是出错时，我罢工，我使性子了。

那天很晚了，王老师在微信上跟我聊了很久，以自己文秘出身的经历推己及人地肯定我的辛苦付出，丝毫不怀疑我的工作态度。并言辞恳切地手把手教我怎么对稿，如何做笔记，如何扫除对稿的盲区。那一晚在他的谆谆教诲下，我渐渐平息了浮躁、崩溃的情绪。

之后的一天，他特别带我跟他们一起田野采风，调整调整心情。那是我经历过最艰难的一次采风，我无法想象，他为了一张相片，整整花了近四个小时的工夫，坐汽车、划小舟，上水坝、趴谷底。从烈日炎炎的午后两点到繁星满天的月上柳梢，一行几人土里水里忙活整整一个下午，那可是七月酷暑的季节啊！我不解："这水坝，找水利局要个图片不就有了吗？""水利局的图片如果不是最新的，哪怕最新的如果拍摄不到位，就会有出入，那是谬以千里的大事！这是在做史、做志，这本书是留个后人的，要做到百分百正确，必须自己有第一手资料才靠谱啊！"他就是这样身体力行，如春风化雨般教我做事、教我做人，在他身边，我重新学得两个词"认真""严谨"。如果说这是为史的准则，倒不如说更是做人的原则。

2019年应该是我最幸福的一年，因为我遇到的不仅有王幸福前辈这样的良师，更有王怡伦老师这样良母似的益友！其实说益友是高抬我自己了，她真的待我如亲生孩子般的慈爱。

"呀，你这孩子怎么说挂职就去挂职，害得我想了一晚，哭了一晚。"王妈妈——王怡伦老师也不顾桌上那么多人，一看到我就拉着不放，心疼地数落我。在一旁的陈老师调侃道："就像老妈妈一样！"王老师温暖地回道："那是，我儿子到外面工作，我还不会这样！你看这胖冬瓜一样的身体，到那么远的地方，不让人挂心啊！"

王怡伦老师，别看她年近耄耋，可依然满头乌发，年轻时能歌善舞，是角美一枝花，老了气质也不差，梳着发髻，穿着旗袍，乍一看那神情不输年轻时，而且还画一手好牡丹，是远近闻名的“牡丹王”。由于她长期在当地任一定的职务，区里各个乡镇无人不知、无人不晓，她理所当然成为编写组与各个村落的联络人。工作之余，她就是照看着我这个中看不中用的大孩子。

天冷了，要穿衣！天热了，要戴帽子，记得喝水。这样牵肠挂肚一直到前几天，我下乡，她还在微信里留言：“那边天冷，要多带衣服，记得多喝水！”

那年，我做手术，把她吓死了。记得术后第二天，可以动动手脚的时候，我打开手机，天啊！她发了很多微信，着急询问我的消息。我至今保留她在朋友圈里对我的祈祷——“凌晨三点了，我怎么也睡不着。娟，今天手术怎么样？一定会顺利的！我们文史组的领导和同事们都在牵挂她，这么纯真善良才情横溢的孩子，我的上帝万能的主，您一定要看顾她，疼惜她，赐福给她让她一切顺顺利利，平平安安，让她健健康康，平平安安，快快乐乐。我一遍遍祈求主的赐福赐她早日康复。心尽所愿！”那一刻，我热泪盈眶！这不是母亲，这是谁！唯有母亲才会看自己的丑儿哪儿都好，唯有母亲才会对孩子如此牵挂。一年的朝夕相处，彼此早已超越血脉地深深相惜。我是如此的幸运，如此的幸福！

世上真的有一种永久的驻颜术，那就是不管你多老，别人都把你当成孩子一般的疼爱，而我幸运地成为这样的宠儿。

感恩患难中一路扶持温暖我的友人！

2018 年岁暮至 2019 年 1 月，我辗转在两家医院，得知第二天一早要去手术的那一晚，我估摸着年逾七十的二老一定会守在外面，估摸着如此笨重的身体，老公一人绝对抱不动我。我思忖再三打通葱的电话问道：“你明天能不能来？不是陪我，来陪陪我爸妈。”葱，这铁杆闺蜜只要我需要，她是绝没二话的。那天是星期五啊，在坐班制的学校，我不知道她是如何请假的，更不知道手术从 8 点多做到 12 点多，我以为小毛病最多一两个钟头就可以了，哪知做了那么久。整整四个小时她就陪着我父母，安慰他们、陪他们解闷，分散他们的注意力，一直守到我从手术室里出来已将近一点。麻药还没过的我，迷迷糊糊中听到我亲人的呼唤，还有她熟悉的声音，我虚弱得无法睁开眼睛，几乎是气若游丝，只听见她趴在我耳边说："你醒醒，惠娟醒醒！你最棒的！你一直是最棒的！"我回应她的第一句话是："让我父母赶紧回去！"那时，我是那么的自私，眼睛睁不开，心里还是想着父母，没替她想想还有小孩要接送，还有老公要伺候，她也是一个要下厨房的贤妻良母。倒是在一旁的父母明理，一直催促她回家，葱下午两点还要上课的。

我住院期间，她一有空就往医院跑，顶替我父母，顶替我老公，帮我起身，陪我聊天。我知道，我生命中多了个姐妹，一个能陪我迎着风雨前行的姐妹。

我只有亲姊妹两人，人到中年诸事纷繁，每每如此我总抱怨父母不给我生个兄弟，也许老天真听到我的祈求，于茫茫人海里让我有幸遇见了他——山，一个多年同事成兄弟的朋友！

"你那些证件回去要记得收好。"这是 2019 年 11 月 10 日山给我的微信留言。在我手机里，山是我唯一没有清空微信内容的微友。每当我对朋友失去信心的时候，就翻看一下，安慰自己，做人还没那么差，至少还有这样的一个真诚、靠谱的兄弟！

山比我晚一年到单位，他善良淳朴。我想不起怎么跟他熟络的，只记得 20 世纪回城的那条乡村小路，为了赶着回家照顾小孩，经常搭他的车，他那辆小小的摩托车不知驮过我多少回。

之后，我到处奔波，由于关系还挂在原来单位，每次学校要做什么材料，我都托他帮忙，特别是到年底各种考评，各种检查。凡是需要做的，都是他帮衬着。更可气的是我有着貌似强壮却多愁多病身，难免总要到单位报批各种病假手续，由于老公在外地工作，还好他与我同在城区，仗着比较熟络，我只好劳烦他帮着跑腿。他总是从没怨言，也不推三阻四。就如今年挂职在外，小到车票报销也是他在为我奔走，这当中的各种辛苦不易的滋味，他都替我尝遍。常言道：人走茶凉。可是山却实实在在让我感到人情的温度。

有一次，我从挂职地回来准备参加单位竞聘的资料，由于时间有限，我只能托他处理。回到家里，妈妈已经等我吃饭多时，当母亲问我去哪里。

“去山那边，让他帮我交材料。”

“你穿这样随便就去？”我低头一看，一件半旧不新的T恤，一条牛仔短裤，一双平底平口布鞋，这是我平常跑步的装束。

“是啊，这有什么？”

母亲笑笑说，那是山的家，要是别人以为遇到哪个邋遢的女人。我脱口而出：“去我兄弟家，打扮什么！”出口的霎那，我发现这“兄弟”一词叫得如此顺口。是啊，不知什么时候，这种没有华丽的辞藻，没有客套的虚礼，不计回报的扶持、相佐，不是兄弟是什么？我时常在想，假如没有这样的兄弟，我这一路上不知要煞费多少周折？写到此，耳边响起了周华健的“一声朋友，你会懂”。我想，我懂！我更懂岁月赐予我“一声兄弟”的分量！

感恩一路上所有萍水相逢的温情！

曾经从徐妹妹那里得到这样一段名言：你是谁，就会遇到谁，所有的相遇都是久别重逢，会相遇的人，其实一开始就在一起了。我们都不知道是谁说的。但管他是谁说的，这段珍珠般的箴言，真的就活生生地闪耀在我的生命里。

贾桥，贾前辈，北京一位杠杠的文学前辈，还是一名从医二十年的主治医生。对我而言，她是我八竿子也捞不着的一位大咖。那天齐妹子带她来参加《福宁乡愁》的文创活动，见到她，给我的第一感觉就是有气质，明朗，亲切，从骨子里渗透出的知性。

启动仪式结束的当天晚上，我被齐妹妹叫到她们的房间，刚进门，贾大姐就立刻让我坐下，第一句话就是：“你告诉我，你现在身体出了什么状况？你脸色不对。”这句话，给极其疲惫的我注入一股暖流，我既惊讶又感激，惊讶的是，她怎么懂得看病？感激的是她怎么如此关爱一位素不相识的人？我一时不知道怎么接话，在一旁的齐妹妹，赶紧补充介绍一下，贾大姐是医生，她告诉姐姐关于我的事，大姐很关心，一路从北京直下霞浦，不止为了助力此次文创活动，更是想看看我。在齐妹妹解释的当儿，贾大姐从包里掏出了花粉、椴树蜜、烤鸭等，告诉我怎么吃，要注意什么。我受宠若惊，我上辈子积了多少德，得于齐妹妹、贾姐姐如此的关爱！人海茫茫，短短几天，文创活动结束后就各奔东西，这萍水相逢的情深意重，叫我何以为报！其实，我知道，她们从不需要我回报，只因为遇见，我知道即便此后擦肩，我的路上依然会流淌着她们经过的芳香。

生命多么美好啊，因为活着，因为一直在路上，所以我们会经历许多美好的一瞬：我依然记得，帮过我的病友家属陈总，我们素昧平生；我依然记得，为了帮我搭建两地校交流教研而多日奔波，多方联系的仅见过几面的陈勇闯哥们；我依然记得大半夜为我答疑解惑的一面之缘的李阿山前辈、憨仲前辈，还有依然记得……

我明了，我之所以能活得如此恣意而灿烂，是一路上这么多光芒照在我身上，给我爱给我暖，给我勇气给我力量！

言有尽，情不止。只可惜，情长纸短；只可惜，笔拙学浅，无法一一赘述我的感恩！

站在 2020 年的门口，回首 2019 年的一路芳华，满满的幸福！

# 五十养壶

小时喜欢玩沙子、泥巴的我，如今到了中年，喜欢玩石头、陶瓷，最近疯上了茶壶。

其实对于壶的喜欢，早已有之。

也许是在孩童时读到的那句“一片冰心在玉壶”，在心里撒下爱壶的种子吧。曾有一段时间“玉壶”这两个字在我头脑盘旋了很久：“玉壶”该是怎样的一种壶？该是怎样的玲珑剔透才能装得了一颗晶莹纯洁的心灵？肯定不是父亲冲泡的那种盖碗，更不是奶奶那把青花大提壶，到哪儿能得到这样的壶呢？

当我拿着攒了一年的零花钱叫姐姐带我去买把玉壶的时候，姐姐大笑：“傻妹子，什么玉壶，那是有钱人家、王公贵族家里才有的东西，上哪买去？”为了安慰失望的心，最终姐妹俩用那八毛钱买了一只小麻雀喝了一锅没有任何滋味的所谓鸟汤了事。撑一肚子白开似的鸟汤后，心心念念的“玉壶”也烟消云散了。那年我 8 岁。

后来，偶然在电视上看到有个儒雅大师，手把着茶壶独步月下，那潇洒倜傥的样子突然间又触动了我那根沉睡的神经。第二天我就跑到商场买了把玻璃茶壶。那时玻璃茶壶也是少有人用，主要是我也看不上那灰头土脸的紫砂壶，太土了。玻璃好啊，沏上花茶，剔透可见那些朵朵或黄或红的花骨朵饱满地绽放，很有美感。可是太烫，要拿着四处游荡显摆必须在手心垫块抹布。父亲笑骂道：“痟 siao 渣某（闽南语），人家那是紫砂壶，有知识的大老爷们玩的，小屁孩瞎折腾什么！”对父亲的笑骂我丝毫不以为意，还故意对着壶嘴吸了一口，不料滚烫的茶水从嗓子眼直溜到五脏六腑，烫得我打了个哆嗦，惹得在一旁的姐姐哈哈大笑。此后，这中看难使的玻璃茶壶被我束之高阁。那年我 16 岁。

此后，求学、工作、结婚、生子，这一路犹如套了嚼的牛，上了鞍的马，在人间烟火里穿梭，奔忙。在烟熏火燎的日子，理想与现实失衡，不断重组的初心架不住名利的羁绊。在得失间浮沉的我身心俱疲，举目四望：灯红酒绿处，充斥着各种虚伪的面具，何处得清欢？回首来时，浑浑噩噩过了半生，年华已逝，行囊空空，何处是归途？夜深人静，自省只不过是人海里一副庸常的皮囊。时年我 48 岁。

直到那天，我走进友人陈老师的家，他家客厅的一角玉立着一架古香古色的橱柜，里面站满各色各样的紫砂壶。当我看到壶的一瞬间，心里一亮，似乎有一道沉静温润的光洞穿我的灵魂，那沉睡的悠远情愫开始萌动。

我连买带抢从陈老师家请了把壶回家，听说新壶有一套特别的开壶程序。于是我煞有其事到市场买了块老豆腐，填满茶壶，放上清水坐在锅里慢慢地熬。一小时过去了，打开锅盖，出现在我面前的是灰头土脸的壶，原先那玉质般温润的壶呢？我心疼不已，任我如何冲洗，如何擦拭，整个壶身还是蒙上一层灰渍。这可是我的第一把紫砂壶，面对它我愧疚不已。又有什么办法呢？它虽已不是我喜欢的模样，可是扔了也着实可惜，且作为壶的功能还是有的。算了，权且当茶杯用，于是它失去被供奉的优待，却成了我不离左右的手壶。有了它，我终于实现儿时把壶而饮的向往，沏一壶茶在手，无需茶杯，可置案头，可置琴桌；思虑处，举壶慢啜；得意处，把壶踱步。

有一天，我手把着壶，在客厅随处溜达的时候，一旁的老公憋不住怼了我："这壶是不错的，可是能不能别在我面前晃啊晃啊，坐一边好好喝茶，有个女人的样子。"说者无心听者有意，那几个"这壶不错"的词，点醒梦中人，我凝神一看，可不！不知啥时候，手中这盏壶，在灯光下散发着沉静温润的光泽！天，这是紫光重现啊！

啊！是我太愚蠢！这源于江南古陆，经受过几亿年前风雨洗礼，再历经多次上千度烈火焚烧粗粝的泥石，以古朴守正、谦和静美的姿态随缘于世，哪需几块豆腐，一通乱煮来开壶见光？更别说尘世那些繁文缛节对它而言，实在过于累赘了。只要一壶热汤，几片香茗，守望相惜，自然得一壶月光，何须开壶？

是我太愚笨！人说四十不惑，早过看山不是山，看水不是水莽撞的年纪的人，居然还执着于面子和里子的消长，居然还计较于荣辱毁誉的得失，为何不如紫砂壶一般，容得下各种热汤，透得出各样浊气，守拙一些，淡然一点，随缘自适，山还是山，水还是水。心安，方居天下之广厦啊。此后，养壶是我的必修课。与壶为伴的日子，远离了纷扰，我在一几、一窗、一壶间，沉静了浮躁的心灵。

走过繁华，在熙熙攘攘的人间来来去去，我们不过是红尘里的一粒沙。从某种意义上说，从亿万年前古生代走来，历经各种淬炼以各种姿态存于世间的壶，何尝不是我们的同类，更何尝不是我们灵魂的导师？看遍天下哪一种器物能如它历久弥新，还有谁如它古朴守正，不虚美不浮夸；进得了王公贵胄的门，住了乡野莽夫的家，文人墨客也好，凡夫俗子也罢，只要伸出你的手心，它就会还给你一个睿智温润的时光。

今年，五十岁！“儿童急走追黄蝶”的天真已经远去，也过了“欲上青天揽明月”的年纪，唯有以壶为友，养心正气。

# 家长里短

# 我要回家做饭

不知道这是第几次看时间了，九点、九点二十、十点、十一点、十一点十五、十一点半……面对眼前那份一分半分换算的工作量、校绩等事无巨细的自评表，对年近五十理解能力较差且对数字非常迟钝的我来说真是痛苦不已，更别说对于三选一的稀缺级数的竞争，我更是茫然不知所为。听说有人按照评比细则早在一年前就已着手准备了。我嘛，纯属打酱油的，要不是好友极力鼓励，我还在想放弃。不过听说我是教龄最长的，三个竞聘当中我的教学绩也相对好点，还是有希望的。再怎么说也得对自己积极一回，不负好友的用心。

可是，面对从未见过密密麻麻的自评表，我头直发蒙。当听到：某某一学期班主任 0.5 分，某某，你有当备课组长吗？一贯不在意这些的我不禁哑然，有吗？似乎没有，可是开会、出卷等似乎又是做了活的，我只好讪讪地说："我不记得了，不知道有没有。"那一刻，我似乎感到自己是那棵在架子上标价待沽的大白菜。看着神情有点凝重竞聘的同事，我突然感到非常不好意思，即便我是打酱油的也给他们造成了不大不小的压力。这次我本不该来。教龄比人家长，教学成绩又还可以，这不吓着人家吗？

我忍不住第三次说，我要回家做饭了。生平第一次感到回家做饭有如"回家种红薯"般的渴望。主任笑着不解说，来了都来了，还差这点工夫？我们也是很认真地工作喔。这下我更不好意思了，哎，要不是自己不够洒脱，心里还有点想竞级的妄念，怎么会让这么多人费时、费事、耗力地帮你核对。既然来了，草率一走，似乎又对不起领导们的工作了。我只好闷着头看手机。时间好慢，好像过了一个世纪般。"啊，还是L工作量多啊，现在L跟A，有得一比了。”我在一旁一听，呀，没有我，心如释重负地说：“我可以回家做饭了吗？都快十二点了。”言下之意，既然我没机会，能否让我走先？审核组长认真地说：“既然来了，我也要看看你的材料才好啊。”晕，你如此认真，我不好意思不配合。在我再三要求下，组长终于答应把我这个希望渺茫的竞聘者排在第二个看材料。完成审核程序，我高兴地离开如获奖一般，身后传来组长殷殷交代，回去记得把教师资格证拍照给我。

驱车赶回城里，只是短短近三十分钟的路程，加上十几分钟从车库到家门口的路程，39度酷暑高温的桑拿把我蒸烤的两眼发黑。看看时间已经是一点多了。为了一个月多几百块大银的评级，我从早上八点多忙到午后，也是醉了。女儿不在家，到姨妈家蹭完饭后，我身心俱疲，倒头就睡着。

啊，好大的一座山，巍巍如屏，两旁的绿影苍翠欲滴，耳边尽是鸟啼虫鸣，我以梧桐叶为宇，石楠枝为椽，建了间空中楼阁，清风为伴，明月为侣，自适惬意。光阴流转，忽一日见得山下红砖碧瓦里的灯火阑珊，艳比天上星光还美；笙歌笑语，胜似林中莺歌。我于是拆了梧桐石楠的小楼，翻山越岭寻找玉石和佳木，没了小屋，我风餐露宿、衣衫褴褛，人已迟暮却寻不得一块玉石、一根佳木。路上遇一鹤发童颜、短褐穿结的老者拄杖吟咏着“不汲汲于富贵，不戚戚于贫贱”从身边经过，擦肩一瞬在我额上赏了个栗子：“汝，愚笨也！”哎呀，我吓了一跳，大叫一声醒来。梦里的情景历历在目：为了追求荣华富贵，放弃清风明月相伴的惬意，搞得衣衫褴褛狼狈不堪，确实愚钝。我拿起手机给领导打了电话：“您好，给您添麻烦了，我退出。不好意思浪费你们一早上的时间。”放下电话，一看已经是午后三点多了，觉得肚子说不出的饿，煮了一大盆面条，看着电视，吹着空调，心里说不出的轻松。

我没有归隐山林、远离红尘的想法，消极遁世不是我的人生理念，更没有人生苦短，及时行乐颓废的人生观。活在当下，认真生活，做自己喜欢的事，做于人于己有意义的事，与利益功名无关，只因为出自本心就足矣自得。如果还能为此付出全部热情和热爱那便是值得以之为豪。就如当老师的呕心沥血感化了一个顽劣的学生；当医生的竭尽全力挽救了一个濒危的生命；当公务员的废寝忘食为民办了一件实事……扫大街的不觉污秽清理了一个死角，那种开心自得的存在感、自豪感与外在的荣辱毁誉无关、与评优评先无关。那句“让别人因我的存在而感到幸福”就是认真生活、积极人生的信念。

是啊，不要“心为形役”，就不会为种种的得失起落而“惆怅独悲”。只要心不为形役，就会给自己正确的定位，回家做饭也好，种地瓜也罢，这种自由自得比起汲汲于富贵劳心伤形幸福多了。

感谢生活，感恩这段小插曲。此后，做个讲台上尽责爱岗的老师，讲台下贤惠幸福的主妇，此乐何极！

# 我回来了

动车蛟龙般穿山越海，往家乡急驰，我的心却没有一丝一毫的喜悦，第一次深刻体会到“近乡情更怯”的彷徨。我还是回来了！

“好好工作，服从组织安排，不要担心我们。”父亲在我出发前的谆谆教诲犹在耳畔。而我却在挂职的第二天就打道回府！我要怎么解释？“我怕黑，不敢一个人住，所以住宿问题还在协调中”“我回来拿被子和电脑”……我知道任何一个理由都是那么牵强和苍白。单位叶主任第一时间就给你解决了住宿问题，是你不满意。被子和电脑完全可以在假期时间回来拿的……一切理由都是借口！其实，只有我自己知道，主要是因为专业不对口。“工业信息化局”这个概念对只会和文字打交道的书呆子的我来说，是全然陌生的，我根本不懂这是做什么的。万一做不好，岂不很丢人！于是，借着宿舍问题，我逃回来了。

你没看见单位很忙吗？你不知道人手紧张吗？你不也看到，早上面见局长的短短几分钟，局长就解决了三四件事，协调企业参会的事，签署文件，接见来访办事的人员，还要给你这个懵懂的门外汉介绍工作情况。“别看我们局小，可是人少，事多，分分钟离不开人，需要人。”局长的话，你听不懂吗？

我这是干什么？“蓝惠娟，你是来工作学习的！”“可是，我真不懂什么是工业和信息化”；“蓝惠娟，你是来锻炼的！”“可是，那个长长逼仄的街巷，那昏暗嘈杂的民宿，我一个人不敢住”……一路上，心里两种声音不停地胶着着、争吵着。动车一直在黑暗的隧道里呼啸，振聋发聩撕碎我的思绪。

“前方到站漳州！”当我走出站台，第一次发现回家的脚步是那么沉重！呀，对面楼父母的房间亮着灯，今天他们过来住了（父母的新房在我对面栋）。我悄悄地回到自己的家里，如做错事那般的羞惭。不敢开灯，唯恐让他们知道我回来，因为当过兵的父亲最讲原则，我能猜得出他对这种行为会如何上纲上线的批评，我还没有做好让父亲责问的准备。我独坐在黑暗里踌躇的时候，手机上接到葱的信息："……吃饭了吗？新环境适应了吧……慢慢来，一切会好的！"我轻猫淡写回了两个字"还好"，面对无话不谈的闺蜜，我第一次不知道怎么回她的话。我能说什么？我不可否认，这次我当逃兵了！

为了不被父母发现，我在黑暗里摸索，整理行李、喝水、洗澡，空大的房子传来"窸窸窣窣"的声音，我成了黑暗里的"小强"了！原来，那些生活在黑暗里的人，不是他们不喜欢阳光，生活也不会对他们吝啬一丝光芒，而是他们自己不敢面对阳光！不，我得回去！我是军人的孩子，我不能当逃兵。况且我怎么能忘记，那天和省盟领导刘主委拍照的一幕，这不是一次留影而已，这是一种重托；我怎么能忘记，老师在电梯口和我握手鼓励"好好学习"的嘱托，学什么？不只学己所不知、己所不能，更是要学一种坚守的精神，一种忘我的情怀！

就如郭那样！再难，也在自己的岗位上！

郭，"80后"的小妹，小小年纪，热心文保工作，一年区区两万的经费，单枪匹马，想方设法，积极投身文保工作：宣传、征文、组建专家团……要知道，漳州只是她的工作属地，她的家在闽北；要知道，她是怎样在这异乡承受失去爱人的惨痛却依然对工作绽放阳光般的热情！"为了一种情怀！"这是她常挂在嘴边的话！是啊！人是要有点精神的，有情怀的人就能胸怀各种风雨！在这点上，我却不如小妹！

"前方到站霞浦！"我回来了！霞浦！有一天，我回到学生们当中，我会告诉他们：老师和他们一样努力认真！告诉他们：不辱使命，不需要豪言壮志，不需要以命相搏，只需要一种坚守和情怀！

# 扫　尘

岁末年初，大街小巷到处洋溢着年的味道。你看！年，挂在一串串香喷喷的香肠里；年，亮在一对对红彤彤的灯笼里；年，跑进那一扇扇敞开的门窗里……当有一天，你看到哪位大婶，手里拿着扫尘用的青翠的“春帚”回家，那就是年到了。

小时候，我最喜欢这种暖洋洋的“扫尘”活动。你看，爸爸、妈妈、奶奶、姐姐一同撸起袖子、卷起裤管一起劳动，而我在一旁高唱“拔萝卜”歌谣，为他们加油。这天，温柔的妈妈是“总指挥”，连平日威严的爸爸也只能俯首帖耳，指哪里打哪里。其实更让我激动的是，我被妈妈封为“总管”，家里所有的东西，能搬、不能搬的，在这一天全都要搬到太阳底下，我这个“总管”其实也是个物件。每每这个时候，我就钻在席子底下看书或是和小猫玩耍，玩累了就躲在被洞里安睡或是假寐，那被洞里有暖暖的太阳味儿。等到爸爸妈妈叫喊吃饭了，我才懒洋洋地钻出来，看着灰头土脸的妈妈、姐姐、爸爸，我觉得非常有趣，而且可以吃到平日里难于吃到的美味菜饭。这个复杂辛苦而有趣的工作，往往要到太阳下山才基本完成。我常常惊讶于妈妈是如何把之前的一大堆物件安置在 9 平方米的木屋里，就好像一个出色的魔术师。每年家里的摆设都不一样，就像进了另一个房间，过去一年那熟悉的小屋总是能在这天变得明亮和宽敞，年年如此。

有次，爸爸忍不住抱怨了：“唉，再怎么摆弄还不是如此，干吗费劲？”妈妈说：“就是房子小，才要搬动，这样日子才会不同，生活才有奔头，才有滋味。”那时我不懂他们的争执，我只知道改变后的木屋很新鲜；我只知道在换了模样的木屋里枕着妈妈姐姐洗洗涮涮的乐声甜甜睡着，一睁开眼睛，新年就到了。

后来，我为人妻为人母，一年一度的“扫尘”自然就落到了我的肩上，我不知不觉中也喜欢搬动东西，虽然每次都累得腰直不起来，虽然也如当年的母亲屡被老公质疑这样做的意义，可是我还是乐此不疲。因为每次看到焕然一新的房间，心里总有说不出的轻松，感觉灯更亮了，墙更白了，一切如新一般。是啊，新的一年就在眼前了。

不知道这“扫尘”的风俗从何开始。记得小时曾经问过奶奶，奶奶给我讲了一个古老的传说：也不知是何时的祖先，认为那些做了坏事的人的身上都附有一个“三尸神”，他像影子一样，跟随着人的行踪，形影不离。“三尸神”是个喜欢阿谀奉承、爱搬弄是非的家伙，于是，老祖宗就提出“扫尘”的必要，不过是扫除附在我们身上的“三尸神”。我想，那个“人之初，性本善”的年代，我们的祖先无法理解先天与后天环境的辩证关系，于是乎把人性的恶归结为“三尸神”的作祟。

其实暂且不管我们身上是否附有“三尸神”，身在红尘的我们在名利角逐的职场里，在爱恨纠缠的情场里，不知有多少尘埃在不知不觉中沾染了我们的心房，不知有多少尘埃迷离了我们的双眼，当我们沉溺于死水一潭的生活，当我们茫然于一成不变的日子时，何不“扫尘”？

让我们在一个阳光灿烂的日子打开心窗，把房子打扫打扫，迎接每一个蓬勃的春天。

# 我为什么而活

当2018年岁暮的门即将掩上，2019年即将开启的当口，我却在医院的刀尖上丢了三样不痛不痒的器官。来看望的亲朋们，一个个的劝告："都四五十了，别那么拼，什么都做。"老公也抱怨："你就不会闲下来，美美容，养养生，逛逛街？整天瞎忙，今天采风，明天开会，整天写狗屁不通的东西，身体搞坏，又累了别人。"夜半时分，从疼痛中醒来，病房里的呻吟声充斥着耳边，还有不远处的哀嚎声。"嗨，刚刚走了一个。"如果不是伤口的疼痛让我还有活着的感觉，否则在幽暗的病房，各种哀痛充盈耳畔，恍惚如在地狱。是啊！还活着。

为什么活着？这熟悉简单的命题如闪电般出现在脑海。

且不说我老病衰朽能活多久，如果按平均年龄75岁来说，我还剩下不到30年的光阴。我一介女流，前半生拼学业，拼工作，为人妻为人母；为爱情，为亲情……剩下不多的后半生，该怎么活？为什么活？当我面对这个古老简单的问题时，才发现作为普通人最大的悲凉就是清晰地看着生命的逐渐老去，更大的悲哀是不知道自己真正为什么活着。难道真如亲人们劝告的那样，养生、美容，活得健康长寿，就是后半辈子最重要的课程？

记得罗素的《我为什么而活》一文中开明宗义提到："有三种简单然而无比强烈的激情左右了我的一生：对爱的渴望，对知识的探索和对人类苦难的难以忍受的怜悯。这些激情像飓风，无处不在、反复无常地吹拂着我，吹过深重的苦海，濒于绝境。"这是作为伟大思想家、哲学家对自己人生的定义和诠释。而年近五十，一介女流的我，有自己的婚姻，有一个并不完美但有担当的老公，足以相守到死；一介草莽的我，如果目不识丁倒也罢，却也略懂几个字，又有着非常人能理解的善感和牢骚，故而对知音的追寻是我心底的渴望，这种渴望像无法断根的慢性病时常摧折我孤寂的心；一介庸碌的我，有一点社会公益兼职，偶遇不平和困苦，总想呼告，总想尽己所能，但是人卑言轻，囊中羞涩，其实自己也是草民一个，一个老病衰朽的小人物存在意义是什么？

细想，哪怕微如草芥也是生而为人，始终是社会的一员。

首先是某个家庭的一员。在这个方面上讲，我应该改正前半生的错误，我无法决定生死，我无法阻止任何疾痛的降临，就如我无法决定我的出身，但我要学会照顾好自己，不再给家人添麻烦，不再让年迈的双亲因为我的病痛而操心。

其次作为一个生命的个体，于人世间走一遭，哪怕卑微如尘土，也该有存在的意义。小人物做不到为全人类的幸福而活，如果有人喊，那是假大空的幻想；小人物也很难做到为真理、正义而活，因为在别人眼里这犹如“我是太阳”的尼采，况且尼采最终因为执念自己是太阳而疯，更别说小人物能有多大能量。小人物自有小人物的活法：为亲情，为爱情，为朋友，为自己更好的生活……在我想来，凡是种种都是为自己而活。当然，如果我们无法做到“让别人因我的存在而幸福”，至少也应做到“不让别人因我的存在而麻烦”。小人物可以活得这么真实，为生活中真切的小小的“真善美”而奋斗，因为知道为什么奋斗，所以知道为什么活着。因为奋斗过，所以活过。

想到此，我似乎找到我后30年的方向。

我将继续为美好而活着。此生粗鄙不识胭粉，无法做到男人们所想“照花前后镜，花面交相映”的窈窕娉婷，但是我会用笨拙的笔，轻描也好，浓墨也罢，用心抒写人世的美好，我会用笨拙的笔，写春秋叙炎凉，略尽一点酸臭的义务。这将用尽我的一生，生命不止笔耕不辍！

我要继续真诚对待我的职业——教师。不知在哪一本书上看过这么一段话：“这世界上唯有法官、捕快、郎中、先生这四种职业不能乱。”是啊，法官、捕快关乎正义真伪；郎中关乎人命生死；先生关乎文化兴衰。既然天将降如此大任——为人师，我前半生尽心尽责，后半生一定保持晚节，不敢说能做到桃李满天下，但一定做到为社会培养合格的公民。

余生，无关名利。我将为我的所爱而活着。闲时种种花草，看看闲书，知音难觅，那就寄情文艺，学学琴，下下棋，三五之夜如有佳友，邀约清茗，此乐何极！此生足矣！

我无法延长生命的长度，这是老天管的，但我可以拓展生命的宽度，因为为什么而活由我主宰！

我不知道从哪里来，但我知道为什么而活。

# 戏说文人多病

偶一日进庙宇，经朋友引见有幸得师父开示。聊了半天，师父兀地问了一句:“你经常生病？”真是神人！我鸡啄米似的点头。

记不清自己什么时候和药罐子结缘，更无颜拥有庞大的躯壳，貌似壮硕的人却是医院的常客。朋友们早已习惯我隔三岔五的出点状况，连老公也是不胜其烦。

“有时间去心理咨询一下。”一个对心理学颇有研究的朋友善意地提醒。似乎有道理，大家不都说很多生理问题都由心理问题引发的吗？不对，不愁吃不愁穿——生活安逸；老公正派，女儿优秀，双亲康健——家庭和美，我能有什么不满足的？心理问题？无稽之谈！在一旁的老公揶揄道:“看什么心理医生，少看点书，神经大条了，就没病了。”话粗，理似乎不粗。书看多了，情感就会细腻了、敏感了，就会莫名其妙地多愁善感，郁结于心不就病了吗？

照这么推理，似乎识字多的人，毛病也多。想想好像是这么回事，大部分碰过书的都会中一些“书中自有颜如玉，书中自有黄金屋”诸如此类功利性的毒。其实在那个年代，对“十年寒窗无人问，一朝成名天下知”的寒门学子来说还是有一定激励意义的。诚然，一部分人顺利达成治国齐家平天下的宏愿，一部分人则是以十年累积的尺牍敲开贵胄之门后，要么作威作福，剥削压迫底层人民；要么谄媚争宠，成了御用文人，更可恨的是自以为满腹经纶，貌似谦谦君子，却举着文人的牌子，混迹名利场成为恬不知耻的文人痞子，这种文人，即便身体康健，但灵魂已经病入膏肓了。当然更多的是沉寂下僚，怀才不遇；或卖文鬻字为生，辛苦潦倒；或遗世独立，要么迂腐酸臭，要么困顿疯癫。比如被世

## 博爱道
——阮厝的故事

人称为“中国的梵高”、天才、疯子——明代的徐渭，就是实实在在的“文章憎命达”的古往今来第一困顿的才子。

“一生坎坷，二兄早亡，三次结婚，四处帮闲，五车学富，六亲皆散，七次冤狱，八试不第，九番自杀。”对徐渭来讲，人生的风雨从没停过，出生百日慈父见背，六岁读书，九岁能文，十岁一篇《释毁》闻名于世，20 岁的他考中秀才后，直到 41 岁，又因文章不合规寸，与科举无缘，屡屡落第，始终未能中举。期间，同父异母的两兄长先后因炼丹药，服丹中毒而死，徐家家财尽数被乡里豪绅霸占。报官无门，不了了之，可谓家破人亡。他一个官绅之子，因为庶出，家道中落后，生母被驱，为了脱离骨肉相煎的苦楚，不得不两次入赘；他能诗、能书、能画、学富五车，为了糊口，开堂授业；他精通兵法，为了实现“男儿抱策满万言”的抱负，加入胡宗宪的幕僚，并因胡是严嵩一派的原因，七次入狱。他胸怀文韬武略，却八次科举落第，四处做客幕僚，最终肉体承受不了灵魂之重，致使他疯癔、癫狂。他曾在忧惧发狂之下自杀九次，以利斧头剖头，以长钉穿耳，以木锥击肾，最终，他在疯妄之时怀疑妻子不贞，杀了第三任妻子，72 岁时穷死于破屋中。

唏嘘徐文长的不幸之余，我想，如果他把自我放诸于大我，也许还是会痛苦但至少不会癫狂，因为灵魂达到了一个高度。拥有这样高度灵魂的人，一般都服过“文章经国之大计，不朽之伟业”“为天地立心，为生民立命，为圣往立绝学，为万世开太平”这样的良药，虽然无法避免肉体遭遇病痛甚至毁灭的定数，但灵魂是康健的，永存的。

就如孔子忧患，他忧礼乐之不存，忧仁义之不继，忧天下滔滔，如丧家之犬周游列国推行儒学，因为他识得“为天地立心”的担当；杜甫忧患，他忧战乱频繁，忧民不聊生，自身艰难苦恨时还犹记“安得广厦千万间，大庇天下寒士俱欢颜”，因为他识得“为生民立命”的使命；司马迁忧患，他忧明君圣贤之不传，忧遗文古事之不载，毁身忍辱之后，仍负重完成《史记》，因为他识得“为圣往继绝学”的使命；谭嗣同也好，秋瑾也好，周文雍也好，陈铁军也好，杨靖宇也好，李林也好，刘胡兰也好，董存瑞也好……千百年来，为人民追求福祉的革命先辈，不惜抛头颅，洒热血，至死不渝，只因为他们识得为“万世开太平”的担当！

伟大的爱国主义诗人屈原是这样的，他哀民生之多艰，怨灵修之不察民心，他明治乱，除弊政，然信而见疑，忠而被谤，一再遭遇流放。第二次流放竟然长达十二年，虽远谪荒蛮江湖，他依旧心系社稷朝廷，郁于内，发于声，作于文，著成了绝世的《离骚》，还有《九歌》《九章》《天问》等一系列传世名著。公元前278年当郢都被白起攻破，极度绝望的他自沉汨罗江，他的一生就这样与国共命运同呼吸。

伟大的思想家、革命家、新文学先驱鲁迅先生是这样的，他疾社会之黑暗，痛国人之麻木，他一生写了无数檄文声讨浓黑的人间，期冀唤醒民众的自觉。他的笔被世人称为投向黑暗的“匕首”，孰知这“匕首”熔尽了他毕生的心力，1906年起至1936年，三十年的时光，他日夜伏案以自己的心血为药期以疗治国民的劣根性，以致积劳成疾，倒在为民众寻找光明的路上。

饿死不领美国救济粮的朱自清是这样的，忍着肝痛呕心沥血为兰考人民奉献一切的焦裕禄是这样，情牵藏民因公殉职的孔繁森是这样的……如此想来，文人怎么不会生病？他们忧“瓮中无斗米”，更牵肠于“天寒炭贱”，羸弱之躯顶着铁肩，担着大义，想着兼济天下，哪怕一介酸臭，人微言轻，手无缚鸡之力却总要以鸡蛋去叩问石头，血肉之躯如何经得起这般九死不悔之求索，更哪堪日日烦忧，长期郁结于心，能无病乎？

其实人吃五谷杂粮，久了、老了，肠胃运化不过来，多少是会出点问题的，总会生病。再说生老病死本就是谁也躲不掉的规律。我以为因“人生识字忧患始”的人生，是非一般人可以经历，非一般医疗可以救治的，因为这是灵魂达到一定高度，无法与凡胎肉身相匹配而生的病。

人总会生病，文人更多毛病，但希望顶着“文人”两个字的人，灵魂是康健的。

# 老大的眼泪

两个戴口罩的妇女推着一张病床进来。床上躺着的是一个形容枯槁的老头，像是重病的样子，深深凹陷的两颊、眼窝，还有嘴巴，看样子是没了牙，想到日夜要同危重病人同屋，我心里有说不出的恐惧。

两个妇女进来一刻不停地收拾东西，比较年轻的那个唠唠叨叨，数落各种归置得不到位，看来她是病人家属，莫非是传染病？否则病人家属都戴口罩呢？医院怎么可以把传染病人和普通病号安排在同一房间！心里不禁愤愤不平。

这时，身后传来争吵声。我扭头一看，刚刚还僵卧在床的老人，正拿着什么东西投向一个刚进来的男人身上。哎，这不是早上在门口向我询问隔壁床位是否有人的那个男人嘛。这男人，中等身材，头发比床上的老人还白，身上一件褪色的外套，下身穿着一条露着缝补线头的裤子，脚上一双凉鞋，谁啊？只见四人一起激动地说着我听不懂的方言。也许，是看到我诧异的神情，面对着我的那个男人讪讪一笑说："不好意思，吵着您了。这是我爸，一个月前脑出血，被我送来医院，治疗了一个月，现在清醒了。他正责怪我，说他没病我坏心，送他到医院受罪。"原来如此！他话音还未落，一旁的女人不耐烦地打断他："行了，行啦！到处说什么！"他依然小心地赔笑："这是我的两个妹妹。今天换病房她们过来帮忙收拾。你这间比较宽敞，条件好些，我就向医生要求换过来，这样老人家也住得舒服些，有不便的地方，你多担待。"话说到这里，我还能怎样，再说都是病人，我只好说："没事。"

几平方米的病房，半天的时间就很容易成为病友。这个和善的男人经常帮我提提开水，看看点滴。我之前的戒备和嫌弃渐渐少了几分。终于只剩下他一人的时候，我鼓足勇气问："您父亲是有什么严重的病？为什么你两个妹妹都戴着口罩，每次做完活都用洗手液反复清洗？"话音刚落，那个打扮入时的小妹正好走进来，说道："没大病啦，不用担心，我们是因为给父亲换洗排泄物有味道才戴的，还有医院的味道也不好，我们最怕医院的味道了，再说，万一感冒了传染给老爷子更不好了嘛！"说完娇情地笑了两声，又戴上口罩给床上的老人喂水。

我为刚才的唐突很不好意思，赶紧解释并奉承两句："不好意思，看你们戴着口罩，我就多想了。哎，你看起来比你哥哥年轻好多，他一头白发，你满头黑发。"这下她开心拉下口罩："你猜我几岁？"我看那模样，说道："猜不出来，应该比我年轻吧？"她娇笑地说："哪里，哪里！我都六十了！我哥七十多，我爸九十四！"这时她口袋的手机响了，她用方言叽里咕噜说了一会儿，放下手里的杯子，对她哥说了一句："我要去吃请，这里你看着。"说完拉下口罩，整了整头上的发箍，挎上包走了。也许是怕再惹老爷子生气，那个男人搬了张凳子，远远地坐在床角。一会儿老爷子发出均匀的鼾声，而他却偷偷地抹起了眼泪。第一次看到七十多岁的老人掉泪，我心里说不出的难过。"叔叔，没事，你看老爷子一天天好了，都有力气骂你，这是好事，说明恢复不错。"他苦笑了一下，"也是，比之前人事不省好多了，效果蛮好的。"许是憋闷久了，他断断续续向我诉说起他的委屈。

他是老大，家里兄弟姐妹八人，父母都高寿，都是九十以上的高龄，母亲去年过世，现在就剩一个老父亲。家大，兄弟姐妹多，事情就多。从工作开始他一半工资都留在家里，婆媳关系不和，他老受夹板气，后来父母跟最小的妹妹住。熬到自己退休，父母已经八十多岁，身体不好，隔三岔五生病。他把大半时间放在照顾父母身上，每天四五点就早起熬药，赶着给父母按时按点送药，天天早出晚归，惹得媳妇不高兴。而一日三次往妹妹家的探望、服侍，又让兄弟姐妹误解有什么企图。最伤心的是父母年老了，也糊涂了。

几年前，母亲九十高龄，家里兄弟姐妹要邀请各地的亲友来给母亲祝寿。考虑到双亲年事已高，身体不是很好，祝寿宴请百来号亲戚不是件轻松的事，他极力劝阻，结果被父母怒怼，认为不孝。兄弟姐妹们不解，以为小气，舍不得花钱。结果事情如他所料，由于长期久坐受百来号亲朋的祝贺后，父母双双累病，他顶着出语不祥的罪名轮班到医院伺候，父母出院了，他累倒了。一个人孤零零在医院住了二十天，兄弟姐妹不来看，长期不解的妻女也弃之不顾。说到伤心处，他竟然抽泣起来。

我不禁可怜起眼前白发苍苍的老人，安慰他：“不要难过，人在做，天在看，以后会有好报的。不过你老婆孩子也是的，再怎么不解，也该照看你。”他抹了抹眼泪，愧疚地说：“是我做得太少了，自结婚起，一心照顾父母家，家里我一直是甩手掌柜，每个月的工资大部分都给父母付医药费，他们有怨气也是正常的。”我很不解：“你不是有七八个兄弟姐妹？”他长叹一声：“除了四弟家境好，在省里、市里买了四五套房子和店面，小妹妹家境也是可以的，不过她已经接父母住在一起了，算是不错的了。幺弟整日酗酒，生计都成问题，其余的刚刚过个日子而已。再说，我是大哥，理应多承担一些的。”

正说着，走进一对夫妻，四五十岁上下，男的一身名牌，戴着墨镜，女的打扮入时，夫妻都戴着口罩，一进门就说道：“哎哟，爸，你气色好多了。”男的站在床边打招呼，女的站在门口看，瞟了一眼大哥：“明天该出院了吧，都一个多月了，我每周来，一周比一周好哪！”老人点点头，对床边的男人说：“四弟，过几天要办出院，刚好你来，我们商量一下医药费的事。”那个男的摘下墨镜说：“商量什么？老爷子的存折拿来付就行了。”

“老人家的存款，当时办母亲的丧事，已经用得差不多了，这次几万块的住院费也是我出的，我已经没钱了。”

“大伯，你不抽烟不喝酒不赌博，一个月三千多的退休金，一定还剩不少吧？”

“母亲住院，两老平时生病的钱都是我付的，我的存款也用完了。”

“大哥，别说那么多，大家都知道两老每月有三四千块钱，而且住院都有报销，你就是花也没花那么多，再说你是当老大的。”

老大从怀里掏出两叠叠厚厚的发票：“这叠是母亲的，这叠是父亲的，你们看看到底花了多少，我们父母是企业的编制，报销的比例没那么高，我要不是实在没办法了，也不会跟你们说。”

“哎哟，大伯这是在等我们呢！知道今天星期六，我们会来，所以带这么多药单、发票。有心了！”也许是有些急了，那个女的一下把口罩拉了下来，说：“哎，你别看我们这里房子，那里店面的，那都是按揭，都是投资，手上余钱也不多的。”

也许是老话说的“久不见为亲”，老父亲拉着四弟的手，控诉大儿子的不好，让他来医院受罪。四弟幸灾乐祸地说：“就是，老大就是没安好心，我们不要理他！明天，我接你出院住小妹那里去！”老大想要辩解，老父亲抓了个枕头朝他扔了过去！门口的弟妹忍不住笑道：“爸，你可真有力气！”老大的眼圈都红了。是不是人老到一定程度，都要糊涂了？我在一旁实在忍不住对老大说：“叔叔，你弟弟来了，你忙了一天，赶紧回家休息吧。”

越过门口女人狠狠剜我的眼神，我看着远去的老大佝偻的、白发苍苍蹒跚的背影，心里百感交集。

第二天，老大依然早早来病房，好像忘记昨天的事，依然被老爷子骂，依然默默地提水，拿药，伺候……

这多子多福的老爷子，真是够“福气”的！只是人老了就糊涂了。我想老天爷应该不会糊涂。

# 是谁买走了我们的善良?

看着小蔡发来的微信:“被有钱人玩坏了的大病筹”,心里万般不是滋味。我和小蔡都是轻松筹的热心人,以为有图片、有真相、有人证、有书凭应该不假,更体会那些通过微信平台痛苦求筹的人们是怎样的无奈和哀痛。每个善良的人应该责无旁贷地伸出援手,因为“一方有难,八方支援”是我们中华民族的优良传统。可是,看到信息里暴露求筹的某某实际上拥有宝马香车、公司房产的事实,我宁愿相信这不是真的,这种真实性是要怀疑的,毕竟是网络嘛,真真假假的事太多了。但确乎又可能是真的,因为前不久,自己不也经历过被这种不良、无耻之人买走善良的痛苦吗?

南方的酷暑一直都是呈现桑拿和烧烤的模式。你看,知了也不叫了,怕是也热晕了吧,两边的高大的道旁树全都耷拉着半死不活的叶子,沥青的路面像烤熟了般那样绵软。即便到了下午五六点钟了,太阳依然没有下山的意思。为了出去买几个水龙头,我就如欧洲中世纪的骑手,全身包裹得严严实实的,只露两只眼睛。有点后悔不该采用半包装修,搞得七零八碎的东西都得自己买,还得在这样的热天出来奔波。

一路上热浪扑鼻,电动车仿佛也被热疲了似的感觉特别慢。二十分钟不到,我就眼冒金星差点撞到蹲坐街角的人,定神一看,是个20岁出头的小伙子,一副山里人的打扮,结实得像棵松柏,七月的炎阳把他烤得如铜铸般的刚硬,不过他手里握着根粗大的扁担,上面挑着一只硕大的乌龟,那乌龟全无生气,四只脚和尾巴耷拉着,头从龟壳里长长垂下,全身如一坨干裂的泥巴。“大姐,你买吗?”那后生看我盯着乌龟的眼神,使劲晃了晃手中的扁担,拍拍乌龟,对着我叫卖。“怎么在这里卖乌龟，不热吗？”我回过神，嘀咕着，赶紧骑走。走不远，心里咯噔一下：“不对，那乌龟怎么不动了，莫非快要热死了？”那四脚耷拉着的乌龟把我的心挠疼了。同样是乌龟，我家的乌龟冬有窝可眠，夏有盆泡澡，日日有虾、猪肝、瘦肉可享，有时还抓些野味比如蟑螂、甲虫等给它换换口味。为什么它却受如此境遇？我家乌龟要是看到的话一定也会求我帮帮它同类的。或者也许那年轻人也是碰到什么急事要用钱吧。我咬咬牙，返身回去。小伙见我回来热情招呼：“大姐，这龟很补啊，我们投缘，你给个八百一千的就好。买回去够补一家人，不会亏的。”我不敢看那可怜的乌龟，长到有菜盆那么大，想必也是龟中老大，没想晚景这样凄凉，连喘口气的地方都没有，还要面临死亡的威胁。我看到不远处就是护城河，太好了！我眼睛一亮，对他说：“这样，我给你三百，你把它放到那边的护城河里可以吗？”他愣了几秒钟，立刻爽快地答应：“好的，好的。”啊，他被我的善心感动了吧，竟然没还价，看来也是个善良的孩子。我麻利地掏出三百大洋，他一把抓过钱，小跑几步一转身如掷铅球一般把乌龟扔出去。我心一疼：老龟不会被摔坏吧。不过一想到它终于得以解脱可以回到清凉的水中，心里也是蛮开心的。

正在这时，一位大姐走过来，惊讶地看着我，不解地说：“你干吗？三百块啊，你干吗给他啊！”她一直摸着自己的胸口说道：“哎呀！我心疼啊，你啊！”一边说，一边跺着脚。“他们有好几个，天天在这里卖龟，你不信，等会就有人去捡。”我涨红了脸嗫嚅道：“我，我是看那龟可怜……”话还没说完，那个小伙子从肩上拿下包朝我走来：“大姐，大姐，我这里还有一只，刚才那只是公的，这只是母的，你也买了吧，让它们在一起！”我一下蒙了，旁边的大姐推了我一下，说：“快走吧！”

刚刚解救一只龟的欣喜一扫而光。我突然间有被出卖的沮丧，为自己也为龟。我不明白，20岁出头的小伙子，浑身是力气，做什么不好？我很痛苦，我钱多吗？不，我刚刚还为了一个水龙头能少五毛钱跟商家讲得口干舌燥的。是我傻，我愚蠢吗？不，我真心觉得你的不易，龟的痛苦，只想当下遇见能为你们做些什么，仅此而已。

是夜，做了个梦，有很多的人责问我："你的善心就那么便宜？那么我们这些需要帮助的人怎么办？"还有一只老乌龟伤痕累累，老泪汪汪地盯着我："为什么要买我？"我愧疚地连声："对不起，对不起！"

"是谁？是谁！"我大喊而起。醒来时眼前只有寂寂的黑夜，这世界睡得那么安静，而我却非常的孤独和无助，我搞不清是谁买走了我们的善良，更不敢想当善良被买断之后，这将会是怎样的一个世界。

# 曾经的纯真，哪儿去了？

瑜和微一边走一边激烈地说些什么，一看到我就争先嚷嚷：“老师，我们要告状，我们在投篮的时候，一班的在喊：‘不进！不进！漏油！漏油！’”这事我知道的，当时一班的孩子是这样喊的，我没吱声，怕引起不必要的纷扰，再说本来就是孩子玩的事，不用较真的。后来轮到一班投篮，二班的孩子也学着嚷嚷，我却制止，不让他们这么喊。孩子们很听话，立刻改口喊：“加油”可是我能听出他们心里的不情愿，甚至有变味的口气，我不想多事，假装不懂也不睬了。没想到，心如明镜似的孩子们眼里揉不得沙子，这种被压制的不满，终于在赛后愤愤不平来找我讨个说法。我心里感到好笑，真幼稚，这又不是什么大事，那么较真。正想安慰他们，看到迎面走来一班的学生，我就把手指头放在嘴边“嘘”示意他们不要说，我敷衍她们说：“没事，没事。”瑜和微生气极了，用最大的嗓门对我喊到：“怎么可以没事，那叫没素质！”说完扔下愤愤然的背影走了。

这都是我组织年段投篮比赛、拔河比赛惹出的故事。孩子们受了委屈，感到了不平请我评理，我却当了一回葫芦官。在她们愤愤然的身影里，我似乎窥见了在人世行走四十几年丢失的最珍贵的东西：纯真。

因为纯真，所以有清晰而简单的对错标准。因为纯真，所以能够做到不平则鸣。而不知从什么时候起，我们被生活渐渐教会很多圆融处世的哲理。我想诸如这样的“警句”：“有人在你面前说某人坏话时，你只微笑”“没有弄清对方的底细，决不能掏出你的心来”等，这些所谓人生经验的老人言在我们成长的大课堂上，早已作为教义多次被宣讲。而尝过生活酸甜苦辣的我们，很多时候就这么心悦诚服地用年少的纯真换取如此这般圆融世故的智慧。

曾几何时，我也有瑜和微他们这样透明的纯真。

不知从什么时候起，我也开始变得如世人眼里的成熟和圆融，不轻易在外人面前表露自己喜怒哀乐，慢慢也学会了“话到嘴边留三分，不可全抛一片心”。想想这是多么可怕可憎的成熟和世故。一个世故的“我”、两个成熟的“我”……千千万万个这样的“我”不讲真话，不讲正义，不辨是非，这个社会能清明进步吗？你不说，我不说，事不关己高高挂起，没人会说，没人敢说，各人自扫门前雪，莫管他人瓦上霜。久而久之，一个清明干净的风气就会毁在一个委曲求全，人人自保“我”的成熟世故的世道里。

想到此处，我不禁害怕起来。当我看到瑜和微身后走来一班学生的时候，我把手指放在嘴边示意他们不要说，作为教师，是多么不合格的行为。我不是曾经对他们训话：说真话，做真事，认认真真做事，实实在在做人吗？而在实际生活中，我却用在红尘里庸俗处事的方法对他们真实地言传身教。是她们愤愤然的身影给我当头一棒，是她们愤愤然的抗议，让我明白我正失去“行正为范”的航线。

啊，自工作以来，我第一次觉得时间那么漫长，我还要度过周末两天漫长的时光才能见到如此真诚而愤愤然的身影，我似乎知道从哪里找回那失去的纯真了。我从没有像现在这么期盼星期一的到来。我有很多话要对瑜和微说，我有很多话要对年段的孩子们说。

# 我陪你到老

下班，刚回家，父亲就开心地拿着报告说：“检查了，没事，就是腰肌劳损”，那如释重负的神情也让我轻松了不少。说起来，这得感谢北姨。

我一直以为年老的父亲是个心理素质比较差的人。感冒了，难受了，就会一个脸黑沉沉的，搞得很凝重。这几年吃不住年纪，腰腿开始跟他叫板了。有时疼得受不了就吃止疼片，也请中医推拿过。我也买了各种物理疗法的器具：红外线频谱仪、热敷的红豆、熏烤的艾条，止疼膏药更是一盒一盒地买。可是一到变天了，他又愁眉苦脸，长吁短叹，有时还说“大问题了”“很严重啊”诸如此类的话。我心里经常犯嘀咕：“这哪是我当过兵的老爸，年轻时山一样的爸爸哪去了？”不知是听他叫多了，我心里也敏感了；还真担心心理素质差的父亲万一有什么不好的，他会第一个崩溃。所以，我跟他一样讳疾忌医了，每次他提到医院做 CT 之类的，我总是说：“老年病不需要大动干戈，老了，零件老化，正常。”

有一次父亲看报纸，因为里面提到经常腰腿疼有癌变的可能，于是惶惶不可终日，好像自己中招一样。“别瞎想，老是给自己对号入座干吗！”我一顿的不耐烦，父亲闭口不谈了，我第一次看到他那么颓废。心里掠过一阵内疚，可是不知道怎么安慰他。

日子，就在父亲一日重似一日的疼痛中过去，也在我一次又一次的敷衍中溜走。

周末，世交的北姨和叔叔来家坐。老人家一坐下，聊天的内容不外乎两个话题：一是儿孙，二是病痛。北姨关切地问父亲：“呀，最近你怎么背都驼了？”父亲诉说着腰腿疼的痛苦。我在一旁不敢吱声。

当北姨劝说他去看看，该拍片的拍片，该检查的检查，才能对症下药时，我的余光能感受到父亲在远远地偷看我。我知道，他在咨询他女儿的意见。我心里不禁一阵悲凉，我眼里的威严的父亲，什么时候开始察看女儿的脸色了。

我装作没看见，顺着北姨的话：“去看看吧，没什么，肯定是老毛病。”父亲像得了指令似的：“好！好！我明天就去看。”这个检查报告虽然医治不了腰腿疼，但是医治了父亲的心病。

感谢北姨，她的提点让我父亲找回安乐，也提醒了我的不是。一直总以为自己为父母做了很多，也给了很多，其实，我是最大的不孝。人到老了，需要的不是能享受多少物质，而是得到多少的陪伴和依靠。

这辈子谁都逃离不了在生老病死里流转。可是生的哭闹有人呵护、陪伴；死了万事皆空，托体同山阿，无牵无挂。唯有老病最折磨人，眼睁睁看着牙齿松动，眼睁睁看着肌肤松弛，眼睁睁看着背驼了、眼花了，没有任何办法阻止日渐老去岁月的欺凌。此外还得承受越来越多的病痛，辗转在各种针剂甚至是无影灯下的摧残，无人可以代替，这种活着的不易和无助的苦痛渗入骨髓。尤为悲凉的是老而有病，不招人待见。小儿病痛能哭能闹，且让人倍加怜惜；可是老人病痛不能哭不能叫，因为你是老大人，需得忍住，脸上得有老的安详，最好有笑脸；一点点的哭诉会招人烦，甚至会被嫌弃贪生怕死，若是病久了更是遭人唾弃。那时，死反而是造福别人的最好结局。可是，这老病的悲凉和惶恐有多少做子女的可以体会？

我们不管多老，父母永远不会忘记。大多往往是我们这些做子女的忘记了“子生三年，然后免于父母之怀”“父母，唯其疾之忧”的恩情。有谁还记得我们哭闹到人间，怎样被父母揣在怀里三年？学走路时，父母害怕被磕了、摔了。长大了，父母还担心：到饭点了，有吃的没，吃饱了没；天冷了，有衣穿没，穿得暖没；一听头疼脑热的，恨不得病在自己身上。而我们不管多大，只要遭受到苦难，第一念头就是喊爹叫娘。殊不知，我们的父母也会老去，我们的父母也会有苦痛，可他们的爹娘早已离去，他们只有我们。

天下身为子女的，我们要知道，父母健在是我们的福分。有一天，父母成了孩子，我们不妨也哄哄他们，不妨也宠宠他们，不妨听听他们的絮叨，哪怕是做不了什么，也要静静地陪着他们，用行动告诉他们："你养我长大，我陪你到老。"

# 一小时·千里外的惶恐

“爸！爸！爸！”我惊叫醒来，父亲出院已经几天，而我还深陷内疚和惶恐之中，所以夜夜做噩梦。

“老伯再晚送一个小时，就不行了。这种急症，很多老人家来了就直接抬回去。”医生的话时时像鞭子一样打在身上。“如果不是送得及时，我看你回来怎么办！”老公的话像锤子一样字字敲在心坎。病房里父亲身上插满管子的画面一直在眼前晃，一想起这些我心里说不出的后怕和愧疚。

2021 年 7 月 2 日晚十点，父亲被老公送到医院急救。在这两个小时前，也就是晚上八点，我在路上这样安慰父亲：“没啥事，不要紧张，我明天就到家。”一个半小时前，母亲着急打电话，我还是在高速路上，一个小时前，我还在远离父亲千把公里外的高速路上……而父亲一直在床上痛苦辗转，在父亲最需要我的时候，我一直在路上，在路上！我不敢想如果不是老公及时赶到，如果不是医生紧急手术，一个小时后，会是怎样的一种情形，我不敢想！

不孝！父母已是耄耋之年，我却远游他乡！

“爸，我明天要去江苏。”

正在夹菜的手顿了一下：“干吗去？”

“新四军‘老虎团’团长牺牲在那里，是我们漳州平和人。”

“怎么去？”

“开车。”

“不行，危险！”

“八个人，不是我开车，有几个司机轮着。”

“那去吧，注意安全。”

得了老父亲的首肯，我犹如拿了特赦一般，赶到学校上完课就直接北去，连回家和父母告别都没有。

经过一天一夜的行程，6 月 29 日傍晚，车到东台市三仓烈士陵园。下榻宾馆，报平安时，母亲说父亲有点不舒服。6 月 30 日，父亲还是不舒服，我遥控母亲拿便药给父亲吃一下。7 月 1 日，经过南京，父亲打来电话：“你现在在哪里？什么时候回来？”电话的一头传来父亲有气无力沙哑的声音，父亲的话音刚落，“女儿在外面忙，你干吗打电话？”电话的那头传来母亲的抱怨。母亲接过电话：“你爸就是肚子不舒服，没什么事，你安心忙你的。不要跟人家吵着要回家，跟大家一起走就好。”好吧，已是耄耋的父亲越来越像孩子了，用文绉一点的话来说就是矫情。我安慰了几句，交代母亲好好照顾父亲。但是不知怎的，心里挺乱的，不得劲。用完午饭，就往家的方向疾驰，一路不敢多加停留。到了傍晚，车到江西地界接到母亲的电话，这下母亲有点着急了：“你爸肚子胀了几天还不见好，医生看了，中药吃了，针灸做了，肚子还是胀，现在躺也不是，坐也不是怎么办？”我一问中药才吃一贴，针灸才做一次。其时我还在车里忙活着报道的事情，事多脾气就大了，我不耐烦地教育起来：“哪有那么快，又不是灵丹妙药，一吃就好，父亲你是知道的，一点感冒就嚷嚷的人，你不要跟着瞎紧张，像你们那样小病也会变大病，放松，放松！我明天就到家。”电话那边，母亲被我教训得一愣一愣的。放下电话，不知怎的，我没来由地心慌，下榻宾馆的时候，心里七上八下，母亲打来电话，父亲已经被我赶回家的老公送到医院，情况危急。我一听一夜未眠，心里说不出的害怕、内疚、担心。父亲这病是我拖出来的，头尾整整三天，我远离父母到处奔波，没在近身伺候还狂妄教训，如果真有什么三长两短，怎么向家里人交代？

父母容易吗？抚养我长大，供养我读书，稍要清闲的时候，又帮着带孩子。我的孩子长大了，上大学了，他们老得走不动了。而我依然仗着有父母的庇护，随心所欲地四处折腾，内蒙古、北京、云南、西安……走南闯北，一半游历一半为了社会事务。

年逾古稀已至耄耋的老父亲总是那么通情达理。

“爸，我要去霞浦。”

“不是结束挂职了吗？”

“村里的茶出来了，我得带人下去推动一下，畲民第一次创业不容易。”

“去吧，把事情做好……早点回来。”去年挂职结束后，六月份洋边寨下村的茶产品开发出来，为了推动这来之不易的成果，我利用假期对接福州及霞浦县、乡相关领导再次回村里考察，还没返程，父亲就腰椎的老毛病复发，躺在床上动弹不得，等我回去就直接送到医院了。这次刚离开两天，父亲就突发这样凶险的急症，莫非老天在警示我要多花时间陪陪父母？

古语云：父母在，不远游。年少的时候，觉得这是封建大家庭的规矩，是糟粕。怎么可以用陈腐的教条绑住年轻的翅膀？现在想来，我是太“聪明”了。总是借着父母的通情达理和深明大义到处折腾，到处跑。父母一年年的老去，我却总是熟视无睹。父母只有在一日三餐的间隙才能见到自大而狂妄的女儿。从没想过，这短短一顿饭的工夫，他们能享受到什么？有时还要忍受我在外受苦受累的坏脾气。看着病床上白发苍苍的老父亲，我突然间惶恐起来，如果不是老天眷顾，恐怕此刻我就陷入“子欲养而亲不在”的悔恨里啊！

我实在太任性了！任性到了该知命而不知命，肆意的展翅高飞、遨游四海，忽略那一声声“好好工作，不要挂念”“安全第一，注意休息”嘱咐里深深的不舍和依恋，甚至不曾回望秋风里那白发苍苍日渐模糊的身影。

上天是在警示我“父母在不远游”，这句话不是对做子女的训诫，而是在提醒守住幸福。今生相遇，来世不一定会遇见。守着父母，就能最大限度地守住时光；守着父母，就能清晰地看见我们的来处。

# 你是我穷养的女儿

“妈妈，今天我去摸骨头了，手和书本都是骨头渣。”

“害怕吗？吃得下饭吗？”

“没事！过几天，我们还得见尸体呢！”

好样的！我的女儿。自打你选择学医，我心里最担心的事终于放下了。经常有人问我，你孩子怎么教的？我总是很惭愧地说，我没教，我都教别人的孩子。如果有的话，那就是苦难，就是生活。

记得你读初三的时候，有一次老师给我看你的作文，里面有一句让我心疼的抱怨“什么事都要我自己面对！”我心里特别愧疚，说起来，都是爸爸妈妈的错。我和你父亲一直过着两地分居的生活，这样的生活苦了自小体弱多病的你。人家宝宝生病了，有爸爸妈妈陪，爷爷奶奶哄，你生病时大多只有妈妈陪着。更要命的，你还是医院的常客。也许你知道妈妈辛苦，三岁的你打针从不哭闹，见了护士手就伸出去，有时血管打肿了，进不了针，你最多就“哼哼”一下。搞得整个医院的医生、家长都拿你当榜样。我那时没有骄傲，只有心疼，多小的孩子这么能忍，那时妈妈想你哭闹一些多好。

2006年妈妈到私立学校教书，当了班主任，没日没夜地忙工作，学生占据了本该属于你的所有空间。那时，你才六周岁，小小年纪在十二岁丽惠表姐的带领下学着做饭。我现在还记得你做的鱼，没煎熟的鱼旁边还点缀了黄瓜片，那个腥啊，那个美味啊，使我非常感动。

此后一发不可收，三年级起，一到假期，家里买菜、做饭、洗衣等大小事都是你的活。同事们经常不忍地说：“蓝老师，你是养女儿还是养丫头啊？”这还不打紧，妈妈还经常半夜里一接到电话，就跑往学校要么处理突发事情，要么带学生看病，把你扔在家里整宿不回家。着了魔的我，拉上门那刻从没想过年幼的你会不会害怕。你发烧生病给我打电话，我远程遥控你拿钱自己打的士，到指定地点打针，而我却载着脚崴的学生去就医，妈妈现在想起来都心疼。

再后来，迫于生计和无奈，我把你寄养到你姥姥姥爷那边，疯了一样的拼命工作。整整十年，你最宝贵的少年时期，妈妈没有陪伴你成长，而你也只有在周末或者假期才看到我们。现在想来，你一个人是怎样面对所有的痛苦：下雨了，骑着自行车的你掉到沟里是怎样忍着泪水爬起来的；学习累了苦了，听了远在他方的父母教条式的开解，你是怎样咬牙克服的；更别说临近中考，你又是怎样计算时间一边搭车看病，一边来回赶着上课的……

你父亲出生于贫穷的农民家庭，你母亲家境好些，但也是个平民。家底微薄，结婚借钱、生子借钱、你看病也得借钱……我们没有被贫穷打倒，很庆幸，你也没被打倒。也许是明理的你总是记得我们跟你说的“我们每个人都站好自己的岗位！”吧。

虽然你是独生女，“00后”的你根本没有享受到时下所谓的“穷养儿子，富养女儿”的幸福。

不知是自小你就知道父母不易，还是艰苦的生活赐予你节俭的品质。

记得有一次，我下班回家，你姥爷很高兴地表扬你：“兰，真乖啊！是个好孩子！”原来，姥爷带五岁的你进商场，你流连满柜的玩具迈不开腿，姥爷让你挑一些带走，你拿了这个放下，拿了那个又放下，最后只拿了一个，满眼的不舍说：“一个就好！”我当时心里想，还小呢，大了就会吵了。我想错了，时光流转，转眼你已成小姑娘，可是这种节俭的品质未曾改变。多少次，我们母女俩为了换双新鞋，为了换个书包，为了过年买套新衣服，在街上拉扯，你死活就不让我给你买，不明就里的人还以为你任性呢！你第一次要求买新衣服已经是16岁了。买的还是运动服！而像你那般年纪的孩子，有的早就学会穿衣打扮，手机不知道换了多少。

当然，你也有让我担心的时候。那次，你放学回家充满失落和不解地问我："妈妈，我是不是跟人家不一样？"原来，下课的时候，同学们谈论的话题你都不懂，什么明星啊、游戏啊，你根本插不上嘴。我能想象你当时的落寞。而我只会告诉你，追求不同，兴趣自然不同。你当时似懂非懂。其实，这轻描淡写的一句话不见得有多大的作用，主要在于你是否学会思考，学会如何认识世界和人生。自那后，我总忐忑你的各种行为，私下担心你会不会也追星去啦，会不会打游戏了，以至于每次你上网时，我都会偷偷地瞟一下。有一次，我因为被叫成大妈，受刺激，决定买化妆品学化装时，你说了一句："美不美，在于内在，在于气质，不要那么浮华。"我明白你有自己正确的世界观了。感恩生活，感谢艰辛的生活培养了你！我和你父亲也必须给予你崇高的敬意！

孩子，外面的世界很精彩，也有很多诱惑，而学医是一条艰苦的道路。妈妈希望你依然保有生活赐予坚强与朴素的品质。

八年的学医之路，有多少药典要背，一生的从医之路要接触多少生死。如果没有坚强、朴素的品质，就不能甘于寂寞，不能静心研究；如果没有责任感、没有爱心，就没有仁心，就当不好医生。

感恩命运，让你成为我的孩子！今天，妈妈回忆你的点滴成长，就想告诉天下的父母，穷养的孩子一样有出息！而且我相信，你的未来不会差！因为，你是我穷养的女儿！

# 路遇杨绛先生

凡人干净的精神，是这世上最高贵的灵魂！作为灵魂的工程师首先要成为一个有干净精神的凡人。

——题记

从开学伊始，我就怕接到尾号711的电话，我知道那是L他们打来的。之所以害怕，一送教人员迟迟定不下来，二我一直彷徨在是否将这项工作进行下去的矛盾当中。去吧，为什么还是我？为什么别人不去？不去吧，确乎也是可以，按说L的年纪早已超过九年义务教育的年纪，只是她的智力只停留在三四年级的阶段。哎，真是纠结死人了，每到送教的时间，眼前老晃着L在路口张望的样子。

那天在祭扫李林烈士墓的时候，又接到L的电话，“老师，你们怎么还没来上课？”“校长还没安排人下来啊，”是，校长还没安排下来，送教必须两个同行才行，至于为什么迟迟安排不下来，事情是明摆着，我心里也是清楚的。至于我，其实如果真有百分百的爱心，一人也是会独往的。

也许是因为L，教了《老王》的时候，第一次那么真切地感受到杨绛先生的存在。尽管她已在天国，尽管人间、天上的她从未认识我，可她却真切地站在我的面前，我不是她的学生，却真切地听到她的教诲。

先生说的这句“那是一个幸运的人对不幸者的愧怍。”在我心里不断地回响。我走在街上，看到骑三轮的佝偻前行，就会想起杨绛先生坐在寒碜的三轮车上和瞎了一只眼的老王亲热地攀谈；我看到蹲在马路边叫卖着零散的瓜果，两鬓苍苍、满脸风霜的老农，就会想起杨绛从病得脱相如骷髅样的老王手里接过香油和鸡蛋。蓦地，我又会想起L，她那永远梳不清楚的头发，她看着你傻气而真诚略带羞怯的笑容，她脏乱的庭院，老实巴交的父亲，半身不遂的爷爷……

我似乎明白先生之所以伟大，我之所以卑微的原因。是啊，我难道不该感到愧怍吗？我一直站在高处或者说我一直以自我而活。难道不是吗？年底生病住院不能下去送教的时候，不是有种解脱的感觉？每个学期开始，我也是以送教人员难以协调能拖就拖？送教的时候，哪一次不是在与另一个自己在抗争？我就没想想，当无数次愤愤不平陷入“为什么是我？”的时候，我已经高看了自己，以强者卑劣的姿态俯视弱者，从另一个层面来讲，我才是弱者。L于大千世界，只不过是卑微到尘土的一颗，可是她却拥有我们这些所谓健康人所没有的纯洁干净的热爱。你对她一分的温暖，她还你十分的热爱。就如每次下课，她必定要亲自送你到路口；每次上课，她亲自在路口迎你一样。这发自内心真情流露突破了她智力所能考量的数值。从这点来说我的热爱似乎纯度不够的，不，不是似乎，是确乎不是纯粹的。

那声回响，敦促我再次来到熟悉的村巷。近处的犬吠依然骇人，我一路呼唤L的名字走到她家门前。屋外低矮的厨房是紧闭着，唯有小院的门是敞开的，推开门，黑洞洞的厅堂里摆张床，四处凌乱不堪。喊了几声，L睡眼惺忪，蓬头垢面的从里面出来，不见了之前见的笑容，目光呆滞陌生。这是怎么了？才一百多天，她怎么又回到解放前？离开的时候，心里颇不平静，我心里说不出的酸痛和惭愧。面对L，我们是不是该表示应有的愧怍？至于我，更该进一步深刻反省。如果说我曾经来过，带过些许的微光，但正是那点菲薄的微光延长了严冬的凛冽。如果说我是个老师，那充其量只是一个教书匠，一个在三尺讲坛挥舞二十五年粉笔的教书匠。真正的师者，首先是懂得育人，而要做到育人，她的内心乃至行动必须具有教育者的社会良知和社会责任，对于不幸者，要怀抱深切的关怀，给予足够的平等与尊重，力所能及的就帮助他们树立站立的勇气，而不是怜悯和施舍。

在这次送教的路上，我成了一个学生。杨绛先生和L给我上了一堂课：每一个幸运的人有责任关心、帮助不幸者。

# 评论跋序

# 初识憨仲先生与《东方散文》

与《东方散文》结缘是我这辈子最幸运的一次际遇。

有一次，我无意间在网络上看到《海河文学》和《东方散文》杂志联办的“海河杯”征文大赛。其实，对网络大赛我不大感冒。因为几乎所有的平台都以阅读量、点赞数为评比的标准。我脸皮薄，打扰了几次朋友圈请他们帮忙点赞，几次三番后总觉得很尴尬，总无法接受这种站着吆喝卖瓜的行为，总觉得这种比人气拼人脉的征文商业了文化。但我最终不能免俗，于是抱着试试看的态度，投了一篇文章，没想到就入围了。不过，照例要发朋友圈算流量，我有些失望！我给当时平台的联络人“路漫漫”发了一条微信：“我发了朋友圈，但我不好意思发群打扰人家。”没想到热心的“路漫漫”帮我转发了，而且我发现她经常帮文友们转发推广。

这个平台有点不一样。

那次征文比赛，《读秋》获了二等奖，因为我本身没投入很大的运作精力，能获奖，这使我感到意外。

之后应邀参加颁奖，知道我要飞越千把公里去一个陌生的城市领奖，家人、朋友多次劝阻：这些民间的有什么用，还得自己出资旅费去领奖。我知道这些奖含金量没有官方的高，但是我就想看看现实中的《东方散文》《海河文学》杂志社里是怎样的一些人。

刚进入大堂，就看到一个拄着拐杖的老头在参与接待，主办方搞什么鬼，是不是太随意了，我心里飘过一丝的后悔。

眼看到了就餐时间，算了，既来之则安之。我放下行李到餐厅，刚坐下不久，之前大堂里那个看起来风烛残年、拄着拐杖、其貌不扬的老头也进来了。只见餐厅很多人都纷纷站起来与他握手，原来他就是鼎鼎大名的主编憨仲先生。后来才听闻他的一些事：壮年中风致残，奋而以笔行走人间，主编颇有影响的《东方散文》寒来暑往十几载，现为南京中山文学院客座教授，出版专著 17 部……一个人从健全沦为残疾，要振作精神，乐观地活着实属不易，而在这种惨痛的经历中挺起脊梁奋斗人生，需要多大的毅力，需要多强的心灵，更别说要取得常人难以企及的成绩。想到于此，我不禁深深地佩服。

后来，由于工作在身，我提前回程，可是签约的手续要到活动的最后一天才能办理。我把这个情况跟憨仲先生说了，没想到，第二天一大早他在大堂等我，亲自给我办理了手续，还知道我叫什么名字，反复交代我怎么搭车怎么到机场，我被深深地感动了。想想，在来自全国各地几十号作者中，我是个不会跟陌生人打交道、其貌不扬很木讷的人，整个活动期间大都静静地看着他们谈笑风生。跟他也没说上几句话，而他却记得我。

这么纯粹的人，他主编的杂志、搭建的平台真如其人，实在靠谱，有事实可证。

坐在颁奖席间，当我打量周遭陌生的一切的时候，憨仲先生特有的北方腔不经意钻入我的耳朵："把那些没来的获奖者的奖状写好，邮寄过去！"人太多，我看不到说话的人，但这句话给我很大的触动，这个平台靠谱！因为刚刚前不久，我参加过两个平台的征文，都获了一等奖，但由于没去领奖，结果连个奖状都没有。从这句话看出他们不是那种商业化的文化平台。虽然只是邮寄一张奖状，但却是对作者起码的尊重。这个平台确实比较有文化的味道。

之后，我把大部分文章投到《东方散文》，投到这里不会心累。原因有三：一是不会硬性要求作者去拉人脉要流量。二是对于遴选入纸质刊物作品不以流量的多寡为标准，一切以作品说话。而《东方散文》却始终秉着"让写作成为习惯，让灵魂拥有温度"的精神给草根们搭建一个相对纯净的平台，一个自由成长的空间。这个空间对于像我这样刚学走路的草根来讲弥足珍贵。

写这么一篇关于憨仲先生和《东方散文》的点滴，没有什么既得利益，这是我自己早有的想法。今天借几个文字只想告诉和我一样有文学爱好的朋友们，在嘈杂的人世还有这么一块相对单纯的文化平台让我们栖息，还有一群像憨仲先生一样的人和我们同行。

# 一部用生命叙写的春秋

天生喜欢看书，但是从没有一本书像这样形影不离地跟着我一个月。自 2019 年 6 月 7 日至 7 月 7 日整整一个月，憨仲先生的《天齐高风》成了我日常的标配：它是我晨昏必读的。同事问我读的什么书，我说这是一本史书。是的，这是本正儿八经的史书，以岐山为中心叙写古齐文化的史书；孩子问我这是什么书，我说这是一本故事书。书里的野趣、传说、轶事俯拾皆是；文友问我这是什么书，我说这是一本不可多得的散文随笔，先生以齐文化为主线，上下千年，开阖纵横，且行且叙，古迹典籍、风土人物尽收眼底。它是一部童叟可读，雅俗共赏，著史为文的人必读的巨著。这就是《天齐高风》的魅力。

为什么这是著史为文的人必读之作，因为先生在这本书里彰显了一些著史为文的人必备的精神。

## 一不隐恶、不虚美

先生敢语人之所不敢语，直面千年的错论。他在这部书里整整用了三个章节循序渐进、有理有据、水到渠成地给读者还原千年“暴君”商纣王的一个本真。先生在上册的《渐露朝歌的真面容》中先从称呼开始为他正名，采用“帝辛”这一称呼，并引用现代史学家郭沫若、伟人毛泽东的评价“在位 52 年的帝辛并非一无是处”为佐证，先给读者一个思索的空间，接着在《殷商文化绵不绝》荡开一笔，通过写殷有“三仁”比干、箕子、微子三位贤良忠勇的事迹侧面批判帝辛后期沉溺女色，错杀贤良，乱政误国的恶行，呈给读者一个实事求是、是非分明的态度。在下册的《天大谎言盖高功》里，先生除了再次详细引述郭沫若和毛泽东的评价，还沿引了大量的史料如古本的《泰势》《左传》《荀子》、《史记》中的相关记载，从不同角度和层面，以翔实的史料向世人证明了帝辛的功绩和优点：他破格用人，提升奴隶为大夫卿士；他对女性的尊重和重用，如领兵冲锋的妇好和帝辛妇；帝辛时期完备的祀典以及对民族发展的贡献等，驳斥了千年来人们指责他“登用小人”“不信天命违背历史”“十恶不赦面目狰狞”的错误论断。字里行间无不体现了敢于冒天下之大不韪，直面历史真实的勇气和智慧。

此外，对名垂青史的功臣名将，先生没做人云亦云公式化地刻画，而是公正客观全面地点评。比如蒙恬，先生客观指出他不体恤刚从战火中劫后余生百姓的痛苦，一味迎合秦王的需求，大规模浪费人力、财力，为秦王的出巡修筑长城；公孙弘的猜疑、忌恨杀害主父偃、远谪董仲舒都没逃过先生的法眼。

如果说“不隐恶、不虚美”是为史的态度，还不如说是写史者的良心。

## 二不吝笔墨于小国、小民

先生让我感动的是他不辞辛劳搜寻齐鲁大地上的各处史迹，为惊鸿一瞥般的小国、可圈可点的小人物续写历史，这是这个时代的智者为各种正史做的难能可贵的补遗。

其中有太史公在《管蔡世家》一笔带过的立国636年的曹国，先生由野趣、传闻收集到《定陶县志》《曹南文献》《寰宇记》等的史料，丰满了曹国的历史。此外还有立国700多年的颛臾古国；立国830年的卫国，三千年前立国940多年的孤竹国，鲜卑古国；还有被齐亡国灭种的山戎等等。

先生更让我感动的是不以成败毁誉立标杆，他用放大镜努力搜寻那些灿烂在人民心里的灵魂。

博爱道

——阮厝的故事

有坐怀不乱的柳下惠，世人只知柳下惠的坐怀不乱，而不知他还有治国御敌的谋略：当齐国兴兵伐鲁的时候，他授计弟弟展喜以三寸不烂之舌退了齐军，救了鲁国。有传说人物董永，董永历来只为传说中的人物，先生翻阅大量史料，披沙拣金，追溯董永的原型为两汉间高昌侯董永。

细想，上下五千年的浩瀚史海，如能有更多先生这样不吝为小国、小人物着墨的史家，那么还会拯救多少灿烂的文明和美丽的灵魂！

## 三追求真相的执着

最值得当今所有史家们学习的精神，就是先生追寻真相的执着。在《山戎面貌渐显露》这一章，我们可以看到先生拖着行动不便的身体，从河北卢龙—迁安—天津蓟县—北京延庆，一路奔波收集，在鲜少资料的基础上，涉猎《史记》《匈奴列传》，继而《管子戒》《吕氏春秋》《战国策》。且不说自掏腰包的不易，单单一路的艰辛是非常人可以承受的。特别是当看到《费尽心机助帝业》这一章节，描写他为拜谒范雎一路上的坎坷颠簸，我心颤抖了。先生以为找到好心的引路人，没想中途被人放了鸽子，搭车问路，又被人搁在陌生的村道，最后夫妻二人费尽口舌又使上孔方兄好不容易雇上司机才得以前行。更别说多少次，他们夫妻风尘仆仆，相携苦苦追寻得到的却是消失于田野、楼宇、市井的旧迹。那些个无处可寻的失落有谁能解？没人让他写，没人让他去考证，更没有单位或机构给以经费，他所做的这一切都源于一个著史作文的人应有的精神。

这种孜孜不倦、上下求索追寻历史的践行胜于那些抱着故纸堆，只逞口舌之争，端坐象牙塔里的学究，大凡人类的历史也正是因了无数如他这般孜孜不倦、上下求索追寻历史的精神才能真正推动文明的车轮。

掩卷而思，这上下两卷一百篇洋洋洒洒九十多万字的巨著，涉猎的人物有三百三十六人之多，书籍一百多种，诗文逾一百三十多篇。有帝王将相，有谋臣策士，甚至有传说的董永、孟姜女；有古齐大地的泱泱大国，有名不见经传在历史长河转瞬即逝的孤竹国、中山国、山戎国等，跨越陕北、赣南、冀北、豫西、晋南、甘东，直至余杭，历经一千多个日夜，都在先生蹒跚不便的足迹下一一呈现。这需要一种怎样的精神和毅力！没有强烈的家国情怀，没有强烈的史家责任感是做不到的！

朋友，如果有一天，你在路上碰到一位风尘仆仆的老者向你追寻古迹，请你给予力所能及的帮助，因为这是一位用生命续写春秋的人！

# 一位西北女子流淌的江南情韵

## ——读齐君莉《不是每朵花都能遇见》

陈医生按着我支棱粗大的脊背突然冒出一句："蓝老师，你不是南方人。"哈哈，这不知道是第几个人说了，憨厚、耿直又带有点任性，不熟悉的都说我是北方人。

不知怎的，我突然间想起了远在西安的齐君莉妹妹：瓜子脸，窈窕的身段，温婉清秀，典型的江南女子的风范，可却是地地道道的陕西人。现在经陈医生这么说道，我更确信祖上绝对是北方人，而齐妹妹的祖上绝对是南方人。

生长在古都西安的齐君莉妹妹是侠义的。只见过几面的我就得到她仗义的相助。一次在终南山笔会上，当我正愁着怎么把自己从终南山脚下搬到西安的时候，一位清秀的妹子走过来说："跟我一起吧，我正要回西安。"她那双清澈的眼眸充满善良和友爱，我没有任何顾虑就搭上她的便车。到了西安城，她还带我坐地铁，把我安顿好酒店才离开。第二次是2019年我在霞浦筹办《福宁乡愁》全国文创活动。没有经验不谙世事的我屡遭失败，打电话向她求救，她一听二话不说，连夜帮忙写计划书，组织人马，甚至申请年假带上好友，不远千里来霞浦助力。就如她在《南山记》里写的："江湖是什么？谁也说不清。江湖在哪里？谁也不知道。但它确确实实的存在，它是解囊相助的侠义，是抱打不平的仗义，是不求独活的忠义，也是你有我有的情义……"有了西安的齐君莉，我在江湖，我怕谁！

有着关西人豪爽刚毅的齐妹妹，举手投足却散发着清秀温婉的江南女子的气息。齐妹妹不管什么时候都是长发飘飘，她的衣着可以素净得体，但绝不雍容华贵；她的举止总是收放有度。她出门一定要上点淡妆，从不素面朝天，但绝不浓妆艳抹；她待人谈吐有度，不卑不亢又细心体贴。不修边幅、粗糙慵懒的我很是让她操心。云南笔会的时候，当她得知我连什么水啊、霜啊都不懂的时候，就细心地教我怎么保养皮肤，心疼被紫外线晒黑的我，每天睡前必监督我用面膜，出门必要监督我上防晒。她常说，生活不易，更要活得精致从容。这种优雅从容就如《恰逢花开》里作者描绘的“一位身着旗袍的女子”，又如《梦入屯溪》里那位“羞涩地探出头，温婉地召唤……迈着碎步，款款地走来……”梦一样的江南女子。

所以生长在古都西安的齐君莉妹妹写的文章不仅有“关西大汉，手持铁板，唱大江东去”的慷慨，更有“十七八女孩儿执红牙板唱‘杨柳岸晓风残月’”的温情。

《腾冲、腾冲》是一篇读后让人沸腾、扼腕的铿锵之音。血色的“驼峰航线”，滇缅抗战纪念馆，视死如归的戴安澜将军，国殇墓园……作者对烽火腾冲那段历史的叙写看得人血脉偾张，荡气回肠。《关于桑树》不写沃若的桑叶，紫红的桑葚，却钟情于老屋后院那棵丑陋、羸弱、遭人嫌弃的桑树。在我看来，作者笔下这棵西北的丑桑，却有着北方人特有的豪气和勇力！想着从事党委办工作的齐妹妹，想必是自小得到丑桑的那种不卑不亢、坚定勇毅才能刚正敏锐地从事政治性思想性极强的党务工作吧。

这种温婉清丽的涵养源于作者深厚的学养，你看《陌上花开》她写吴王钱镠对戴氏的绕指柔情，王的女人戴氏在三月的陌上款款而行，风姿绰约;《渭水流淌》一条渭水被作者串起商末周初孤竹国的姜子牙、伯夷叔齐、周文王的轶事，晋国的风雨，汉唐的漕运，明徐达，还有《历史间隙金陵城》那翁仲路、江南贡院、秦淮河畔……作者旁征博引，穿越古今，各种史料糅合耐人寻味的诗词，整篇文章散发着淡雅的书香，让人读之如饮甘泉，如饮佳茗。此外，她用词精巧，如《五月琵琶满树金》中“小桥流水的古镇里，在鱼刺一样的小巷的石板路上”，“鱼刺”是多好的词呀，这比喻新奇的词语，形象生动写出江南纵横交错却又不失齐整有序的街巷巷道。《恰逢花开》写初秋午后，上海路边的一树蔷薇。“丝绸般光滑的花瓣一层包裹一层厚实的一朵朵，一簇簇低着头”，“丝绸”一词写尽花瓣的嫩滑富有弹性的质感。

我很欣赏她的文字，就如喜欢她一样。她能机敏地捕捉生活中富有人间气息的瞬间美，然后不显山露水地表达内心的悲喜，不动声色与你产生共鸣。

《花儿响起》写远在甘肃渭源的姥姥坎坷的一生。俊美的姥姥早年守寡，她不仅要忍受含冤而死的老公带来的伤痛，含辛茹苦养活四个孩子，还要伺候刻薄刁钻的公婆。“一个人默默地忍受，生产队发的一把炒面，她自己舍不得吃，拿纸严严地包好，带回家分给几个孩子。”看到此处，我不禁落泪，我想起父亲含泪回忆守寡的奶奶给人撑了三天的船得到了几个橘子，舍不得吃揣在怀里带回给饿了几天的孩子吃的情形。“听大家这么说，她便慢慢地站起来，放下手里的工具，拍拍身上的尘土，整理一下自己的衣服，像登台演出一样郑重其事，保持着一种唱歌的姿态，轻声地唱起来‘天上的月亮们出来呀，星宿的光气呀哈了……’”这是我第二次落泪，我想起了在艰辛生活里，始终面带微笑的善良、敦厚的阿姆。齐妹妹质朴的语言不着痕迹刻画了以姥姥为代表的劳动妇女身上面对生活风雨的善良坚韧，心存美好的纯朴品质。姥姥是芸芸众生千万中的一个，也是千万的芸芸众生。作者发自内心饱含深情追述姥姥的一生，姥姥在苦难中高歌的“花儿”响在荒蛮的渭源，响在千万人的心里。

2020 年南方一个温暖的晚秋的下午，夕阳透过窗户洒在《不是每朵花都能遇见》的扉页上，我心怦然一动。那一瞬间，我想起多年前编写的一部音乐课本剧的题目——《每朵花都有梦》，我舍不得仓促阅读，而是郑重地放在桌角，总觉得一定要觅一段无丝竹之乱耳的时空才能倾心品读。没想到，我这俗人总被俗事所累，一搁竟然近一年，直到此次抱恙于病榻才得以品读。

也许一切都是最好的安排，当我孤寂烦躁在医院养病的时候，这本《不是每朵花都能遇见》仗义地呈以江南女子特有的温情细腻地治愈了我疲倦的灵魂。

# 我的“丑儿”——《阮的梦》

我爱书源于有位爱看书的父亲，也源于自幼体弱多病且晕车晕船，无法游山玩水，反倒有大把的闲暇，又有书为翼，能足不出户神游四方，故而侥幸没成为井底之蛙。

最早接触的诗，是20世纪80年代席慕蓉的诗歌。我读到第一本诗集是她的《七里香》，那年我十三岁。从不敢想三十几年后，我也能拼凑出一本拙作。

常言道“自古圣贤皆寂寞”，席慕蓉也曾说过，她读书写诗都是因为寂寞。我非圣贤，粗野草民一个，有的只是寻常百姓人家的柴米油盐、爱恨情仇。偶或识得几字，斗胆斯文一下，写几句自娱自乐。不承想磕磕碰碰、跌跌撞撞一路走来也积累了数篇，不禁萌生了辑为一书的梦想。

现今，名不见经传的小女子出书谈何容易。行内的友人个个劝说：“别折腾，乱花钱，现在这时代看书的已是不多，谁还会读诗？如果实在要作为一种交流就用非正规刊号吧，即圆了梦，也省钱。”在百般踌躇之际，我打通憨仲老师的电话，“我帮你联系！出正规刊号！管他丑俊都是自家的孩子，不能亏待！”有憨仲老师的保票，我的“丑儿”终于有指望了。

我如一个初次待产没有经验的母亲，找好产房，才发现医生还没联系好。谁来写序？谁愿意给一个名不见经传的小人物，给整本荒唐言的诗集写序？正在抓耳挠腮之际，感恩陈前辈把我的拙作力荐给许初鸣许老前辈。至今无法形容在病床上的我听到许老要帮我写序时激动的心情，只觉得有一道曙光驱散一直罩在2018年岁暮缠绵在疾病阴霾里的我。关于许老前辈，我早有耳闻，心中敬仰之至。他是中国散文学会会员、福建省作家协会全省委员会委员、漳州市作家协会秘书长、漳州文学界的泰斗……我对于他来说只是个素昧平生的小字辈，能得他的墨宝雅正何其有幸！我知道如果不是陈老师的引荐，我是不可能有如此幸运，如果不是许老垂青小字辈，给予支持鼓励，我的“丑儿”不可能有如此高贵的出生。

曾经在苦痛里彷徨，抱怨生活的不公总带给我太多的伤痛。今天在键盘上为我的“丑儿”写后记，回顾走过的山山水水，一路走来，身边总有太多前辈师长的引领，心里充满了感激。感恩生活，感恩遇见。2019 年，我的“丑儿”——《阮的梦》终要在这么多爱里降临。

我找不到合适的词语表达我的感激之情，任何语言都太苍白，我唯有在未来的日子更加奋力前行，不负各位前辈的厚爱和期望。

# 龟山四贤集序

己亥正月初八，怡伦先生家梅花正艳，故与陈老相约初十于角美赏梅并游花田。

是日，惠风和畅，九时正，至怡伦先生家。先生家于市井，简而雅致。字画花草，游鱼奇石，随处可见。余喜不自胜，赞叹连连。

先生好客，携手引入茶室：苇席挂壁、富有禅意；东向有一小窗，可掬清风明月；扇形茶几，侍于奇石幽兰；竹架书橱，陈文房四宝、古玩奇器。于此可以品茗阅经，把玩器物，远离人世纷扰。拾级两层逼仄的楼梯，上一露台。眼前豁然开朗：绿茵铺地，藤蔓贴墙，一树红梅笑迎面，三两绿萝呈春意，有名无名的花草若隐若现于奇石或犄角之中，偶或来个栅栏，或一处假山，才见两只黄鸭争食，又见一垂钓老翁……一切大小物件栩栩如生，和谐天成。于此，可以拈花惹草，随意造化，怡然自得。红尘俗世有如此雅居净地，必是先生德馨所造化。

余恋恋于先生的草木奇石，忽听得王公幸福驾到。前辈雅望，书法造诣极高，然无丝毫倨傲之态。某一日，余借陈老之福求前辈一字，其不以余卑微铭记于心。知吾辈今日前来特送书相赠。只见其草书刚劲飘逸，隶书方圆相济，自成一体。得此墨宝何其荣幸！

至此，陈公、王公、怡伦先生及余，角美文史四人组齐集。香茗数巡，始得往花海游历。

醉于暖风，骋怀花海，携手并肩，徘徊清流；一笑一颦，留有倩影，或叙花事，或谈人事。不知时已亭午，寻得一处小店，列坐其次，同喝一锅汤，同盛一钵饭，以水代酒，相饮甚欢。

须臾，饭饱茶足。眼看天光还亮，再探龟山。过曲折村路，至村中戏台前，乃见对面正是百年龟山殿，此殿枕龟山瞻文圃，三面佳木环绕，香火鼎盛。最妙殿之右侧有两株百年海红豆。吾辈皆是性情中人，如此相思之物如何不采？如此雅事，如何无咏？故录其所咏，以记所游。

又龟山之游乃工作外第一次结伴春游，且最为雅趣，故戏称“龟山四贤”。其实，“贤”之称于余，名不符实。余无名小卒，一介书生而已。怡伦先生乃画家，王公幸福乃书法家，陈公忠杰乃文史专家，其真贤士也。

时怡伦先生年逾古稀，王公年过花甲，陈公五十又三，余早过不惑，四人四代，忘年之交，情谊绵长。因兴于所遇，志趣相投，谨于著文为来年雅聚之滥觞。

## 附：

### 王怡伦先生咏作：

**《忘年情》**

一书为媒成莫逆，数点红豆长心系。
忘年之交相思种，四五六七约佳期。

**题花田美事**

与君踏青花海行，黄花绿树弄墨人。
撰书写志同心力，相携相伴伯仲情。

### 王公幸福咏作

**《红豆情》**

己亥新正四人行，龟山再识红豆情。
相约年年有此时，忘年文友情谊深。

### 陈公忠杰咏作

**《点绛唇·相思豆》**

春夜幽寒，一宵转侧相思苦。叩窗枝舞，泪枕潇潇雨。
缕缕痴情，脉脉两无语。龟山路，絮飞尘土。孤雁离南浦。

**《红豆》**

一树缠绵一树痴，为谁憔悴为谁思？
新枝撑破缤纷梦，病骨犹吟红豆诗。

**《红豆其二》**

问君何处是春深，龟山红豆最惹人。
恳约诸君酬唱和，好乘诗兴来踏青。

## 蓝惠娟拙咏

### 《红豆吟》

世人都爱红豆红，一粒相思一滴泪。
劝君莫采玲珑心，相思不得熬成灰。

## 现代诗

### 《花田美事》

约个时间
就在这个初春
我们携手并肩
就在这油菜花地
洒下的笑靥
灰色的日子绽放朵朵阳光
世界如处子般的温柔与安宁
大地透着丰腴的娇羞
轻风和着暖暖的韵脚
如此这般，我愿意向你交出我一切的悲喜
在这如花的桑田
红了芭蕉
醉了光阴
极美！

# 后 记

“博爱道”是漳州古城南面的一条老街。这修建于1918年取名“博爱”的老街，总会让人想起那段反封建反帝制的特殊历史。而对我来说，它是我初识人间烟火的第一扇窗户。

作为漳州城南重要的农产品集散地和集市，博爱道上的每一个小摊、每一声吆喝都是寻常人家最真实的烟火：这里有杀鱼的、卖肉的、做粿的、炸油条的……炒花生的二婶一到秋天准会炖胡葱肉给我吃；南门头那边住着数学很棒的清，他家是卖鱼的；民主小学附近住着辉，她家楼下是修理自行车的……隔壁杀猪的老牛家，每天总以猪的惨叫声叫醒左邻右舍；修锁的老憨嫁女儿那天自行车迎亲队足足占了半条博爱道，灿烂得比凤凰花还鲜亮……至今我还搞不清楚，曾经要好的小井子为什么要拿石头砸我的眼睛？挑冰棒棍最厉害的阿芳有没有实现当剑客的愿望……

很多年以后，春天的米烧粿、春卷，夏天的莲子圆、QQ串串，七夕的白酒（甜酒糟）、半年圆，冬至的汤圆、番薯烧……总让我想起博爱道上那些淳朴的大爷大妈、叔叔阿姨，还有可爱的小伙伴们。物换星移，因旧城改造，博爱道几经变迁只剩下短短的一部分，但博爱道上温暖的烟火未曾离去，它已和岁月深深地刻在我的心里、我的梦里，成了生命里一首无声的歌谣，我唯有用笨拙的笔将它歌唱。

这部文集收录的散文里叙写了纯真的豆豆、宽厚的姑母、慈爱的奶奶、可敬的冯水国老师、热心的美玲大姐……有英雄群像、有民间义士、有风景、有传说……这些温暖的人与事教我懂得什么是“让别人因你的存在而感到幸福”的秘密；教会我懂得如何以一颗热忱的心拥抱每一段平凡而不易的时光；这些温暖的人与事无不诠释着博爱的真谛：仁道博爱，博爱有道。

对完最后一页的稿件，抬头，天已凉了。秋天的晚霞柿子一样的红，不知怎的，我又想起了旧时博爱道那一排高大的开着红花的凤凰树，这样的时节树下该已经铺了一层厚厚的红地毯了吧？我看见白发苍苍的奶奶牵着胖丫的手渐行渐远；我又分明看见博爱道上的烟火越来越美。